春陽文庫

無惨やな

<久生十蘭時代小説傑作選 2>

久生十蘭

目次

『久生十蘭時代小説傑作選1　うすゆき抄』

無月物語　新西遊記
うすゆき抄　湖畔
鈴木主水　公用方秘録二件
玉取物語　犬／鷲
重吉漂流紀聞　弘化花暦

三笠の月

一

「ヤッほーう……纜《ともづな》解けえ……帆筒よろしィ……」

船長《ふなおさ》、琴浦《ことうら》の扶佐《ふさ》の潮声《しおごえ》は丘にとおり江《かわ》にこたえ、殊のほかいかめしく異国の津浦にひびきわたったのである。

癸巳《みずのとみ》（孝謙天皇五年の秋）十一月十五日、日本へ帰る遣唐使、藤原清河《ふじわらのきよかわ》の一行四百二十三名は四艘の東海船に分乗し、まさに蘇州《そしゅう》の江岸を離れようとしていた。

繫桿《きく》は軋み、舟師《ふなこ》は色めき、蹴合《けあ》いの鶏はけたたましく鳴きたてながらバタバタと飛廻り、船艙《ふなぐら》の豚舎からは、グウグル、グウと豕《い》の子の鼻海螺《はなぼら》声まで聞え立ってくるので、大使の清河や吉備真備《きびのまきび》のような唐かぶれの貴人たちは別として、帰心矢のような一行の心緒は出船間際の騒然たる気分に条理《あや》なく掻乱され、特送使鴻臚《こうろ》卿の管々しい別れの挨拶などはただもう有難迷惑に思われた。

第一船には、大使藤原清河と在唐一年の間に清河が然るべき唐夫人に産ませた「別《べっ》倭種《やまとだね》」の喜娘《きろう》、それに、三十六年振りで帰朝する阿部仲麻呂《あべのなかまろ》、第二船には副使大伴古《おおとものふる》麻呂《まろ》、第三船にはおなじく副使吉備真備（これは二度目の帰朝である）唐僧鑑真《がんじん》に引連れられた西域イランの建築彫刻の名手たちと入唐僧《にっとう》普照《ふしょう》、第四船には判官布勢人主《ふせのひとぬし》と五人の録事《ろくじ》。

知乗《ちじょう》、船事、都匠《としょう》、医師、占人《せんじん》、訳語《やくご》、画師、楽師など随行の新知識二百六十六人と護衛の渤海《ぼっかい》の水軍百三十七人はそれぞれ勘合符の番号によって四船に分れて乗込み舷《ふなばた》に竜盾《りゅうじん》、呉魁《ごかい》、銅盾《どうじゅん》、朱房のついた花槍《ホウチャン》、サラセン風の長《ロング・》弓《パウ》などを並べたて、文弱の使節の一行を送るにはいささか仰々しいともいうべき有様だった。しかし、当の水軍の方は、面がまえはなかなか侮りがたく見えたが、長らく長安に住んで浮華軽佻の風に染み、まだ大使も乗込まぬ以前から船艙で車座になり、もはや九勝博局《しょうはっきょく》の賭博を開帳するというふうで、あまり物の役に立つとも思われなかったのである。

東海倭船《とうかいやまとぶね》といいながら、長さ百五十尺、幅十尺、二瓦三棟、楼艫朱欄、風向きにしたがって固定帆が轆轤《ろくろ》で自由に動くという万事唐ぶりに作った最新式の大船だが、唐朝からの土産物だけでも普通の船なら一杯になるほどあるのに大使以下、それぞれの格式に応じ、一人一人容赦なく手広い座所を占領したうえ、官費でむやみに買込んだ最新流行の衣類調度の類を山ほど持ち込み、おまけに千斗に余る燕飲酒《えんいんしゅ》、喜祝酒《きしゅくしゅ》の甕や饗宴用の羊豚まで積込んだので、船は座所と物貨で半ば以上塞がれ、そのほんの手狭な隙間へ、随行、水軍など、一船に二百人近くも乗込むのだから船中はたやすからぬ混雑を呈し、おおむね豚舎と荷物の間に鮓《すし》のように押挾まれ、心やすくは身を横たえることも出来かねる始末だった。

なかんずく、随行一同に心許なく思わせたのは、長さ百五十尺もあるのに幅はわずか十尺というこの異様な船体のことで、ひょっとしたら航行中まんなかからポッキリと二つに折れ、首尾を異にして沈没するのではなかろうかということであった。（この杞憂はまさに真相をうがち、これから二十六年目、第十二回遣唐使小野石根《おののいわね》のとき、風浪のため船は中央から二つにへし折られ、津守国麿《つのもりのくにまろ》等五十余人は艫《とも》の方の半分に、大伴友《とも》継《つぐ》と清河の遺子喜娘等四十余人は舳《へさき》の方の半分に乗って、這々《ほうほう》のていで南海の津に漂着したという椿事があった）

しかしながら、船は最新式の艟板《どうはん》のことではあり、舳飾《みよしかざり》には波浪に溺れぬまじないの魁大の鷁首《げきしゅ》をつけ、艫には朱泥金漿の見るもおどろしい鬼面を彫り、おびただしい羽《はね》旗《はた》、風蓋、馬祖《まそ》旗《き》などの守護神の旗のほかに、主檣《おもばしら》には三丈五尺二寸もある海蛇圧伏の蜈蚣旗《むかでばた》まではためかしたさまは、ただただ日覚しい限りで、このぶんなら、いかなる風神海魔も手の出しようがなく、波荒い東支那海の大洋《おおわたつみ》も不束なく乗りゆくであろうと、不安のうちにも一抹の気休めを感じさせたのである。

清河も、仲麻呂も、吉備真備も、みな舷にいて、おのがじし岸辺に雲集する見送りの方へ手を振っているうちに、船長、琴浦の扶佐は潮焼けした赤い胸を江風《かわかぜ》に吹かせながら舵《かじ》の場に突っ立ちはだかり、倭の国ぶりに面《おもて》を苦みわたらせて、

「よッほー、片掛一杯……舵、立てえ……」

と、精一杯に懸声をかけたので、船々は折柄の下風《シャフォン》を片帆《かたかけ》に受け水陸哀呼のうちに、第一船を先頭に首尾相接して徐々に江心に辷《すべ》り出した。

ほどなく見送りの哀声も秋風にまぎれ、蘇州の津も川波の下になり船は秋潤の虎邱《こきゅう》を右に見ながら悠々と松江を下って行ったが、それから約一里、もはや呉州《ごしゅう》の鎮も見えようとするころ、とつぜん岸の蘆荻《ろてき》の中から一羽の雉子《シャヌチ》が飛出し、ケンケンとけたたましく鳴きながら第一船の舳とすれすれのところを裾から火がついたように掠め通った。

太湖と長江とつなぐ運河で両岸がほど近く、季節はちょうど初秋であって、なかんず

くこの辺は雉子の名所だから雉子が飛出すことには誰も異存はなかったのであるが、測り知れぬ危険を孕んだ不安な渡海をひかえた折では、それは、なにかしらドキリとみなの胸を打ったのであった。

舒明《じょめい》天皇二年の夏、第一回の遣唐使が差遣わされて以来、前後十五回（うち三回は取りやめ）のうち、事なく唐土往復したのはわずか四回だけで、あとはいつも沈没漂流の厄に遭わぬということはなく、一行五百人のうち生き残ったものわずか五人というような惨憺たる状況を呈するのが常だったので、遣唐使とは人生に於ける最大の災厄の代名詞になり、小野篁《おののたかむら》のように病と称して随行を忌避し、隠岐に流されたような例は措いても、選ばれた随行の中には、はなはだ迷惑を感じている向きもあったにちがいない。

旅人の宿りせぬ野に、という例の遣唐使随員の母の歌のほか随行のけわしさをうたった歌がいくつもあるくらいだから、一羽の雉子の羽搏《はばた》きにさえハッと胸をとどろかせたのもまた尤もな次第だったのである。

さて、第一船の随員たちは、これは悪いものが飛出したものだとひとしく面を曇まして黙り込んでいると、上壇御座所《おまし》の前の倚《よりいす》に凭《もた》れ、閑雅に江上の風物を惜しんでいた清河が、何を思ったか、急に傍らの侍人の方へ向き、やや取乱したふうに、

「船長を、ここへ」

と、早口に命じた。

時ならぬ召出《めしいだ》しで、船長、琴浦の扶佐は御座所の前まで罷り出ると、このお洒落の貴人は唐ぶりの烏紗帽《うしゃぼう》を軽くしゃくりながら、鶴の一声という風に、

「琴浦の扶佐めら、お前は、この辺《わたり》におろおろと船を着けたがよかろう」

と、すずろに言い放した。船長、琴浦の扶佐は、だしぬけのことで事の意味も充分には弁《わきま》えかねたので、恐る恐るむくつけない赧《しゃ》ッ面をもたげ。

「これはこれは、大使《おとど》には、この辺に船をば着けえと命《おお》しますか。これは、したり」

と、愚直にも貴人と同じ言葉を鸚鵡《おうむ》がえしに繰返した。清河は船長の狼狽ぶりに頓着なく、貴人らしく寛濶に身を反らして、

「覚束ない顔をしていないで、早く船を停めよと下知をしないのか」

「いやはや、折柄の下風で、船は忠実《いそいそ》しく小走りをしておりますに、などと、それをば停められますとか」

膝つき畏って、精一杯に伺いかえすと、清河は、やれやれという風に作眉《かきまゆ》を顰《ひそ》め、

「さてさて、船長などというものは思いのほかに迂濶《うかうか》しいものであるかな！　お前の眼

には、いまさっき雉子が舳を掠《かそ》ってさざめき飛んだのが見えなかったのか」

「……雉子ならば、この辺に甚《え》ッと数限りなく遊戯《あそ》ばしておるとでござりますが」

「いや、その雉子のことではない」

「はてな、では、どの雉子のコッてござりますと、へ？」

「船長ともあろうお前が、舳を雉子に横切られて、どうでもそれを怪《け》しからずとは思わないのか」

「倭では『雉子の隠』でん申して、頭だけ隠して尻尾を隠さぬ手際の悪いたとえにいたすとですが、そるが、船出とどぎゃん関りがあッとでござりましょうか」

と、少々、中ッ腹でたずねかえすと、大使は鷹揚に受けて、

「なかなか……雉子というやつは、使《つかい》にやっても、途中に粟田《あわだ》、豆田《まめだ》があれば、つい現をぬかして使いを忘れるのが常である。李昉《りぼう》の『大平御覧《タ・ピン・ユイ・ラヌ》』にも、留不レ返《とどまりてかへらず》とあって、雉子は帰らぬもののたとえになっておる、されば、早々、碇《いかり》をおろし、お前は、ゆっくりと船繕いでもすべきである」

口さがない録事たちの中には、うまいこと言っているが、日頃の唐心《からごころ》から推して、しょせん、大使は長安に残した唐夫人と唐土の風物に一寸延しに別れを惜しんでいるの

であろうなどと穿《うが》ったことをいうものもあったが、結局、大使の慎重ぶりに賛成するものが多くなり、この辺の岸に船がかりをすることに意見が纒《まとま》った。

船長、琴浦の扶佐は、しかし、たやすくは承服しかねる風で、不満のあまり、つい貴人の前も忘れて、

「この辺で雉子が出るたび船泊りをして居たら、何時、倭の津に入れることやら！　あほらしい」

と、聞えよがしの悪態をついてから地響き打たして舵の場へ帰って行った。

四隻の船は人家一つない蘆荻の間で判じ物のようにトホンと仮泊した。

宛なき仮泊というものは、どういう場合でも手持無沙汰なものであるが、それはともかく、仮泊の理由が次々と三船に伝わってゆくと、さすがにみなもくだらながり、張りつめていた気が弛《ゆる》んで全船に俄かに惰気が漲《みなぎ》った。

ちょうど十五日の夜で、江岸平明の野の上に玲瓏と月がのぼって来た。

清河は潘彦《はんげん》という双六《すごろく》の名手と熱心に博局《はくきよく》を戦わせ、仲麻呂は座所の窓に倚って月を眺めているところへ、隣の船から吉備真備が退屈し切った顔で遊びに来た。

真備は清河に、今日の船泊《ふなどまり》の趣意は至極賛成である、と調子のいいことを言って置

いて仲麻呂の方へ向き返ると、折からの月だが、離唐に際するご感懐は如何？　明日、唐土を離れると、二度とここへ来ることもないのだが、というようなことをたいして上手とも言えない唐音《とうおん》で言いかけた。

仲麻呂は二十歳の年に日本を出発し、唐へ留学して三十六年。この時はもう五十六歳で、秘書省の主監をつとめていたくらいだから、もちろん唐音に欠けることはなかったのだが、この時、月を眺めながら我ともなく深く沈潜していたものと見え、つい真備の言葉を聞き洩した。それで、いま、何を言ったのかと聞き返すと、真備はそれを皮肉と解したのか、急に冷淡な口調になって、

「いやはや、今度の帰朝は、あなたにとっては、慊《あきた》らぬものが多くあろうというこってすよ、さぞ、ね」

と、人もなげに、不躾《ぶしつけ》なことを放言した。すると、李白《りはく》や王維《おうい》などと親交のあるこの著名な老文人は、閑雅な微笑をうかべ、木の瘤とか野菜の根とかそんなものに似通った、なにか自然物のような感じのする真備のでこぼこの顔を眺めながら、

「それは、多少の感懐はあります。……それでは、お言葉に従って一粲《いっさん》しますか」

と言うと、月に向っておおらかに朗詠した。

「……天の原、ふりさけ見れば、春日なる……三笠の山を出し月かも……」

　真備は、へへむと鼻で笑って、

「唐官のあなたにして、こういう際に倭ぶりが出るというのは、いささか唐突すぎるようですな」

　仲麻呂は怡然《いぜん》と眼を伏せたまま、

「わたしは、日本を故郷と思っているのだからね」

と、清明快活な調子で答えると、真備はいつもの隙の無さで、

「右衽《みぎおくみ》に着物を着て、唐帽を頭《かしら》に頂いていてもかね？　そういうことでは、日本へ帰っても、あなたの思想は通用しないかも知れないな。それに……」

と、またしても気障なことを言いかけた。仲麻呂はもう相手にする気はなくなり、高秋の月光に淡彩された嫋々《じょうじょう》たる江丘の線を無心に眺め入っていたのである。

　この夜、清河と真備の和歌が一首も伝わっていないのは、あまり月がいいので月に倦《うん》じたか、こういう際に倭ぶりなどは大人気ないとでも思ったのか。いずれにせよ、この二人の眼は、仲麻呂の半分ほども、その月を受けつけなかったのにちがいない。

二

翌十六日早々、四船は清々しい様子で松江を下って行った。

今度は雉子も飛ばず、朝暾《ちようとん》が江風《かわかぜ》にはためく蜈蚣旗に照映え、それがちょうど火花でも散らしているように見えたので、全船の一同はなんということもなく新たな勇気をふるいおこしたのである。

船は東流して安亭《あんてい》、黄渡《こうと》を過ぎ、長江へ乗り出した。黄土を含んだココア色の江水が渺々《びようびよう》と空にまで連りつづき、その膨らみの上に朱欄金碧の楼船を浮べたさまはあたかも穠稠華麗な李思訓《りしくん》の画風を思わせるものがあった。

十一月十八日の正午、江口の内沙《ないさ》について廻り、そこからいよいよ東支那海へ出た。空は鄭州《ていしゆう》の秘窯《ひおう》の「雨過天青色《うかてんせいしよく》」さながらに冴え、風信は願ってもこれ以上のことはあるまいと思われるほど好調なので、昨日《きのう》の雉子のことなどは忘れた顔でまるで四匹の海豚《いるか》のように快走しつづけた。

舶長たちは昂奮のあまり、つい白竜船《パイロンチヨン》の競漕でもしているような気になり、船の序列を無視して抜きつ抜かれつしはじめた。清河等の御座船に迫って行くと、末船の一同

は舷を叩いて、

「やあい、のろすけー」とか、「慾張船の尻重船ーエ」などと口を極めて罵声を浴せかけながら、甲板にいる清河等を尻眼にかけて悠々と追抜いて行った。

清河は主船の権威を取戻そうと躍起になって急《せき》立てたが、舶長、琴浦の扶佐の手並でも、無闇に詰込んだこの重い船腹《あし》では、船脚の軽い属船どもを追抜くなどは以ての外のことで、間もなくドンドン引離され、他の三船は雲煙の中に船影を没してしまった。

翌十九日の夕方、右舷の水平線に島影らしいものを見た。一同は、「島が見える、島が見える」と立騒いだが、それは島ではなくて五島鯨の大群だった。清河は、まだ一歳にもならない喜娘にそれを見せようと、殊更に高く差上げたはずみに危く海の中へ取落すところだった。録事たちはその時の清河の狼狽ぶりをおのがさまざまに真似をし不躾なまでに戯《そぼ》れ合った。

呉州の江岸を出発してからちょうど六日目の午刻、清河等の第一船は安児奈波《あこなは》（沖縄島）の名護浦《なごのうら》へ着いた、他の三船は、一日早く、昨夜《ゆうべ》のうちに入港していて、楽師たちは岸辺の石垣の前へ並んで賑々しく軒架楽《けんかがく》を奏し、揶揄するように主船の入港を歓迎した。

清河の機嫌はたいしてよくなかったが、それでも、四、五日この浦に船泊りすることを許したので、随行の一同はみな陸《おか》へ上り、辺海の島とは言いながら、二年ぶりに踏む故国の土に酔ったようになって、ガジュマル、檳榔《びんろう》、フクキなどの南島の林の中を歩き廻り、夜は夜で林投樹《りんとうじゅ》の下で月を見ながら泡盛を飲んだ。

十一月二十六日の夜半、だしぬけに西北《にしきた》の猛烈な突風が吹き出し、五日の間昼夜の分ちなく吹きに吹いた。

十二月二日になってようやく風はおさまったが、清河等の第一船は不覚にも、隆起珊瑚礁が碁布する瀬戸口に近いところに碇をおろしていたばかりでなく、船腹が重くて他の船のような敏速な処置をとることが出来なかったので、突風に吹きつけられて否応なく瀬戸の暗礁へ乗上げてしまった。鷁首や朱欄で美々しく艤った大舶が嶢嶷たる岩礁の上に乗然とおさまり、艫の巨大な鬼面が絶海の白波に洗われているさま、これも矢鱈に船腹に唐物を詰込んだ罰だと思えば、見るさえ笑止のいたりだった。

舶長、琴浦の扶佐は御座所に罷り出て、何分にも唐貨の一部を陸揚げさせてくれるようにと懇願したが、清河は、なかなか！　とばかりに膠《にべ》もなくはねつけてしまった。扶佐は舟子《かこ》や島人を集めて船卸しにかかったが、そうするうちに、座所の方から清河がのどかに琵琶を弾ずる音がきこえて来たので、さすがの扶佐も気を悪くし、「これでは、いかさま遣瀬がない」と叫び、船長の間へ入って手枕で寝ころんでしまった。

他の三船はなすこともなく便々と主船の離礁を待っていたが、いつどうなるという宛もなく、折柄、追風《おいて》が吹き出して来たので、それを口実にして相続いて逃げるように名護浦から出て行ってしまった。

しかし、不実をしたあとは、おおむねいいことがないものであって、果して、間もなく強風に吹き変わり、三船は天が加えた痛棒というぐあいに無残なまでに吹き悩まされた。吉備真備の乗った第三船だけは（この人は不思議といつも幸運なのであるが）上手に風波をあやなし、翌七日、事なく益久島《ますくじま》（益求島）へ安着し、第二船は二日遅れて種子島に、布勢人主の第四船は百日以上も大海を漂泊したすえ、四月の初めごろになってようやく薩摩国石籬浦《いしまがきうら》に漂い着くという四船四散の惨状であった。

さて、清河と仲麻呂の第一船は、それから四日ばかり遅れて大潮を利用してようやく離礁し、鷹揚な船脚で奄美島（大島）に向ったが、安児奈波の島影が見えなくなると間もなく大雨が来、つづいて信じられないような飄風に東北から吹かれ、あて途もなく南に向って流されはじめた。

その風というのは、陰暦の十月から十一月にかけて琉球近海を吹き荒れる、地理学者の所謂《いわゆる》、南下恒信風《こうしんふう》という有名な季節風で、海の上にあるものは残りなく陸上へ抛《ほう》り上げ、陸にあるものは陸そのものまでも手当りまかせに海に投込むという目もあてられぬ強風なのである。

こういう手ひどい風に逢っては、守護神の旗も蜈蚣旗も何の役に立つわけはなく、みな跡形さえなくなり、水に沈まぬ呪《まじな》いの金ピカの鷁首も最初の怒濤の一打ちで真っ向に首をへし折られ頼み難く見えたのである。

夜に入ると、ますます状況は悪化し、風は颷々《ひょうひょう》と吼え、海は唸り、海の上はどちらを見ても灰色の水煙に蔽われ、帆はちぎれちぎれになって暗澹朦朧たる空の中へ消し飛んでしまった。

船長、琴浦の扶佐は舟子を叱咤して、まず主檣を切倒し、船艙の船荷を積みかえ、阿修羅のように働いたが、それも辛うじて最後の破滅を一寸延しにする程度で、それ以上のことは最早天に任せるより仕様がない有様だった。

翌日の払暁になっても飄風は依然として吹きつづけ、山より高い巨濤は絶え間もなく襲いかかる。清河の船は、なすこともなく、風の意志に万事を委ねて行方《ゆくかた》知れずに漂蕩するばかりであった。

八日目の朝になってようやく雲が切れて青空が覗きだし、風の手も追々寛大になったが、船中には一人として生気のあるものがなく、水軍と楽師は首足を接し、訳語は豕の子と抱き合い、気息奄々と転がり倒れているので、ちょうど大酒宴の翌朝のような、どうにも手のつけかねる有様だった。

なかんずく、清河や随行の主班にいたっては、もう生死のほども分明しかねるていで、みな見るもいぶせしない有様に䯊《こ》（下穿）を踏み脱ぎ折帽《おりぼう》を飛ばし、むさくるしいものを一杯に嘔き散らして昏々と絶倒している。

十二日目の朝、舳から海蛇が一匹這い上って来て、間もなく姿を消した。気候が急に暑くなり、日本の「大暑」ぐらいの温度になった。これで、いま船が南へ流されているのだということがわかった。

十六日目の夕方、はるか沖を鯱の一群が鯨を追って通って行った。二十日目の上刻、朱鷺《とき》色の名も知れぬ大鵬《おおとり》が飛んで来て、舵の場近くへ強《したた》か糞をして飛び去った。糞の中に果実の種子がまじっていたので、近くに陸があることと思い、かたみに盛んに抱き合って喜悦の情を述べ合った。

孝謙《こうけん》天皇の五年の正月元日、雲煙の間に島の地方《じかた》らしいものが見え出して来た。それは、まだ朝が早かったので、陸地の塊が青とも灰色ともつかない色合でぼやりと佇んでいた。右手から珊瑚礁の長い岬が伸び出しその奥の入江の岸には、つい波打際まで名も知らぬ熱帯の樹々が立ち並び、ひとしく海の方へ押傾いて、その辺からムッとするような温気を含んだ風が、なにか刺戟的な香気を運んで来る。

眼前の景色は、何とも当惑を感じさせるような異風なものだった、安児奈波の沖から、漂い出してから約一ヶ月ぶりで陸地を見るので、全船の歓喜はたとうるにものがなかった。

船には、もはや檣も舵もなく、いたるところから浸水して役にも立たぬ古籠のようなあわれな恰好をしていたが、それでも、みなみな舷に並び、見れど見飽かぬというぐあいに島の地方に眺め入り、これは崑崙《こんろん》国（爪哇《ジャヴァ》）であろうか、真臘《しんろう》国（東捕塞《カンボジャ》）であろうか。いやひょっとしたら「長阿含《ちょうあがん》」に書かれた須弥山《しゅみせん》の南にある閻浮提《えんふだい》かも知れぬなどと果敢ない臆測を交しながら、何はなくとも一命を完《まっとう》して、こういう異国で元旦を迎えることが出来た因縁を喜んだ。

三

そこは、（ペリオ氏に依れば）唐の南辺の驩洲《かんしゅう》、いまの仏領印度支那の安南《アンナン》河静省（Province de Hà-tinh）附近の海岸であった。

この辺の海岸は極めて複雑で、入江、浜、岬などが錯雑し、そこに住んでいるのは掠奪ずきの烏蛮《うばん》族（ラオス＝タイ族）だった。ちょうど台湾の生蛮《せいばん》のような慓悍無比な種族で、狡猾で、酒好きで、猜疑心が強く、膚の色は煤黒《すすぐろ》くして眼が落ち凹み、青い布《きれ》で髪を包んで額の上に束ねているので、ちょうど青い角を持った犀《さい》の出来そこないかというようなすさまじさである。

どういう地文《ちもん》の恵みによるのか、冬至から立春にかけて、気節の恒風と海流が、豊饒に物貨と乗組を詰め込んだ難破船をこの辺一帯の海岸へ規則正しく送り届けてくれる。第九回、遣唐使、多治比広成《たじひひろなり》のときもそうであり、徳川時代のこの季節の漂流船は例外なくみなそうである。試みに、水路部発行の「北太平洋気象図」十二月分と「北太平洋海流図」十二月分を繙《ひもと》けば、風と海流が緊密に協同して、この辺の海岸の悪党どもに飽迄も恩恵を与えているという事実を充分にうなずくことが出来るのである。

清河は座所の半蔀《はじとみ》を一杯に開けさせ、臥牀の上に片肘を立て、長らくの船暈《ふなよい》で落ち窪んだ頰に限りない喜悦の色をうかべながら貪るように陸《おか》の景色に眺め入り、傍らの仲麻呂にも、同じ喜びを分けたいという風に、

「あんなところに犬が歩いている……牛の鳴声もきこえるようだ。……渚へだいぶ人が出て来た……」

などと子供のようにはしゃぎ立てた。仲麻呂は、

「そう、犬が歩いている……牛が吼えている……渚に人が……」

という風に、いちいち温和にうなずいていたが、その実、心の中では、妙に静まりかえった、この島の、風景画のような平和な見せかけに、深い懐疑を感じていたのである。

ちょうど、二十年前の同じ十一月、やはり蘇州の津から帰国の途についた、遣唐使、平郡《へぐり》広成（その時、吉備真備も一緒で、仲麻呂もこれに加わって帰国したいと玄宗帝に切願したが、とうとう許されなかった）の乗った船が南下恒信風に吹き流され、この辺の海岸に漂着して海賊の襲撃を受け、全船、百人のうち九十六人まで虐殺されてしまい、広成等四人だけはわずかに死をまぬかれ、惨憺たるようすで長安に辿り帰って来た。

仲麻呂は広成からこの辺の烏蛮の慓悍さを充分に聞かされていたので、どうせ、ただではすむまいと、ひそかに観念していた。

清河は、いよいよ啅噪の気味で、

「……ウヨウヨウヨウヨ……おい、だいぶと人数が増えてきた、渚が黝むくらいになっている……刳舟《くりぶね》に乗込んでこっちへ漕いで来るぞ……十七隻、十八隻……二十二隻……三十隻……おお、銅鑼や鉦まで叩き出した……なかなか！　これは手ひどい歓迎ぶりだな」

なるほど大した歓迎ぶりであった。凡そ五十隻にも余る腕木《うでぎ》付きの刳舟のどれにも青い角《つの》頭巾がいっぱい詰り、蜈蚣《むかで》が早足駆けるように、めまぐるしいほど無数の櫂を動かし、銅鑼を打ち鉦を叩き、すさまじい喊声《かんせい》をあげながら飛ぶような勢いで漕ぎ寄ってくる。

仲麻呂は、半蔀から首を引入れると、むしろ、劬《いたわ》るような調子で、

「あなたは、如何お思す？　歓迎どころか、チト厄々しいようすになって来たようですが……」

この頃になって、清河はようやく事の真相を察しかけたと見え、俄かにおろおろと取

乱し、

「とう、疾《と》うお前らは、早く行って、兵士達に、せめて矢でも射かけさせないのか」

と、傍らの録事や訳語たちを急立てた。

仲麻呂は、言い甲斐のない顔で清河の狼狽ぶりを眺めていたが、捨てても置けないと思い、弱り切っている清河の手を取って臥牀から引起し、喜娘と二人を三尺ばかり高い上壇の蹴込みへ押込んだ。

清河は頭の方からむさんに這込んで行ったが、すぐヒョックリと首を出し、

「わしの帽子を、わしの帽子を……」

と、叫んで、こういう際にも、思わず居合す一同を失笑させた。

蛮舟は嗷々と喊声をあげながら早や五段ばかりのところへ漕ぎ寄って来たが、こちらの船は、いわば難破物の寄せ集めという態たらくで、沖へ逃出そうにも術はなく、仮りにそうは出来ても、縮れ髪の煤黒い悪漢達の逞しい腕で漕ぎ寄せる刳舟から逃れるなどは、到底、及びもつかない模様だった。

ようやくこの頃になって、水軍の兵士たちはウヨウヨと艫櫓の端庇《はびさし》へ這いのぼり、覚束ない恰好で矢を射始めたが、どの矢もわずかに舷を越える程度のたわいなさで、

しょせん、矢柄《やがら》で威して自分らのいる艫櫓へ烏蛮を寄せつけまいとする算段らしかった。

舟子たちは手んでに有合う得物を取上げ、秋津洲《あきつしま》、倭ぶりも勇しく、寄らば目に物をと犇《ひし》めき立ったのは潔かったが、漂流中の長らくの奔走で水主《かこ》も楫取《かんとり》もみな弱り切り、足許さえ蹣跚《まんさん》たる有様で、これも、あまり頼みやすくは見えかねたのである。

残るところは文弱軽率な随員の一行だが、この方は、どれもこれも、のべりとした顔を蒼ずませ、「おう、おう」と泣き声をあげながらあたふたするばかりで、もとより物の役にも立とうもない。ある画師の如きは、薄絹の寝巻を着たまま、折れ残った前檣の帆桁へ攀《よ》じのぼって行ったが、はやもう、その上は天なので、どうしようも術もなく、徒らに焦々と身もだえしているうち、味方の水軍の流れ矢に肩を射られ、ドタリとばかりに甲板へ落ちて来た。

やがて、船の周りは青頭巾の頭で一杯で、海の色さえ見えわかぬようになったと思う間に、舷一帯に投げかけた鈎縄を伝って見るさえすさまじい金壺眼の盧舎那仏《るしやなぶつ》どものの三百人ばかり、単綴異音《モノシラブル・ヴアリオトン》の異様な鴃声をあげ、匕首《あいくち》をひらめかしながら前後左右からドッとばかりに雪崩《なだれ》込んで来た。

船長琴浦の扶佐、楫取、甑島《いしこじま》の鳰《におどり》、水主、津守の河辺《かわべ》、帆係上《ほがかりかみ》一番、高《こう》の石布《いしめ》以下四十七名の舟夫《ふなびと》どもは、上《かみ》、中《なか》、下《しも》の三手に分れてそれを迎い撃ったので、船中はたちまち修羅の闘場と化した。

ただでさえ手狭なところへ、むやみな人数が躍り込んで来、足の踏場もない。中で押合い打合うのだから、争闘というよりは、むしろ、芋の子でも洗うような錯雑ぶりで、ただささえ埒なく見えたのである。

しかしながら、その中でも、船長、琴浦の扶佐の働きぶりはひときわ目覚しく、両手を斬落され、最早かなわじとなると、盧舎那仏を一人充分身近へ引きつけて置き、咄嗟に向うの喉へ嚙みついて同体になって海中へ躍り込んだ。

舟子達はよく闘ったが、相手は蟻の子ほども大勢なので、追々に打ち伏せられ斬倒され、一刻ほどのうちに残りなく討死した。

水軍の兵士達の方は、やがて矢数も尽きはてると、手もなく端庇から引きおろされ頂上《いただき》を吹き掩がれた名残りの帆桁へ、初春の繭玉の飾物のように一人残らずぶらさげられてしまった。

随行の一同は、並々ならぬ異様な縮れ毛に驚き、鷭《ばん》が叫ぶような奇怪な鴃舌《げきぜつ》に脅え、胴の間の隅に集って人心地もなく顫《ふる》えていたが、いよいよこれが最後となると、及ばぬながら倭のそぶりを見せようと思ったのであろう、番匠《だいく》は棒尺、楽師は琵琶、画師は画布の張枠というぐあいに、手馴れた得物を取上げて一団になって打って出たが、未開不通の烏蛮どもに対しては、こういう文化の得物は大した効果を現さず、椰子の果殻のついた棍棒や、長い飯篦《めしべら》のようなもので、手もなく叩き伏せられ、後手に縛られ、家畜でも追い立てるようにして座所の中へ追い戻されてしまった。

船内の粛正が一段落になると、悪党どもは我物顔に大手を振って船中を徘徊しはじめた。甲板に積上げた夥しい衣匣や私品の梱包を競売の下見をする商人のような狡猾な眼付で眺め廻し、値ぶみをするように一人ずつ随員の肩に触ったり、腕の肉を摘んで見たりした。船艙には、胡馬二十頭、金鞍五具、銀盤・七宝各五具、麻背《ませ》弓、射甲箭、伽羅、象牙、金襴、雲紗、春羅、毛氈、臘味、珍肝《ちんかん》などの貴品のほか、絁《ふせ》、布、彩布に至っては船腹もはち切れるほどに詰込まれていたので、悪党どもはいずれも鼓腹舌打して大満悦のていだった。

なかんずく、宮中で用いる燕飲酒、喜祝酒の醴《こざけ》の甕を発見すると、ドッとばかりに吶声をあけ、甕を甲板に担ぎあげて車座になって飲みはじめた。ちょうど火事場の振舞酒のようなぐあいにただもう元気一杯に呷《あお》りつけるので、乱酔は見る見る手に負えないような状態になり、放図のないのんだくれの乱痴気騒ぎになり、叫喊噪啅で慊らなくなると、意味もなく船具を毀し廻って火をつけ、

「わふう、わふう、うわう、ぷう」

という風にも聞きとられる、異様な蛮歌を合唱しながら抃舞《べんぶ》跳躍し、いつ果てるとも見えないので、あまりのあさましさに、随行の一同は思わず涙に暮れたのである。

四

仲麻呂も容赦なく後手に括られ、清河等と同じ刳舟で渚の方へ運ばれて行った。仲麻呂は、なにもかも成行に任せようと観念した風で刳舟に揺られながら落着いた顔付で海岸の景色を眺めていた。

樹木で蔽われた海岸はむざんなほど強烈な緑色に輝き、その向うに、やや黝んだ密林が続いている。入江の汀《みぎわ》を縁取っている椰子の樹立《こだち》は、一葉一葉くっきりと見えるくらい鮮かに空に描き出され、その幹の間から鳥の巣のような形をした藁小屋の屋根が見え

ていた。そのうちのいくつかはちょうど日本の田舎の稲堆《いなづか》にそっくりなので、仲麻呂が、清河にそういうと、清河は刳舟の縁に顔をあててドッとばかりに泣き出した。

一行二十七人は渚に追い上げられ、それから、紅樹《マングローブ》の林の奥の三つの小屋へ別々に入れられた。十五尺ほどの高さに太い紅樹を横切りにし、その上に三間に四間ほどの藁小屋がチョコンと鳥箱のように載っていて、出入は梯子でするようになっていた。

のんだくれの乱痴気騒ぎは船ばかりではなく、もはや村でも始められ、こういう自在な商売のおかげで極めて富裕な村民たちの一人として白面《しらふ》なものはなく、全村を挙げて愉快な一日をつくしていた。

夜になって月が出ると、騒ぎは一層ひどくなり、そのうちに、遠い密林の方から幾度となく惨憺たる絶叫が聞えて来た。悪党たちは随員を上級品と下級品に撰りわけ、奴隷にさえなりそうもないのを手際よく処理しているのである。その絶叫は一番端にある仲麻呂の鳥箱でも手にとるように聞えた。

清河は半ば気死してしまったようで、上衣を顔にかけ、喜娘も見てやらずに、小屋の隅で一日中寝てばかりいた。

仲麻呂は喜娘をあやしたり、潘彦と双六をするほかは、たいてい読書をして暮していた。

留学生は遣唐使に随行する以外に帰国する方法がないので、この二十年の間、惻々たる郷愁を胸に裹《つつ》み、異国に娶《めと》らずと、五十六歳になるまで倭人《やまとびと》の孤節を守ってひたすら入唐使を待ちつづけ、その望みがかなってようやく帰国しかけるとこういう思いがけない首尾になったので、寛宏和順の仲麻呂も、さすがにいささか味気なく、自分のこの長らくの日本人としてのつつしみも、こういう蛮癘の辺境で空しく朽ちてしまうのかと思えば、時の過ぎ行く早さを身に沁みて覚え、自分の潔白がフトいとおしくもなるのだった。

それから三日目の午刻、仲麻呂がいつものように読書しているところへ、紫羅《しら》の裙をつけた、ただならぬ面魂の烏蛮が、五人ばかりの従人《とも》を連れて入って来た。腰帯には短剣を差し、赤く染めた鳥毛で頭髪を飾り、腕に竜の文身《いれずみ》をしている。顔つきは醜いと言うほどでもないが、鼻孔《はなあな》は極めて大きかった。たやすからぬ威風から推して、それは、まぎれもなく悪党どもの頭目だと見受けられた。

頭目は、厄々しい金壺眼を光らせながら小屋の中を見廻していたが、埒もなく慴伏《しょうふく》している捕虜達の中で、ひとり、正しく烏紗帽をつけ、片窓の傍らの竹筵の上に端坐して従容と読書をしている老貴族の姿は、事理に昏い蛮夷《ばんい》の眼にも異様に映ったと見え、雑人どもの頭を押跨ぐようにして仲麻呂のほうへ近づいて来ると、吃々たる鴃舌をふるって、

「うる、ま、おす」

と声高く叫んだ。意味のほどはわからないが、おそらく、汝は何者であるか、と問うたのであろうということは、その身振りから察しられた。

仲麻呂は、ちょうど昭明太子の「文選」を読んでいたところだったので煩《けうと》く思い、そのまま眼もあげずにいると、頭目はクワッと激怒した風で、たたらに床を踏み鳴し、極めてたどたどしい唐音で、

「そこなる窓のそばで、横着なる身構えで、本を読み耽っている人体《じんてい》は、そもそも、いずくの、何者であるか。この、おろそかな奴め！」

と、我鳴り立てた。仲麻呂は寛大なようすで本を置くと、烏蛮のほうへ振返って、

「これこそは扶桑、大倭国《おおやまとのくに》の学士、唐朝の客卿、秘書監兼衛尉卿、すなわち、従三《じゅうさん》品大臣《ぼんおとど》阿部仲麻呂である」

と、錆のある荘重な声で答えた。以下、烏蛮と仲麻呂の間に交された問答は、要約す

れば次のようなものであった。

「いや、恐れ入った。そういうことなら、貴君を鄭重に扱うつもりである。帮票《チンピヤオ》（身代金）は、どれほど払うつもりか」

「牛を買うには一千文で足りる。然乍《しかしながら》、大倭国の人民は億万貫でも買うわけにはゆかぬゆえ、この問答は、しょせん無益である」

「えらい鼻息だな。さりながら、俺がそんなことで驚くと思ってはならぬ。それでは改めて訊ねるが、この辺で最も大きな奴隷の場市《チヤンシ》はミンダナオ島、サランガリ島、或いはバタビヤである。貴君は、それのどちらを望まれるか」

「ここは越南、驩州の近くの海岸だと思われる。真近の紅河《ホンカ》を溯れば、そこに安南都護府がある。わしは衛尉卿であるからお前を縛る権力がある。……さて、そうであれば、奴隷の場市へ送られるのは、果して、わしなのか、お前なのか」

「なんだかよくわからなかった」

「いずれ、お前を捕えて極刑に処してやると言ったのである。よく覚えておくがよい」

「あほらしい。ひどく、いい気なものじゃないか。衛尉卿かなんか知らないが、ここでは貴君の高風もたいして役に立たぬかも知れぬよ」

　それから十二年後、六十九歳のとき、仲麻呂は安南都護使を命じられて長安からはるばる驩州へやって来た。約束通り烏蛮を討伐し安南北辺の徳化《とくか》、竜武《りゅうぶ》二州の黒玀々《こくらら》を宣撫して七十歳の正月、万里の長途をまた長安へ帰った。その年の七月、この辺境へ闍婆《じゃばば》（爪哇）人の来寇があった。仲麻呂がもう二ヶ月ほどここにいたら闍婆族に日本人の手並みを見せることも出来たろうに、残念なことであった。

　今から千四百年前、高齢の身で癘瘴万里の地を往復し、安南に於ける最初の日本人として その地を統治した意気、壮なりというほかはないのである。七十三歳、仲麻呂は長安で死んだ。その枕元には清河とその娘の喜娘がいた。臨終のとき清河が、ついに遂げられなかった五十年の郷愁をあわれむと、仲麻呂は、

「三笠から出た月も、驩州の椰子から出た月も、空にのぼれば、それは、同じ月だよ」

　と、言った。清河も間もなく長安で死に、娘の喜娘だけが小野石根と一緒に離唐し、二つに折れた船の半分に乗って命からがら倭の津浦に漂着したことは前述の通りである。

遣米日記

これは、かつて西洋を訪れた日本人の中の最も醇乎《じゅんこ》たる日本人――霜雪の気節を示し、飽迄《あくまで》も国威を海外に輝かした万延《まんえん》元年に於けるかの遺米使節の失名の一随行員の日記である。

村垣淡路守《むらがきあわじのかみ》の「遺米使日記」や木村摂津《せっつ》の「奉使米利堅《めりけん》紀行」などを読むと、日本の文化にたいする確乎たる自恃《じじ》と、文明の末節に屈せぬ一行の毅然たる見識と気概に高仰の思いを深くする。これもその一つであるが、めずらしく言文一致体で、われわれが過去に無数に持っていたすぐれた日本人の一人を眼のあたりに見るの喜びを感ずる。さまざまな事情から推して刑部《おさかべ》鉄太郎（御勘定役、御徒《おかち》目付）の日記らしく思われるが、たしかではない。

一

西城《せいじよう》から下って居間に入るなり、家妻に、

「おい、亜墨利加《あめりか》へ行ってくるぜ」

というと、

「それは、御苦労様にございます」

という手軽な返事デ、一向に動ずる色がない。そう落着いていられても困るので、重ねて、

「亜墨利加だ、亜墨利加へ行くのだ」
ト、念を入れたが、いよいよ以て自若たるものデ、
「では、早速、御夕食を申しつけましょう」
ト、襖のほうへ向いて手を拍った。
こういうところからすると、どうやら家妻は亜墨利加が浦賀の猿島のあたりにでもあると心得ている具合で、実にドーモ恐れ入った次第だが、しかしマアそれも無理もないことで、この己《おれ》自身、何かと聞齧《ききかじ》っているものの、詮じ詰めて見れば、亜墨利加という

のは海を隔てた東のほうにある新開国で、レイロというものの上を蒸汽車が走っているというくらいの漠とした知識しか持っていない。きょう、塚原（外国奉行支配両番格、調役《しらべやく》）からそれが五千五百里も向うにあるときいて一驚を喫した。五百里でもマアマアというところなのに、その上に五千とつくと、ハヤどれほどの遠さのものか見当などつくものではない。そういう遙遠の海界をただ一帆の風に任せてはるばると乗り渡り、その上で米夷の地に国威を輝かそうというのでは、コレハ並々ならぬ覚悟が必要である。下城の間際、新番所前の溜《たまり》で、決路侯（村垣淡路守範正《のりまさ》）が、

「おい、こんなものが出来た」

ト、いって詠懐を示された。

玉の緒は、神と君とに任せつつ、知らぬ国にも名をや残さん、という非常な決意のものであった。波や風のことばかり言っていられるのではあるまい、米夷にいささかでも暴慢の振舞があったら腹かッさばいて御国《みくに》の面目を立てつらぬこう心と推察されたので、

「それならば、ここにも、一ト腹」

ト、いうと、

「マー、そんなものさ」

ト、笑いながら御玄関のほうへ下って行かれた。

きょう（安政六年九月十三日）豊前侯（新見《にいみ》豊前守《ぶぜんのかみ》正興《まさおき》）、淡路侯、豊後侯（小栗豊《おぐりぶん》後守《ごのかみ》忠順《ただまさ》）に急ぎ麻上下で罷り出ろという俄かのお召デ蒼惶と召換えて芙蓉間へ行かれたがほどなく下られ、御開港本条約御取替《おとりかわせ》のため亜墨利加へ差遣わされることになったと披露された。

追いかけて竜野《たつの》侍従（脇坂《わきさか》安宅《あたか》）が溜《たまり》へ見えられ、書付《かきつけ》で、豊前侯は正使、淡路侯は副使、小栗忠順《ただまさ》は監察、立合のつもりで勤めよとお達しがあり、森田、成瀬の両組頭は添役、己、日高、吉田、松本は役格のまま随行を申付けられた。

猶、心得として、全権、随員一行は亜墨利加から差廻される軍艦ポーハタン号で行き、外に別格として軍艦奉行木村摂津、勝麟太郎（海舟）が咸臨丸《かんりんまる》で先発する。使節のうちに不時の故障が生じたとき、摂津侯をもって欠を補うという手筈である。

夕食をしようとしていると、日高（圭三郎、御徒目付）がやってきて、まず、祝盃をあげようという。なぜだトたずねると、

「鎖国の祖法を一擲《いってき》して、使節が公然と夷国に乗込んで行くなんざ開闢《かいびやく》以来の壮挙

デ、国運の花がこれによって新開しようというのだから大いに目出度いじゃないか」
「いや、一寸待て。壮挙にはちがいないが、目出度いということはない。本条約の取替せなら御当国でもやれることとデ、ワザワザこちらから出掛けて行くほどのことはなかろうじゃないか。いわば呼びつけられるわけで、不面目な話だ」

「ソレハそう一概に言ったものでもなかろう。初手は向うが来たからこんどはこちらが出向く。ボタ餅の返礼に強飯《こわめし》というところか。こちらからも出掛けて行くからこそ、対等の交際《つきあい》になる。なにもかも向うから運んで来られるんじゃ、丁稚《でっち》ので仕着《しきせ》、ザマが悪かろう」

「いや、それもちがう。彼理《ぺるり》がやってきたのは、開国とか親交とかのためばかりじゃない。アワよくば米土の拡張という肚もあろうのだ。先方が手を握りに来るなら拒むことはいらないが、向うの好意ばかり期待するのは不覚悟千万な話で、相手の態度によっては、いつでも鉄拳を喰わせるだけの決意が要る。王維じゃないが、マサニ外国ヲシテ懼《おそ》レシムベシ、敢テ和親ヲ求メザレ、こんど出掛けて行くのは笑いに行くのじゃないぜ。向うが尻尾を振るのは勝手だが、こっちにはこっちの了簡があろうというものだ」

日高はチト考えて、

「なるほど、いかにも尤もだ。ひとつ、その覚悟でやることにしよう」
ト、いって帰って行った。

二

正月十四日（万延元年）、亡父の忌日にあたる。まずまず帰れぬものとしてその覚悟を申渡して家を出る。家妻がトックリと納得出来ぬ顔でウロウロするのが不憫《ふびん》であった。この世で一番遠いところは奥州白河ときめこんでいるのだから、言いきかせて見ても詮ないのである。申達《もうしたつし》通り、築地《つきじ》の御軍艦操練所へ行くともうみな集っている。総勢八十一人の大一行。米夷は日本中が引っ越して来たかと思うやも知れぬ。マアマアこれだけいいて地嶮に拠れば一廉の戦《いくさ》が出来ようというものだ。

未刻《ひつじ》（午後二時）、田町《たまち》の波止場から小舟に分乗して漕ぎだす。見送りはみな泣く。己も泣く。こんな結構な御国がヒョットするトこれで見おさめになるかと思うと泣かずにいられるものではない。生死の覚悟とは別なことである。

沖に三檣のポーハタン号が浮いている。墨か渋か、ただ黒々と塗立て一向に芸もな

い。日高が、

「おい、どうだ、まるで遣手婆アが鉄醬《かね》をつけて胡座をかいているようじゃないか」
ト、穿ったようなことをいう。
間もなく御台場《おだいば》のわきを通りかかる。いつも松本（三之丞、外国奉行所支配定役）と、ケイズ釣に来るカカリ前の釣場《かし》がツイそこに見える。どうも思いが残りそうで顔をそむけて見ないようにしていると。松本が、

「ちょうど真汐《まじお》で、名残に一ヶ所当てたいところですな」

などと要らざる口をきく。

「なーに、米洲にだってメナダぐらいはいようさ。そのつもりで簑輪《わつか》を持ってきた」

「だが、どうもねえ、あたしは艦の名が気に入らないね、ポーハタンというのが。亡は亡う、破は破る、綻は綻《さ》けるでしょう。亡、破、綻とこう三拍子揃っちゃ助かりっこはない。メナダもケイズもあるもんじゃない、あたしはもう諦めていますよ」

これは、うまい読みだというので、船中、大笑いになる。

釣場を切れて外海《なだ》へ出ると、西北《にしきた》がドッと横あおりになぐりつけ、舟がむやみに抛りあげられる。高い波のうねりの上に不二《ふじ》の根が仰《の》っつ反っつする。日高が、

「こりゃいい、為一筆《ためいちひつ》の『波富士』だ」

などと小縁《こべり》に摑まって強がりを言っているうちに、大しゃくりにシャクられて見る見る青菜になり、これはいかんト板間《かっぱ》にうッ伏してしまった。

舷梯《げんてい》をつたって軍艦の板敷へ上ると、まず広々とした吹きッさしのところへ綰《わが》ねた索《つな》やら帆布《ほぬの》やら埒もなくゴタゴタと投げだした間を水兵や船子《かこ》が裾から火のついたように駆廻り、それが傍を通るたびになんとも獣臭《けくさ》い匂いをさせるので、これには我慢がなりかねた。異人を夷《いぬ》や狄《ひつじ》と思うわけではないが、これでは夷狄《いてき》の名にそむかぬと、みな鼻を袖で蔽って不機嫌な顔で突ッ立っていると、向うの活間《いけま》のような穴から二十二三歳とも四十五六歳とも見えるノボ高い異人が、例の筒袖、股引掛で出てきて、

「ドモ、よくおいで」
ト、嫌味な片言で挨拶をした。お愛想のつもりか知れないが、こっちは夷人の半チクな日本語なぞ一向に可笑しくもない。夷人なら夷人らしく夷語で挨拶すればいいので不見識なことだと思っていると、その夷人の眼まぐるしいことは非常なものデ、手を差出す、眼を剝く、そうかと思うと鶏が刻でもつくるように両腕をひろげてバタバタと羽搏《はばた》く。その合の手に不気味な声色が入るという次第でホトホト一同の手に余った。

そこへ、名村《なむら》（五八郎《ごはちろう》、箱館奉行所支配、通弁御用）が上ってきて双方の間へ入り、よく聞き糺してみるところ、これはテーロルという上等士官デ、われわれ日本人の応待やら世話やらを引受けているものだということがわかったが、こんな素ッ頓狂な男に末《すえ》始終ツケ廻されるのではこれから先の難儀も思いやられるわけデ、一同、これには恐れ入ってしまった。

そのうちに、そのテーロルが、こちらへ、トいうので行って見ると和船ならば艫《とも》の舵《かじ》の場ともいうべきところに、間に廊下をおいて両側に長局《ながつぼね》のようにズラリと曳戸をつらね、ここが居間になる部屋だという。入って見ると、長《なが》四畳といったほどのホンノ手狭なところへ壁によせて二段に蚕の棚のようなものをつくり、一人ずつ上下《うえした》になって寝る仕掛になっている。マーそれもいいが、横浜から乗組んできた諸事係下役の話では、一行が思いがけない大人数になったので、ここに据えつけてあった大砲を俄かに取りはずし、砲門を塞いでこの部屋をつくったということだった。なるほどそういえば不手際に打ちつけた板壁の隙間から不二も見えれば御台場も見える。これは風流なことだと日高と二人で笑い合った。

手狭ながら椅子、角卓なども手落ちなく備えてあり、床には、日本なら一寸四方何両という金で買って、せいぜい莨入《たばこいれ》にするとか紙入にするとかして珍重するそういう贅沢な羅紗《らしや》が部屋一杯に敷きつめてある。これには眼を剝いたが、これも国柄で、もともとこうしたものであろうから、身に沁みて有難く思うほどのことではないのである。

三

いままで横浜の沖に船がかりして居たが、きょう（正月二十二日）の卯刻（午前六時）いよいよ亜墨利加へ向けて船出した。

みなといっしょに船縁《ふなべり》に倚《よ》って、あれは上総《かずさ》の大東岬《だいとうさき》、こちらは横須賀の平島《ひらじま》と御国《おくに》地《ち》に名残を惜んでいたが、観音崎を出るころから翻々と艦《ふね》が揺れだしたので匆々《そうそう》にねぐらへ引取り、馴れぬ浮寝に不束な夢を結んだ。

二十七日。船出以来、毎日の荒れつづきでトント食気《しよくけ》がなく、己も日高も、蜜柑、九年母《くねんぼ》のようなもので、辛くも玉の緒をつなぎとめていた。豊前侯と淡路侯のお部屋は向い合せになっているので、時折、

「おい、範正、どうだ」

ト、豊前侯のほうから声がかかったが、淡路侯はついぞはかばかしい返事もなさらなかった。淡路侯のお部屋は上棚（艦橋）になっているが、安房《あわ》の洲《す》の岬《さき》を出るころから、すっかり閉じこめられてきょうまで音信もなかったが、午刻《うま》（正午）、蹣跚《まんさん》と豊前侯の部屋へ降りて来られた。ただされ長い顔がいよいよ以て伸び切ってこの上のことはあるまいというようなやつれ方である。しかし、相変らずの剛情で、

「寝るのにも倦《うん》じたので、起きだして出師表《すいしのひよう》を朗読したが、渋滞なく読めました」

ト、鼻《は》ッ張りなことを言われる。豊前侯はニヤニヤ笑って、

「ソーカ、それは偉いもんだな。ソレデいつものように涙が出たか。悲しかったか」

淡路侯はアア、そうか、ト膝を打って、

「失敗《しま》った。読むには読んだが、感興など心に残りませんでした」

「それでは、なんにもならない」

デ、豊前侯に落ちをとられてしまわれた。

未刻《ひつじ》ごろ、テーロルがやってきて、この調子合《あい》だと、間もなく一層吹き募って、何年何月の大時化《しけ》と歴史に残るようなえらい荒れになりましょうといった。夷人の話は身振りが多くてツイ嚇《おど》されるが、これもいつもの伝で大したこともなかろうと多寡をく

くっていると、そのうちになんとも言いようのない真下《まおろ》しの風になって、舳前《みよしまえ》に掛け残した三角帆が見る見る蜘蛛の巣のようにひきちぎれ、大砲《おおづつ》のような音とともに跡形もなく吹き飛んでしまった。山のような大波が絶え間もなく艦の上を打ち越え、檣《ほばしら》は弓のように吹き撓《たわ》められて危《あやう》いこと限りない。船の揺れ方というものはコレハまた非常なものデ、さながら掌の中で胡桃を転がすに異らず、無レ拠用事《よんどころないようじ》のときはテーロルに手を曳かれて這うように厠《かわや》まで辿りつくというザマの悪さで、国威も見識も省る暇《いとま》なく、ただもう限りなくよろけ廻るばかり、我ながら埒もない次第であった。日高は、

「ナニ、己は一人で行って見せる」

ト、力んで出掛けて行ったが、ほどなくテーロルに担がれて戻って来た。見ると失気しているので、どうしたのかとたずねると、出たは出たものの、檣の根元に抱きついたまま動けなくなってしまい、頭から波をかぶって蒼くなっているとこへテーロルが通り合せ、手を曳こうというと嫌だという。それでは危いからというト大きなお世話だという。涯《はて》しなく押問答しているとこへ上から吹き折られた三番の帆架が落ちてきて真っ向に日高の頭にぶち当ったというわけであった。テーロルはしきりに日高の頭をさすり、ベリハード、ベリハードといっていた。あれでよく頭が壊れなんだ、丈夫な頭であると

いう意味だと思われた。

そうして夜になると、風の勢いはいよいよ颷々《ひょうひょう》たるばかりで、灯火は消えて真闇《まやみ》となり、槙皮《まいはだ》を詰めた板壁の隙間から海水が入り込み、行李や手道具がみなプカプカと浮かれ出すというただならぬ景況になってきた。轟くような波の音の合間合間に士官の笛の音や水夫の掛声がかすかに耳にひびき、そのすさまじさというものはなんともたとえようがない。こうなるようにと願ったわけでもなかったが、マアマアこれも己の運の持《もち》分《ぶん》で、いまさらドー足掻いてみても始まらない。死ぬときまれば、山で死のうと海で死のうとたいして味の変るものでもあるまい。いよいよ己はきょうこの辺で魚腹に葬られるものと覚悟をきめ、それから半刻ほど恍惚《うっとり》と眠ったが、だしぬけに頭からドッとばかりに海水を浴び、仰天して跳ね起きはしたものの目も鼻も口もみな潮にむせんで開けもどうもならない。何が起きたか知らぬがともかくここから出るがせん一と手さぐりで進んでゆくと戸口のようなものがある。ハテこそここととそこから跳《おど》り出そうとすると、つづいて打込んできた大波に真っ向を打たれ、強《したた》かうしろへ投げ飛ばされた。波がひいたところで一目をくれると、なんぞはからん、己が戸口だとばかし思っていたところは、実は、波が打ち破った砲門の破檣ロデ、波が打倒してくれなかったら、己は自若と大海の中へ歩み出したはずのところであった。

四

二月十四日、正午、オアフ島ホノルル港へ着。ポーハタン号はここで石炭を積込むよしで、三侯は法朗西《ふらんす》領事の下邸《しもやしき》へ、従使以下はウクタスという旅館へ引移る。大鳥毛《おおとりげ》の槍を立てたような異風な樹々の間に棟の高い夷館や藁葺の土人の小屋がパラパラと並び、名も知らぬ見も知らぬ濃艶な花があちらにもこちらにもむやみに咲いている。この島の鶏はトッテキットーと鳴く。土地が変れば鳴声まで変るものかと、一同、いたく感じ入ったことである。

神奈川港から四千九十一里、飄飄澎湃《ひょうようほうはい》たる波と風の中で暮し、いきなりこういう途方ない島に押上げられたので狐につままれたような心持《こころもち》。見るものみな珍で当座は気も紛れたが、それはそれだけのものデ、三日四日となるとみなホトホトに退屈した。土人に金をやれば踊を見せるということで呼んでやらせて見たが、素裸《すっぱだか》に腰蓑をつけ、わけもなく腰ばかり振る妙な踊である。日高は、

「まるで、こりゃ、塩汲みが追剝ぎに逢ったといった形だぜ」

ト、いったが、色は煤黒《すすぐろ》く、眼差は睨みつけるようデ、情も味もあったものではなく一度で願い下げにした。

この島には霜も雪もなく、年中、初夏の気候で、そのためか同じ花が一年のうちに繰返し繰返し咲くよし。花のほうでは陽気とはこんなものと思い込み大して苦にもしないということである。凌ぎやすくはあろうが、春夏秋冬、季節の移り変りを楽しんで暮してきた己らには、いささか勝手がちがって物足らない。二月《きさらぎ》というのに梅も咲かず、鶯《うぐいす》をきく楽しみもない。季題も夏ばかりデハ、ここでは俳句は繁昌せぬことと思われる。

きょう（二月二十日）、みな縁に出て漠然と坐っているところへ、日高が大きにハズんで帰ってきた。

「おいおい、この島に桜が咲いているというぜ、ひとつ、お国ぶりの花見をやって大騒ぎをしようじゃないか」

ト、いう。ここからすこし離れたところにピンクシャワという樹があってそれがお国の桜にそっくりだから、その下へ毛氈《もうせん》でも敷いて、万事、お国ぶりに取仕切って故国の春を偲ぼうというわけなのであった。

「やりましょう、それゃ是非ともやらなくちゃならん」

みな急に勇み立って三侯に伺いを立てると、それは大きによろしかろう、己達もゆくよ、という沙汰で、ソレ幕を出せ三味線を出せ、重詰、毛氈、酒は樽のまま馬車に担《か》き乗せ、ちょうど島の裏側になるところへ出掛けて行き、全権以下、花の下で踊り唄い、久方振りに鬱を散じた。こうまでしてお国を恋いわたるかと、省て己《おのれ》がいじらしく思われぬでもない。桜そのものは一つの花が三寸もあろうという馬鹿げたもので一向に詰らなかった。

五

きょう（三月八日）、カリホルニヤもほど近いというので、夕景からみな甲板へ出る。間もなく月がのぼり、絵に描いたような朧月夜になった。一葉万里の船の途、すぎこし方を思いかえすと、茫として夢のようである。淡路侯、一首なさる。ふるさとに変らぬ月をあふぐかな、かりほるにやの春の夜の月。

日高が見て、

「いや、ドーモこれは頂戴しかねる。変らぬ月、というのも妙なものだし、あおぐかな、も窮《ぶ》している。しかしながら、お心は同感ですな。あたしはこの通りごくごくの不粋《いき》で、三十《みそ》も一《ひと》もしませんが、そのあたしにしてからが、月を見ても花を見ても客思《かくし》の種にならねえものはない。人と国《こく》というものの夤縁《いんえん》の深さには、ただただ驚くほかないわけで」

ト、わかったようなわからぬようなことをいう。

きょう（三月九日）天明、米洲の西岸が見える。海霧が断続する間に山々が波濤のように連り、その中にひときわ高い峰が聳《そび》えている。ここから針を桑港《そうこう》にとり、五六里ほど行くと港口の灯台が見えてきた。

辰下刻《たつのげこく》（午前九時半）、大桟橋沖二町ほどのところへ着、申刻《さる》（午後四時）また錨をぬいてメールアイランドというところの海軍船澗《ふなま》へ入る。

間もなく、先着の木村摂津侯を先登にして勝麟太郎、佐々倉桐太郎《さらくきりたろう》など、みなみな走るように艦《ふね》へ上ってこられ、すぐ三侯のところへ行かれる。

「これは、お久振り。今朝、桑港からポーハタンが沖へ見えたというテレガラフを受けたときにゃ、涙が出て出て、止めようがなくて弱った。勝なんざ、これが、手放しで泣いてたからな。それで、どういう景況だったい」

「イヤ、ドーモそれがもう散々でねえ、話にもなにも」

常の時とはちがい、こういう異境で御国の人々に逢う懐しさというものは実になんとも言いようがない。従使以下は甲板の広いところへ出て互いに手を執り、問うも語るも涙のうちといった有様であった。

きくと、咸臨丸は天測、操帆、なにひとつ夷人の手を借らずにやってきたということデ、その元気には聞くものみな胸を熱くした。浦賀の沖で眼に蒸汽船を見てから七年目、航海術の伝習を始めてからわずか五年目にこういう大事業をやってのけたということは凜然たる日本人の意気を中外に示したものデ、まことに同慶の感に耐えなかった。

きょう（三月十四日）テーロルの案内でリンコルン丘へ上って桑港の全景を眺め、それから目貫の町を見物した。

テーロルはこの町の生れだそうデ、自分の郷里が自慢で自慢でしようがないので、さまざまなところへ引廻っては、どうだどうだトうるさく訊ねる。テーロルの好むところと己の好むところと一致するとは限らぬわけだが、ただもう繁華繁昌なところさえ見せれば喜ぶときめこんでいるのは愚直なものである。

市街を見ると、海に臨んだ丘の傾斜に色とりどりの家が建並びマアマア美しいとは言えようが、いかにも薄手で重味がないのは、なんといっても国の歴史が新しいせいであろう。

家屋は、一見、宏壮には見えるが造営が厖大なばかりで雅致も風趣もなく、いたずらに家々を犇《ひし》めき合せ、庭もなければ門もなく、その殺風景なること実に驚くばかりである。

住人の様子を見ると、いずれも永住の体には見えず、一家一主の家がなくて大きな家を上下に区別しその中に借家住いをしている風である。

水兵長のヘンリからきいたところでは、この土地はツイ二十年ほど前までは蘆荻《ろてき》の生え茂った淋しい漁村で、人間などもほんの六七百、一日山腹で猟をしたら野猪《いのしし》を十二三頭も獲ったが、その猟をしたところは、いまいちばん繁華な町筋になっているマーケット街なのデ、その後この辺に金が出るようになったため諸州の人種がむやみにこの地に殺到し、ものの十二三年でこういう体裁になったということだった。

開国の開港のと、御国がよっぽど立遅れているようにいうが、当のその国の第三の大府が蘆荻から二十年というザマではどちらが未開やらなんとも苦笑に耐えぬ次第であった。

　言ってみれば、桑港はマアマア出来立ての新開地で、格別、興味をひくようなものは一つも無い。連綿二千五百年の歴史をもつ国に生れたものの眼から見ると、建国以来わずか百年、特有の文化と伝統を持たぬ国はいかにも憫然《びんぜん》に見える。

　町にはむやみに婆が出歩いているが、それが多かれ少かれ髭を生やしているのは奇観である。町でもっとも目につくのは、居酒屋、茶店ていの店で、それが到るところにあってしかもみな非常に繁昌している。飲むものはジンという焼酎の如きもの、ウエスケという泡盛の如きものばかりで、すべて飯台に凭れたまま冷のまま立飲みする。マアいってみれば鎌倉河岸の豊島屋《としまや》のズイノミ、アオッキリといった風で、御国ならば馬丁《ばてい》陸尺《ろくしやく》、がえんの輩《てあい》でなければせぬことを、此処では身分の上下なくみな一様にそうするとは驚くべき風習である。泥酔者も相当に見受ける。千鳥足の踏み方に変りはないが、夷語で管も巻き、胡歌を高唱するようすというものはいかにも理がつんでいて面白味が少い。

　食餌はいずれも膏味《こうみ》強くて異臭紛々とし酒は徒に舌を刺すばかりでなんの風味もない。こういう不便な国にこれからまだ幾月か居なければならぬかと思うとそぞろに我が身がいとおしくなる。万町《よろづちょう》の笹岡の茶漬、数寄屋河岸の淡雪、下谷《したや》の川村蕎麦、深川櫓下《やぐらした》の小松鮓、と思うだけでも身震いが出る。

きょう（三日十八日）、一行、ポーハタン号で巴奈馬《パナマ》へ向う。咸臨丸は少し遅れて直ちに御国へ帰るよし。海軍所の別館に集って別盃をかわし、未刻桑港を出帆した。

きょう（閏《うるう》三月五日）巴奈馬港に着く。明十九日、蒸汽車で大西洋側のアスピンウォールというところへ行き、そこにローノックという軍艦が待受け、それで紐育《ニューヨーク》まで行く手筈。この地は、万国坤輿図《ばんこくこんよず》に、南北米ハ微地ヲ以テ相連ル、と誌《しる》されたその個所で、東西の幅、約十四里、蒸汽車はほぼ一刻《ひととき》で両洋の間を走るよしである。

きょう（閏三月十九日）、町役人に案内されて町端れまで行くと鍛冶屋の鞴《ふいご》の煙抜きの筒のようなものをば立てた鉄の箱の後に箱車《はこぐるま》が四つばかり着き、車の輪の下から遙か向うの方へ鉄の帯金《おびがね》のようなものが二本ズーッとつづいている。これが、音にきく蒸汽車なのであった。機関車というものの不体裁なることさながら子供の細工に異らず、箱車のほうも粗木《あらき》に漆を塗りつけた極くざっとしたもので、それも、よく聞いてみると、この蒸汽車もつい四五年前ほんの二十里足らずのところへ通い始めたということで、してみればなにもああまで自慢らしく吹聴するがものはないのである。

箱車の中へ入って見ると、窓に寄せて床几《しょうぎ》をおし並べ、窓には玻璃を張って埃《ほこり》を防ぐ仕掛けにしてある。

ほどなく、なんともつかぬ異様な笛の音《ね》と共に蒸汽車が走り出した。はじめは控え目にしていたが、人家のあるところを離れると追々に速さを増し、車輪の轟音は雷《いかづち》のはためくよう。左右を見ると、三四尺の間は草が縞のように流れて眼にも止まらないが、七八間先を見ると左《さ》のみ眼が廻るということもない。走る馬に乗っているほどの心持である。マーしかし、それにしてもただもう荷物かなんぞのように運ばれて行くというだけのもの。えらい騒がしさで互いの声も聞えず、話も出来ず、なんとも殺風景極まるものであった。

六

きょう（閏三月二十五日）正午、華盛頓府《わしんとんふ》の海軍船澗に着く。海岸一帯は馬鹿馬鹿しい人出で、その中を新聞屋といってむやみに人を掻分けてはなにかしきりに書きしるすふうの者がいる。あとで聞くと、これはきょうの全権の上陸の有様を新聞紙に刷りたて売出すためその種を漁っていたものであるよし。

さて、板敷きのところ三十間ばかり行くとそこに美麗に飾った馬車が待っている。まず両全権が乗り、その次の馬車に豊後侯と森田、それから順々に二三人ずつ分れて乗るのでえらい馬車の数になった。

前後《まえあと》に四百人余り銃隊がつき、そういう風にして海軍所から町へ出て行くと、俄かに方々で鐘が鳴り出した。出火でもあったのかと思うとそうではなく、己等一行を歓迎するために鳴しているのだということ。御国では非常を知らせる鐘が、ここでは慶賀の意を表すとはサテサテ変れば変るものと感を深くした。

両側は五層七層の石造りの家が建並び、どの窓々からも夥しく首を突き出して己等の行列を見物している。礼儀というもののない国だとしても、こういうことが失礼とさえ悟らぬというのは沙汰の限りというほかはない。それもいいが、なんのつもりか、高い窓々の女子供が花を束《つか》ねたのを無闇に馬車へほうりつける。それが膝を打ち肩を打ち、甚だしいのは、真っ向、横ッ面と、ところ嫌わず打ちあたる。それがチットやソットのものではないのだから、その煩わしさというものは一と通りでない。

「虚空に花降り、音楽きこえ。こりゃ、飛んだ羽衣だな」

ト、いうと、日高は癇の筋を立てて、
「羽衣もくそもあるものか。馬鹿げた真似をしやがる」
ト、いきまいていたが、そのうちにたまりかねたと見え、ここぞと思う窓のあたりをなんとも凄い眼で睨めあげた。すると、むこうはそれを愛想とでも思ったのか、なにやら嬌声を発しながらひときわ大きな花の束ねをヒョイとほうりつけてよこしたが、折悪しくそれが今朝月代《さかやき》をしたばかりの日高の前ッ額へピシャリと小気味よくぶち当った。
日高は血相を変えて立上ると、窓のほうを見上げ、

「馬鹿めッ」
ト、大喝していきなり馬車から飛び降りようとするト、テーロルが
「ソレ、いけません」
ト、あわてて後から抱きとめた。
「女のひとが花投げるのは、歓迎のしるしです。怒ることありません」

「なにを、べらぼうな。人に物をほうりつけるのが歓迎たあ、なんのことだ」

「でも、ここではそうするのです。国王、大使などにそうします。べらぼうな、なんてことはない」

角力場《すもうば》でもあるまいし、国使大使の行列に窓から物をほうるのが歓迎のしるしとは実におそるべき次第だが、それも国の風だといわれれば怒るわけにもゆかず、観念して膝に手を置き、花に打たれるままに任せるほかはなかったのである。

きょう（閏三月二十八日）、外務宰相レウィス・カスに到着の挨拶をなし、大統領の謁見は明日の正午ときまったが、テーロルの話では、謁見のときは、三歩進んで跪《ひざまず》き、立ってまた三歩退るのが作法だという。己も日高も顔色を変えた。

「国書を持っている以上、こちらは国王の代理だ。四年目毎の入札で成上ったどこの馬の骨かわかねえやつに跪くなんてことぁない。下手な前例をつくると禍根をのこすことになる。いったい、どんな風にやるつもりか塚原のとこへ行って聞いてみよう」

「よかろう」

塚原の部屋へ行って、

「おい、お前は外国の礼典を調べてみたか」

「だしぬけに、どうしたんだ」

「謁見の式法は、こちらが跪くことになっているそうだが、明日はその通りにやらせるつもりか」

「冗談いってはいかん」

「じゃ、どんな風にやる」

「まず、立礼。己は、そう考えている」

すると、傍《わき》から日高が、例の調子で、

「いや、目礼、目礼。それでも余ってかえる。おい、目礼にきめろ」

塚原は膝を打って、

「うむ、それがいいねえ。よし、そうしよう」

それで、三人揃って豊前侯のところへ行った。塚原が、

「明日のご挨拶は、目礼の程度とお心得置きねがいます」

豊前侯は、うむ、トこちらへ顔を向けて、

「目礼だって。お前らは馬鹿なことをいう。ものの軽重をよく弁えろ」

「では、どうなさいますか」

「礼をするのは向うだぜ。己はだまって突っ立っていればいいのだ。それ以上のことが要るものか」

賛成、賛成で、引退ってきた。

きょう（閏三月二十七日）は、大統領と会見、国書捧呈の日で、みな早朝から起出し
きょうこそ国威を夷土に輝かすその日と晴れの支度にとりかかった。

豊前侯は衣狩《かりぎぬ》に鞘巻太刀《さやまきたち》、淡路侯は同じく。豊後侯は狩衣に毛抜形太刀《けぬきがたたち》。いずれも烏帽子は萠黄の組掛《くみかけ》、糸鞋《いとわらじ》。三侯、各々、槍一筋ずつ、侍各々三人、草履取二人ずつ。森田、成瀬は布衣《ほい》。槍一筋ずつ、侍各々二人。徒目付は素袍《すあわせ》。通詞（名村）は麻上下。調役以下みな従者、草履取がつく。

間もなくみな仕度が出来、デハ、これから下調べをしようということになって、広間で列次通りに供揃《ともぞろえ》をし、鳥毛の槍を立て長い廊下をいくども練り歩いた。

そうしているところへ迎いが来たので玄関へ出る。前頭には騎兵五十騎、次に楽人三十人、鼠羅紗筒袖の町役人が二十人、次に御国書入の長持、赤い革の覆いを掛けたのを枠に入れて担がせ、両側に定役、小人《こびと》目付、通詞が附添う。大鳥毛三本。次に三全権の馬車。その左右をケール隊が護衛する。槍二本。布衣二人。侍四人。以下素袍。侍十人、草履取四十人。列をそろえて旅館の門を出る。

道の両側には、きょうのこの盛儀を見ようと市民が八重に堵列《とれつ》し、その間を物見の馬車が馳せちがう。さながら江戸の祭のようである。波濤万里の異国へ来て、首府の大道

を衣紋《えもん》を正して練りゆくというのは実に男児たるものの本懐。きょうまでの不快も鬱屈もみな霽《は》れ上るような心地し、えみしらも御国《みくに》の光を仰げとばかり、華盛頓の朝風に素袍の袖を吹靡《ふきなび》かせ、楽の音に合せて大股振って進んで行ったのである。

七

きょう（閏三月二十九日）、外務宰相カスの宴会に招かれた。宰相ずれが外国の使節を己《おのれ》の屋敷へ呼び招くなどというのはなんとも無礼きわまった話で、夜陰に外出せぬ国風であると一旦は断りつけたが、この土地ではみなこうするものといわれてみれば強《た》って断る便もない。淡路侯はしょうことなく、

「なにかまた馬鹿をするのだろうから、それを見るつもりで行きますか」

ト、二侯をうながし、己等も一緒に出掛けて行った。

奥の一ト間へ入ると、そこは饗応の席とみえ、大きな食卓に金銀で飾った旭章の旗と米国の国旗が組合にして置いてある。そこからまた奥の間へ案内されて行くと、そこは広い一座敷デ、一段高いところでミユヂッキといって夷楽に胡弓のようなものを添えて

しきりにはやしたてている。男はイポレットを着け、太刀を佩《は》き、女は腰に例の袴の広がったようなものを纏い、薄物の肩を大肌脱ぎにして、男女組合い足をそば立て調子につれて廻《めぐ》り廻ること、高麗鼠《こま》の廻《まわ》るに異らず、なんの風情も手品もなくただクルクルと幾組もまわる。女の裾は風を含み、いよいよ広がって上のほうへ上って行くさま、なんとも危《あやう》く、気のもめること一方ではない。これはダンスといって踊のことだそうである。

きょう（閏四月六日）、大統領の夜の招宴があるといって、三侯はもとより下役、料理番の端々まで一様に大統領の名で招状《まねきじょう》が届いた。二万五千石の国主と料理番が同列に招かれるなどということは御国では開闢《かいびやく》以来ないことだが、豊前侯は、それも面白かろうといって、下人にまでみな紋服を着せて召連れることになった。淡路侯は、

「どれが、瓜やらなすびやら、向うの眼から見たら一様に侍に見えようが、これが料理番と知ったらサゾ驚くだろうよ」

ト、云われ、みな大笑いした。

大統領の役宅に着き、控えの間で待っていると、そこへジュポンドという接待役が出てきて、こういう際には、婦人を出してもてなすのが当国の風であるが、御国にはない

ことゆえ、怪しからぬことと考えられては困るから、ちょっとお断りに罷り出た、トいう。女が出てもてなすのは何も亜墨利加だけのことではない。馬鹿なことを言うと思っていると、淡路侯は、

「いや、ご念の入ったことで」
ト、皮肉な挨拶をされてから、チラと己らの方へ振返りなすった。
なるほど断り通り、ほどなく正面の観音開のところから無闇な数の婦人があらわれ、それぞれの傍へ寄添って手をとって引っ立てる。まるで大病人か酔い倒れでも扱うような念の入った引立てかた。みな生捕りにされたもんじいのような見るに耐えぬあわれな恰好をし、度を失ったような顔もあり、辟易したような顔もあり実にドーモ可笑しくてたまらぬが、笑うべき場合ではないからその辛さというものは一と通りではない。

豊前侯は大統領の姪のレエン、淡路侯は宰相それがしの奥方、豊後侯同じく。日高は何やら姫君という六十歳ばかりの老女に手を執られたが、日高は至っての小男のところへもってきて老女のほうは六尺近い上背だからさながら吊り下げられているのに異らない。ちょうど三ツ伏山《ぶせやま》の子苛め場とでもいったところ。

「おい、日高、日頃の親不孝の罰だな」

「いや、どうも恐れ入った」

きょうばかりは、流石の日高も閉口頓首の体と見えた。己、成瀬以下みな婦人が附添い、引かれるままに歩いて行くと、その奥は十間に五間もある広い宴席デそこに鍵なりに食卓をしつらえ銀の花瓶や玻璃の盃を数々置き並べてあるが、見渡すところみな銀か玻璃で陶器というものは一切なく、いわんや染付の鉢などは一つも見当らない。美しくはあるが、ただキラキラするばかりで一向に深味のないのはこれも国柄とはいえなんとなく物足らなく思われた。

食卓の向うには大統領、レエン、その右に豊前侯、左に淡路侯、次に豊後侯、森田、成瀬以下みな隣りに婦人が一人ずつ坐り、ところどころに次官ほどの役人が挾まり、総勢三十人。やがて羹《あつもの》を出し、さまざまの肉、例のサンペン、その他の酒をすすめる。下役、草履取らのようすを見ると、生れて始めての夷食に一時はたまげていたが、しかし格別怕じるようなこともなく、間もなく持参した箸箱から箸を取出し御国の風に自在勝手に飲み且つ喰い大《おお》いに愉快をつくしているのは痛快であった。

己の附添はメレという二十四五の役人の妻女でマアマア美人というのであろうが、毛は紅く、眼は犬のようで興をそぐことおびただしい。西洋の厠と西洋の婦人は己の最も恐れるものの一つで、時たま向うの肱《ひじ》がこちらの衣服に触れるときなどは、真に髪毛《かみのけ》が逆立つような心持がした。

さて、それが傍から己に盃をすすめながら、御国のことをなにくれとなくたずねるが、総じて国柄がちがうのだから返事の出来ないことも多く、その煩わしさというものは実に限りない。それも将軍の宮女は何人いるとか、日本人は鰐《わに》を喰べるというが本当であるかとか、見当はずれのたわけた質問ばかりデ、素養の程度もホトホトに察しられる。そのうちに女は米利堅と御国とどちらがよいかとつまらぬことをたずねるから、「魚に飽きて芹買いに行く夜ざれかな」と答えてやろうかと思ったが、名村の夷語ではとうてい意をつくすことが出来まいと思って見合せた。

さほど可笑しくもないことに笑い、眼に媚を集め、首を傾げてこちらの顔を窺うなど、その浮薄さかげんというものは黙視するに忍びないほどであった。おろかではあるが、ああまで信実な愚妻の顔をフト思いうかべ、潔白な御国に生れた幸いをしみじみと心に感じた。

来て見ればさほどでもなし不二の山、ハリスが自慢してきかせた亜墨利加は、国広く物資豊かに、上下一切平等で万民和楽するというヨシヨシずくめの国であったが、己の眼で見た亜墨利加はそれほど有難い国でもなかった。物はあっても心が無く、自由平等とはすなわち無秩序無礼の謂であった。

亜墨利加にもママアというところがあるにはあるが、それは言うに足るほどのことではない。たとえば、蒸汽車の車窓に雲を眺めながらサンペン酒を酌むなどはちょっと悪くないが、それはそれだけのことにすぎぬ。随喜渇仰するほどのことでもないのである。

亜墨利加討

和蘭太鼓

一

いつまでつづく五月雨《さみだれ》か、慶応四年の皐月《さつき》は、月初《つきはな》から毎日こやみもなく降りこめ、本所《ほんじょ》や深川は水が出て、新割《しんわり》の大溝《おおどぶ》からあふれだした泥鰌《どじょう》っ子が、ぬかるみの水溜りのなかで黄色い腹をよじっている。

四月十一日に江戸城明渡しになって一時はちょっと落着いたが、この十日ほど前からまた急に人気《にんき》がわるくなり、忠誠隊や振武隊《しんぶたい》の脱走兵がむやみにいりこんできて、いたるところで押借《おしがり》をはたらいてあるく。

商売は上ったりで、土橋《どばし》や仲町《なかのちょう》へんの小商人《こあきんど》や職人は喰えなくなり、貧窮組という旗を立てて米をもらってまわり、洲崎《すさき》の原に大釜をすえてそれを粥にして喰う。米をくれないとその家の主人を襦袢一枚にして欠け椀と箸を持たせ、ホイホイと追いながら洲崎の原へ連れて行くといった無態なことをする。酒井の見廻が紙鞘《かみざや》の槍を持って辻々をいましめているが、そんなものはなんのおさえにもなりはしない。近々上野で戦争がはじまるという噂もあり、町並の家はみな大戸《おおど》をおろし、また逃げごしらえにかかっているふうである。

燃え立つような緋博多の帯へ軽そうな大小を落しこみ、柿手拭をすっとこかぶりにした御家人風なのが、右手に魚籃《ぎょらん》をさげ、なにを詰めこんだのかむやみに懐中《ふところ》をふくらませて櫓下《やぐらした》のほうからやってきた。

ぬらつく足元に気をとられて下を向いてあるいていたので、仲町の角に腕組みをして突っ立っていた鳥羽黒《とばぐろ》の大蓑毛《おおみのげ》をかぶった薩摩《さつま》の錦切《きんぎ》れにどすんとぶつかった。

「和郎《わろ》ッ、どけえ面つけとるッ」

ひょいと顔をあげて、

「おっと、諸《いも》か」

「何いッ」

「これはご無礼、平に」

「待てッ、何故《ないごて》、逃ぐるか、胡乱やつじゃ、冠物《かぶりもん》をとれ」

「かしこまり」

片手で器用に頬かぶりをはずし、

「どう見ても職人面、士《さむらい》には、少々、不出来な面で」

怒り肩で色が浅黒く、いなせな顔。梳油《すきあぶら》で毛筋を立て、髷《まげ》は針打ちにして士とも幇間《たいこ》ともつかぬ妙な頭をしている。眼に底があって、ふざけたようにみせて、そのくせ、たやすく人に屈しそうもないコツリとしたようすがある。

「おはん、何者《ないもん》か」

「ごもっともなご不審……わっちは、もと、お講武所勤務、只今、仔細あって非役、高柳《たかやなぎ》鉄太郎……または、柳高《りゅうこう》とも神楽《かぐら》亭とも申す」

「持っちょるもんは、何《ない》か」

「これですか……これァ、干鱧《ほしはも》に赤海鼠《ほや》、猫のえばです。いかに人気がわりぃとはいいながら、たったこれだけで南鐐《なんりょう》二個とはいかがです」

「懐中のもんを出して見せい」

「こりゃ米だよ、お賑救米《すくいまい》……洲崎まで米を貰いに行ってきた……江戸じゃまいにち米を喰う、出して見せるほどめずらしいもんでもねえわさ」

「こやつ」

「おや、慳貧《けんどん》だね……なにも薩摩のお方が米を喰わねえたあ言ってやしねえでさあ」

「ごちょごちょ言ッちょらんで、早く出せ」

「ご不審ならば……」

家紋を染めぬいた縮緬の袱紗《ふくさ》に玄米《くろごめ》が二合ばかり。小口をちょっとひろげて見せて、

「ご念が晴れやしたか……では、これで失礼、親が大病」

「待て、待て、幇間」

「なんだ、石橋《しやくきよう》」

「旗本が風呂敷もって米もらいにあるくけえ」

夕月のような、丸い大きな顔をニッタリと崩して、

「そげんまでせんと、喰えんとでごあすか、徳川がつぶるるも無理ぁなかかな」

「大きにお世話」

「やはり、腹が立つけえの……おい、おまんさア、いま何か言ッちょったなあ……しゃく……」

「石橋だよ……獅子にもいろいろありますな、長唄には連獅子《れんじし》、越後獅子……河東《かとう》節に

は神楽獅子……荻江節には寿《ことぶき》獅子……常磐津《ときわづ》には角兵衛獅子、富本《とみもと》には鞍馬獅子、琴《きん》曲《きよく》には浪華《なにわ》獅子、薩摩獅子……蓑毛をかぶった薩摩獅子にゃ浮世の苦労がわかるめえということってすよ」

「おのれ、言うたなッ」

「おっと、斬るか」

「直れ、ぶッ斬っちゃる」

「えれえ眼だな、これァ、ただの諸じゃねえ……斬られそうだ」

「逃ぐるかッ」

「いや、あやまる」

泥鰌のいる生洲《いけす》のような水ッ溜りへ無造作に膝をついて、

「段々のご無礼……ひらに、おゆるし」

「阿呆がッ」

「ごもっとも」

「見苦しか、もう、よか、行《ゆ》けい」

「これで、命びろい……南無、なむ、なむ……袖すりあうも瘡気《かさけ》の縁、なにとぞ、ご尊名をば……」

「貴様ごつ呆気者《うつけもん》に、名乗る名は持っちょらん」

「まげて」

「どうでん、聞きたかと」

「どうでもききたい」

「ようし、聞かしちゃる……おいは、薩摩第二番大隊、軍楽鼓笛隊長二元義祐《ふたもとよしすけ》……しッかと耳ン中へ鐫《え》りつけておくがよか」

「二元よしすけ……疱瘡のまじないに紙に書いて貼っておく……では、二元氏《うじ》、ご縁があったら、また逢おう、たっしゃでくらせ」

「和郎ッ」

と、うしろから浴せかけたが、すぐ笑いだし、

「江戸にゃ、太かもんがおるたいな、とっけもねえ和郎じゃ」

と、いいながら見送っていた。

二

高柳鉄太郎は馬鹿囃子《はやし》の名人で、天保十三年、甲辰《きのえたつ》の生れだからこの時、二十七歳、内職にお神酒所《みきじょ》や町祭《まちまつり》の屋台へ締太鼓《しらべ》を叩きに行っていたことが知れ、役儀召放《めしはなし》の上、小普請入仰付《おおせつく》、という辞令をもらい、せっかくの講武所軍楽師範の役を棒にふり、これでもう一生埋れ木、徳川の代では二度と浮びあがる瀬がないことになっていたところへ大政奉還になった。

高柳は、こういうほうに天稟《てんぴん》の才があって、八歳のとき、むずかしい「国堅め」の曲を一度聴いただけで見事に打ってのけみなをおどろかせた。十歳の春から市村座付の下座《げざ》囃子の名人、四世望月太右衛門《たえもん》について本式に馬鹿囃子を習いはじめ、つい間もなく、急の舞、クルイ、カケリなどの早物《はやもの》打ちにかけては、当時、日本一とはやされた宝山右衛門《たからやまえもん》や六郷《ろくごう》新三郎よりはるかに上手といわれるようになった。

そのころは、おやじの鉄平《てっぺい》がまだお役についていたので、これで生計をたてようとか本職にしようとかいう覚悟も自信もなく、いわば遊び半分にやっていた。鉄平は釣の世界に没入し、まだたいした齢でもないのに無理に隠居して鉄太郎が西丸御徒士《にしのまるおかち》の役をつぐことになった。本来、小普請入になると家禄だけはもらえるのだが、二半場《はんば》といって無理にねがって隠居すると恩給はつかない、いきおい、鉄太郎は十両三人扶持《ぶち》という蚊の涙ほどのもので二人の口を養わなければならなくなった。

それもいいが、鉄平は、白魚の生きたのをすぐ海苔に入れて喰うといった贅《おご》った口をもっていて、鉄太郎はまた、身の皮剝いでもその口を喜ばせたいという、とんだ親父孝行なので、いよいよもって苦しくなる。

生れつき凡人の真似られぬ天稟の才があるところへ、喰わねばならぬという必死の勢が加わり、いっそう深くその道へはいり、精魂をうちこむことになったのであろう。

鉄太郎が名人だったというのにこんな話がある。二十四歳の夏、品川の八幡さまへ神輿《みこし》渡しの囃子の助《すけ》に行っていたが、調べを打つといつもとちがった音色が出た。すると、鉄太郎は、これは間もなく海嘯《つなみ》がくるといって渡御所《おかりや》の神輿を移させた。果して、間もなく海嘯がきて渡御所を押流してしまった。

安政二年のはじめ、いままでの陣鉦《じんがね》や陣太鼓をやめて歩法調練にふさわしい和蘭《オランダ》軍楽を採用することになり、この伝習に誰れをやろう彼れをやろうといっているうちに、西丸の御徒士に高柳という馬鹿囃子の名人がいるから、あれをやったら覚えが早かろうということになった。もう一人は、高柳の仲間で、馬鹿囃子の篠《しの》笛をよく吹く赤石八助という男。このほうは横笛《おうてき》を、高柳は小太鼓を受持つことになり、長崎へやられてスヒンメルという人について半年伝習を受けて帰り、高柳は「西洋行軍楽鼓譜」と「和蘭一八六一年式太鼓教練譜」という教習書を編み、翌年四月、講武所の軍楽師範に任用された。

ところが、この俸給は年に銀七枚。これでは喰えないから内職に町祭へ出てお役召放になった。高柳は、いっそサバサバした気持になり、芝居の下座もやり、頼まれればお座敷へもまかり出て、それでかすかすおやじの口を養っていた。

高柳は、着物の前裾をぐっしょり濡らしたままの恰好で深川八幡の二軒茶屋の前を左へ折れ、そこの並び土蔵の露地を入った奥の家の玄関へぬっと入ると、

「おい、虎吉《とらきち》、虎吉」

と、叫んだ。声をききつけて、まるで貉《むじな》が化けたような、眼のキョロリとした、みょうに小柄な二十七八の男が出てきた。

「おや、高柳さん、こりゃ、チトてけれつな風の吹廻しでござんすね」

「ちょっと用があってきた、上るぜ」

「まず、ずうっと」

庭に山茶花《さざんか》のある奥の座敷へ入ると、高柳は、いきなりに、

「おい、早竹《はやたけ》、おめえ、いつか和蘭太鼓を教えてくれといったことがあったけな」

「ひどく念を入れなさいますね、たしかに申しやしたよ」

早竹虎吉というのは、山本小島《こじま》、桜綱駒寿《さくらづなこまじゅ》とともに軽業曲芸の三名人の一人で、元祖早川虎市《とらいち》の後をつぎ、はじめ早川を名乗っていたが、そののち、竹川繁蔵《しげぞう》の衣桁渡りの家芸《いえげい》を譲られ、両方の名をとって早竹といった。

竿の曲、蠟燭渡り、行灯《あんどん》渡り、乱杭《らんぐい》提灯渡りなどの難曲を案出して古今独歩といわれた。

高柳は、中腰になったまま、

「次第によっちゃ教えてもやろうが、それで、なんに使うのだえ」

「いつまでもあり来たりの楽屋囃子でもあるめえから、ひとつ、吹っ切って、和蘭調練の勇しいところをからんでみてえとこう思いやして、それでおねげえしたわけでござんした。……実はね、横笛のほうは、ざっとものなりふりだけこないだ赤石さんに教わ

りましてね」

「そういう都合なら、わっちも片棒担がざなるめえ」

「おねげえもうします」

「よし、じゃア、いますぐ教える」

「いますぐ……結構、教えてください」

「太鼓には三種類あるな。真鍮胴が第一、次がブリキ、その下が桶側《おけかわ》胴……ついでに値段をいっておこう。真鍮胴が三両、ブリキが一両一分、桶側は三分から二分二朱というところだ、安くねえ」

「そうでもねえ」

「まず、打ち方のいろはを申すと、ロップルといって最初は二つ叩《たたき》をやる。つぎが五つ叩、ホホロム……つぎが九つ叩、ホロロンロン……おつぎがエン・テイといって早打……おいおいこれを組合せ重複してやる」

「なるほど、無理のねえところだ」

「それが終ると行進譜《マルス》にかかる。最初はディストマルス、これは、早足のとき叩くもの……つぎがコロヤルマルス、これは大乱《おおらん》拍子、いって見れや、お囃子のカケリといったところ」

「ああ、そのへんだ」

「おつぎがフランスマルス……最後にレジントマルス……手ほどきから四《よ》マルス、初伝から皆伝まで南鐐六つとは格安かな」

「いや、高価《たけ》え」

「じゃまあ、五つで手を打とう」

といって、檐《のき》の日差を見あげ、

「おっと、正午《ひる》か……甚だ勝手だが、手前、これから鳥の餌……じゃない、親的《おやてき》のひるごしらえに帰らねばならん。催促するようで恐縮だが、入門料をお出しください」

「いやァ、企んだり……こいつァ、いっぺえ嵌められた」

「ひとぎきの悪いことをいってもらってはこまる。ものを習うのに束脩《そくしゅう》はつきもの、師弟の礼だ……出せ、出さねえと蹴倒《けたお》す」

「これぁ、塵紙三枚貰って羽織袴で礼に行くようなもんだ……へえ、出します、出します。……では、先生、些少でございますが」

「心づかいをなさらんようになさい……これはこれは、ご丁寧に……では、遠慮なく頂戴……もう、そろそろ躑躅《つつじ》も咲きますな……では、明日《みようにち》よりいよいよ稽古にとりかかる。万事、明日のこと……今日《こんじつ》は、これにてごめん」

「高柳さん、赤石さんは上野へお入んなるそうですぜ」

「反八《そっぱ》が……それゃ、またご趣向だな」

「先生、あなたはおよしなさい、名人が一人減ります」

「上野ってなァ、どっちの見当にあるのか、おらァ知らねえよ」

おやじ

一

虎吉のところでせしめた束脩で花菱を二合買い、それをさげていそいで家へ帰りかける。

深川八幡の裏川、太鼓橋のそばの萱葺の家、庭の大きな公孫樹《いちょう》に鸛《こうのとり》が巣をつくっている。

格子戸を開ける音で入ってきた人間がだれだかすぐわかる。襖のむこうから、

「鉄や、帰《けえ》ったか」

「父《ち》ゃんや、いま帰った……ひもじかろうが辛抱してくんねえ、すぐだ」

「振武隊の崩れがだいぶ入《へい》りこんでるそうだな」

「そういう噂だ」

「角の鳥笑庵が逃げたそうだな」

「千住のほうへ行ったそうだ」

襖ごしに、まめに受けこたえしながら縁先へ擂鉢《すりばち》を持ちだして玄米を入れ、すりこぎでゴツゴツ突きはじめた。

おやじの鉄平は、二年前に釣をしているうちに軽い中気にあたり、倒れるはずみに杭で腰をうってから起居《たちい》が不自由になり、厠へだけは壁につかまってようやくひとりで通う。飯ごしらえは鉄太郎がたいして苦にもせずになにからなにまでみなやってのける。親一人子一人のほんとうの水入らずである。

半刻《はんとき》ほどかかって半搗米《はんつきまい》につきあげ、飯を焚いて膳ごしらえをすると、それを持って奥の部屋へ入って行った。

「父ゃんや、飯だ」

清らかに瘠せた品のいい身体つきで、汚れひとつない白足袋の裏を見せて向うむきに坐り、雨に濡れている庭の紫陽花《あじさい》を見ていたが、

「うむ、飯か」

と、こちらへ振返った。

「待遠《まちどお》だったろう、さあ、喰ってくんねえ」

煙管《きせる》を畳の上へ投げだすと、大きな眼玉でジロリと膳の上を見て、

「おい、鉄や、これは、なんだろう……ここに、頬かぶりをして寝ころんでいるのは」

「皮肉なことを言っちゃいけねえ、それは、干鱧《ほしはも》だ、おめえの好物だ」

「聞いたことのねえ名だな……こっちの、この、緋博多の帯をしめ、緋縮緬の袖をチラチラさせて胡座をかいているのはなんだ」

「なにいってるんだ、それァ赤海鼠《ほや》だァな、これも、おめえの好物だ」

「知らねえ知らねえ、老人《としより》は腹がでえじだから、初物喰いはしねえのだ。もっと、まと

ものを持って来い」

「おい、父ゃんや、どうしたんだな、刻《とき》がすぎて腹も立とうが、まあ、そう言わねえで喰ってくんねえ。わざわざ新場《しんば》まで行ってさがして来たんだ」

「腹なんぞ減ってやしねえ、てめえ、おいらの腹工合《ぐええ》がわかるか」

「こりゃ、弱ったな……じゃァ、なにが気にいらねえのだ」

「うむ、そうか。そうきくなら言ってやる。おめえ、おいらに隠しているが、お講武所を馘《くび》になったろう」

「えッ」

「なにが、えッだ。なあ、鉄や、それにちげえなかろう」

「どうも、恐れ入った」

「その、銭無しのてめえが、どこから工面してこんな結構なものを買ってきた。……盗んだか、拾ったかよ、月代《さかいき》を質にでも入れたのか」

「いやぁ、弱った」

「ざまぁ見ろ、言えねえだろう……おいらが代りに言ってやるから、よくきいていろ。……てめえは、柳高といって、お座敷へ出てお囃子の太鼓を叩くそうだな……それから、なんだって、芝居の囃子町へ入《へえ》りこんでトテチリの合方《あい》をするって……いい器量だな、こういう人気じゃ、干鱧と赤海鼠、こりゃ、南鐐二つから下じゃねえ……なあ、鉄や、てめえ、そうして稼いだ銭でこれを買ってきたのだな」

鉄太郎は、頭を掻いて、

「いかにも、その通りだが、まあ、それにしたって、そんなに怒らねえでもいいじゃねえか」

「怒る、だれがよ、おれがか……怒ってやしねえ、泣《ね》いてるんだ。……なあ、鉄や、てめえ、さっき擂鉢で玄米を搗いていたようだな」

「口ざわりが悪かろうと思って」

「口……黙れ、ふざけた野郎だ……おい、鉄太郎」

「へい」

「退るな、前へ出ろ……お城明渡しの翌日、お賑救米が下《さが》ったが、てめえ、こんな古米が喰えるかといって、米屋へ持って行って換えてきたろう。きょうは、なんだと、口ざわりが悪《わり》いだろうから搗いた……だれが玄米でいけねえといった。天をおそれねえ仕打をしやがる」

「こりや、型なしだ」

「毎日、朝から小魚ずくめ、有難てえと言わせてえのだろうが、おいらは言わねえよ。親に虚栄《みえ》をしやがる、馬鹿野郎だと思っていたが、めんどうくせえから、きょうまでだまって喰っていてやったのだ。てめえに幇間《たいこもち》や芝居の下座を稼がせてまで口栄耀《くち》をしようたぁ思っちゃいねえ、なにを感ちがいしてやがるんだ。いよいよ、よんどころなくなって、父ゃんや、食うものがねえから水でも飲んでいてくれろと言や、おお、そうかといって水を飲む。それを、なんだって、座敷へ這いつくばってせしめた鳥目《ちょうもく》で魚を買い、父ゃんやうめえだろう……甘やかしせえすりゃ親がよろこぶと思っていやがるのか、この大馬鹿野郎……二十七にもなりやがって智慧の足らねえひょっとこだ。てめえなんざ、おれの子じゃねえ、おッ母がひとりで産んだんだろう」

「こりゃ、ひでえ愛想づかしだ」

「やかましい」

「おっとっと、蹴返《けかえ》すだけはかんべんしてくれ」

「なにを言やがる」

足を出していきなり膳を蹴返したので干鱧は縁側へ飛び、畳の上は飯つぶだらけになった。

二

「仕様がねえなあ」

「ざまぁ見ろ、すこしはこたえやがったか。てめえが性根《しょうね》を入れかえねえかぎり、飯なんぞ食ってやらねえからそう思え。ひぼしになって死んでやる」

「父ゃんや、心得ちげえをした。心を入れかえるからかんべんしてくれ」

「うむ、きっと入れかえるか、幇間《たいこ》はよすか」

「よす、よす」

「トテチリをやらねえか」

「もう、やらねえ」

「そんなら、言うことがある」

「まだ、あるのか、こんどはなんだ」

「てめえ、これから上野へ行け」

「上野へ行ってなにをする」

「なにをするたぁとぼけた野郎だ。ご家人たぁいえ、てめえも直参、三河武士のはしっくれだ、これから上野へ行って死んじめえ」

「えれえことを言いだした」

「なんだ、なんだ、なにをおどろく……さっき、てめえの留守に赤石が暇乞《いとまごい》にきて、いよいよ十七日に上野へ立籠ってひと戦《いくさ》するのだと大意張して帰って行った。あんな馬鹿野郎にも出来ることが、てめえに出来えねはずはなかろう……行って、死んでこい」

「おっと、そいつぁ、困る」

「なんだと……十両三人扶持、托鉢坊主の報謝米ほどのものを貰って、それで命を捨てては、青海苔を貰った礼に太々神楽《だいだい》を打つようなもんだと」

「だれもそんなこたぁ言ってやしねえ」

「三人扶持のご家人も千五百石の頭取も、繋ぐ命はただひとつ、ご恩に高下はねえのだわ。道楽もいい、太鼓も叩け。太平の御代《みよ》にはしてえ放題をしろ、が、いまこそ徳川一期《ご》の折。てめえに人を斬れたぁ言いやしねえ。長州でもいい土州《としゅう》でもいい、いきなりバッサリ斬られてしめえ」

「よくわかった、わかったが、まあ、聞いてくれ。いつかも言ったが、いま使ってる軍楽は、どれもこれも西洋のもので、こちとらの国でこしれえたなぁただのひとつもありはしねえのだ。……なあ、父ゃんや、考げえてもみねえ、官軍でもいい幕軍でもいいが、お国の隊士が西洋の軍楽で歩進する、こんなべらぼうな話はなかろう。仮りによ、英吉利《イギリス》とでも戦争すると思いねえ、向うじゃ、てめえの国の兵隊が来たと思うだろう」

「それが、どうしたよ」

「それでまあ、おいらは、どの国の行進譜にも劣らねえのをこしれえてやらざァ、とこう思って、毎日、骨身を削っている。これが出来ねえうちは死んでも死にきれねえのだぁ」

「てめえ、そんなことをいって逃げを打つ気だな……よし、行くな」

「どうする……長押《なげし》の槍のほうへ伸上ってどうしようというのだえ」

「どうでもてめえが行かねえなら、おいらが行って、薩摩っぽうにこの白髪頭をくれてやる……附くな附くな、手を離せ」

「そう、じたばたすると、また中気にあたるじゃねえか……おいおい、這いだしちゃだめだ……こりゃ、手に負えねえ……仕様がねえ、じゃ、まぁ、行くから坐ってくれ」

「ざまァ見ろ、ほんとうに行くか」

「行くといったうえは、行く」

「そんなら、すぐ行け。生きて帰《けえ》ってきたら承知しねえぞ」

行ったってかならず死ぬとは限らなかろう、まぁ、行ってやれ、と思って、

「じゃァ、行き道に、木所の長井へ寄っておめえのことをよく頼んでおく」

「長井だと……おさよか……あいつは、じぶんが炬燵《こたつ》にいて、亭主に水を汲ませるやつだ。……やめてくれ、てめえを振った女なんかの世話にゃなりたかねえ」

「まあ、そう言うな。あれでも従妹は従妹、こういうときにゃ身寄り手頼りだ」

ヒラリャ、てれつく、すってんてん、と口囃子を打ちながら立上って、秘蔵の締太鼓《しらべ》のあるほうへ行きかけて、

「父ゃんや、名残に『神田丸』でも打ってきかせようか」

「うるせえ、聴きたかねえ」

「じゃ、まあ、せいぜい長生きしてくれ」

「生き飽きた、よけいなことを言うな……おい、鉄太郎、太鼓をひッ背負《しょ》ってどうしようてえのだ」

風呂敷へ包んだ締太鼓を、やっこらしょ、と背負いながら、
「こいつも、おいらと一緒に討死だ」
「どうして、こいつはこう馬鹿なのか」
「父ちゃんや、おめえの口小言もこれで聞きおさめだ……じゃ、行くぜ」
「おい、鉄ッ」
「なんだよ」
「馬鹿野郎、うしろをよく閉めて行かねえか」
「これで、いいか」

二つの戦争

一

上野の山だけはぼんやりと明るいが、町筋はまっ暗である。

高柳鉄太郎は、赤合羽にあたるひっそりした雨の音をききながら上野の広小路の近くまでやってくると、向うから鍋島の提灯をさげた乗物が進んできた。

たぶん、ずっと尾行《つけ》てきたのだろう、その乗物が土佐屋という鰹節問屋の前へかかると、龕灯をもった彰義隊の士《さむらい》が、ツと走りだして乗物の棒鼻をつかんだ。

「駕籠屋、逃げろ」

駕籠屋は驚いて駕籠を放りだしたますぐの露地へ逃げこんだ。士はいきなり駕籠を蹴倒し、なかからあわてて這いだすのを、

「鍋島の家老、行くぞッ」

そッ、と気合をかけると、片手斬りですっぱりとやってしまった。鉄太郎は、軒下に立って見ていたが、あまり鮮かなので、思わず、いようと、声をかけた。士は闇の中で向直ると、

「誰だ、そこにいるなぁ、出ろ」

龕灯《がんどう》の灯をさしつけると、すぐ笑いだして、

「なんだ柳高か」

「まぶしくていけねえ、灯口《とうぐち》をそっちへ向けてくれ。きいたような声だが、誰だえ」

自分の顔を照して見せて、

「おれだよ、赤石だ」

「おお、反八か。おめえ、よく使うの、はじめて見た。士にうそはねえ」

「おい、なんだ、えらく背負《しょ》いこんでいるな、逃げるなら方角ちげえだ」

「これか、これァ締太鼓《しらべ》よ、これだけの身上《しんしょう》だ」

「太鼓をひッ背負《ちょっ》て、どこへ行く。このへんに町祭はねえはずだが」

「なあに、おめえを訪ねてきたのさ」

「おお、そうか、よく気がついた。おいら、土肥《どひ》の隊にいるんだが、みなも喜ぶだろう。じゃア、いっしょに行こう」

「連れて行ってくれ」

黒門《くろもん》に幔幕を張って彰の字の高張《たかはり》を立て、土俵を築いて大砲を二門据えつけてある。篝火がずっと奥へ野火のようにつづき、火影が雨脚にうつってキラキラ光っている。

凌雲院の前まで上ってゆくと、焚火の前に叉銃《さじゅう》をして、和蘭太鼓を教えた奥詰銃隊の若い連中が屯《たむろ》していた。

「土肥さん、柳高が太鼓をひッ背負って見舞にきました」

土肥は、やあ、といいながら屯所から出てきて、

「高柳か、よく来てくれた」

若い連中も、みな立上って、

「柳高、よく来た」

「よくやってきた」

「いやァ、これァ大人気」

と、額を叩いて、

「手前の一存にはあらず、実ぁ、おやじの差金なんで……飛んだ実語教《じつごきょう》で」

「手持無沙汰で弱っているところだ。じゃ、早速やってくれ、いま、みなを呼ぶから」

「土肥さん、やる、とは何を」

「名人の江戸前の囃子を聴いて死ねるなら思い残すことはない」

「土肥さん、ちょっと待ってください。あっしは……」

赤石が、笛を持って屯所から出てきて、

「こういうつもりでもなかったんだが、笛《しの》だけは離さずに持っていた。おいらの笛じゃ

物足らねえかも知れないが、どうか、ひとつあしらってやってくれ。精一杯に吹いてみるから」

鉄太郎は、まごまごして、

「おいら、なにも、わざわざ……」

「そうだろうとも、よく思いついてくれたな。ここはなんだから、清水堂《しみず》へ行ってやらかそう」

とんだ感ちがいと言おうと思ったが、なんといっても戦のことだから、斬られないまでも流弾《ながれだま》にあたって死ぬかもしれたものではない。まかり間違えば自分の命もここ二三日と思うと味な気持になってきた。

「よかろう、じゃア、ひとつ、これを今生《こんじょう》の囃しおさめにするか」

清水堂の廻縁《まわりえん》へ莚を敷いて囃子座をこしらえ、堂の下の広場にはところどころに篝火をたき、歩兵服に裏金《うらきん》の陣笠、筒袖に義経袴、猩々緋の陣羽織を着ているのやら背裂《せさき》羽織に毛胴乱《けどうらん》をさげているのやら、時世の混雑をそのままにうつしたような雑多な着付の彰義隊士が、立ったりしゃがんだりしていっぱいに集っている。

ちょうどいっときの雨切れで、堂へ上って座につくと、すぐ眼の下に不忍池《しのばずのいけ》がほのかな空あかりを受けて古鏡《こきょう》の面《おもて》のようにしらしらとひろがっている。鉄太郎は、池の底光りを眺めているうちに、いいようなく気が澄んできて、おおどかに桴《ばち》をとりあげると、

「では……」

赤石は、莚の上へ両手を突いて、

「お附合い、破格でござる」

「いたって未熟で……最初は、『羯鼓《かっこ》』、出は、ヤタラ、中、前張《まえばり》、延《のべ》八拍子、止めは、早サイバラといたします」

「かしこまった」

脊梁提起《せきりょうていき》の姿勢になって、軽く桴をふりあげると、トン、トトトン、トントン、ごく薄くあてヤタラの乱れを打つ。

笛のもつれで、ニ、ホ、ヘ、イ、ホと一人で本手替手《ほんてかえて》を打込む、拍子のよさ。池心《ちしん》を流れ、根岸の森にこだましてして雲も動くかと思われた。さすがに、世のつねのものではなかったのである。

神田丸、国堅め、と秘曲をつくし、おさめは、テコメン舞、見事に打ちあげた。

旗本の若い連中は、みな堂へおし上ってきて、

「高柳、まことに有難かった」

「お蔭で、江戸へ名残りをした」

と、礼をいった。

「お礼なら、こっちのほうが……お蔭で、わっちもいい思いをしました」

縁へ足を投げだして、いい気持になっていると、土肥がきた。

「なんとも、まことに美事であった。みなも、思いがけない贅沢が出来て大よろこびをしている……些少だが、これを納めてくれ」

「えッ、これゃ、なんです」

「彰義隊一同の心ばかりの礼だ」

「わっちは、なにもこんなものを頂こうと思って……」

「それは、わかっている。……こんな中をほんとうによく来てくれた。山下《やました》は物騒だから、佐久間町あたりまで送らせる」

「わっちは、みなさんと一緒に……」

「十七日にやるつもりだったが、長州が湯島台へアームストロング砲を据えつけたとい

うから、戦争は明日の夜明けになりそうだ。ここにいると危い」

「わっちもここで死にます」

「冗談いってはいかん」

「せめて、兵糧運びでも」

「有難う、その志だけで充分だ……おい、手代木《てしろぎ》、高柳をそのへんまで送って行ってくれ」

「かしこまりました」

「じゃ、高柳、どうか息災で、いろいろ変った世の中を見てくれ。向うに軍議があるから、おらァこれで失礼する」

「はあ……じゃァ、さよなら」

　鉄太郎は、がっかりした。てんで士だなどと思ってはくれない。町人でも入りたいといえば入れてくれるというのに、するとと、おれはそれより下かと思うと、自分というもののつまらなさがはっきりわかり、また降りだした五月雨の中を、締太鼓を背負って、すごすごと山下へおりて行った。

帰るところもないのだから鎌倉河岸の豊島屋《としま》へ行き、たいして飲めもしないのにむやみにあおりつけ、夜明け近く、雉子橋《きじばし》あたりのさかんな太鼓と喇叭《らっぱ》の音をきいて、やあ、はじまったな、と思っているうちに前後不覚になり、夕方までぐっすりねむって眼をさましてみると、あっけなく戦争はすんでしまっていた。

せめて、戦争のあとだけでも見たいと思ったが、神田橋は黒田の手が固めていて通れそうもないので、あきらめて深川へひきかえし、早竹のところでごろごろしているうちに、七月、江戸は東京と名があらたまり、間もなく、奥州で戦争がはじまったという噂がきこえてきた。

二

七月の末になると、叛軍のほうが落ち目になってきて、白河口《ぐち》、平潟口がやぶれ、まず米沢が降参し、仙台があやまり、会津の鶴ケ城はすっかり官軍に取囲まれてまったく外援が絶え、老若男女、五歳六歳の子供までみな籠城し、五十年も前に貯えた食糧の田螺《たにし》を喰ってがんばっているということだった。

鉄太郎は、会津とはなんの因縁もあるわけではないが、そうまでして苦労をしている人達がふびんでたまらなくなり、なんとかして威勢をつけ、たとえ一日半日でも長くもちこたえさせてやりたくなった。こんな未熟な芸でも、もしいくぶんでも元気をつけることができるとしたら、それこそ芸人のはしにつらなる身の冥加というものである。

よし、行ってやれと思い立って、また締太鼓を背負って東京を出発した。白河から郡山《こおりやま》へ行って猪苗代湖の北を大廻りして会津若松の城下へ入った。

東京はまだ夏なのに、ここはもう秋のけはいが濃く、朝夕《あさゆう》は露霜がおり、砲声の間で蟋蟀《いとど》の声がしきりだった。

鉄太郎は、中之柵《なかのさく》の屯所で軍役の鑑札を貰い、北出丸《きたでまる》を東南に見おろす土堤の上の長州の兵隊へ弾丸を運びながら城へ入りこむ機会をねらっていた。

弾丸運びをはじめてから三日目のことだった。まだほのぼの明けのころ、北出丸の桜門からとつぜん三十人ばかりの一隊が討って出てきた。

六十歳から七十歳ぐらいまでの白髪《しらが》頭の老人ばかりで、こういう組にまでは鉄砲が渡らないのだとみえ、持っているのは槍と薙刀だけである。

六月からの籠城で、もう秋だというのにどれもこれも汚れくさった単衣ものを着、具足はおろか、草鞋《わらじ》さえ穿いているものはない、みな跣足《はだし》のまま。食うものさえ満足でなかったので、見るからいたいたしくやつれはて、足元もよろけながら、しかし、意気だけはさかんなもので、長州兵が二百人も新式の表尺のついた銃を持ってまちかまえている土堤のほうへおそれ気もなく進んでくる。

こういう無力にひとしい人たちを、長州兵が射つとは鉄太郎は思っていない。ああして進んでくるが、間もなくみな生捕りになってしまう、気の毒なものだと見ていると、間近にひきよせておいて、その二百人がいきなり銃をあげて狙いはじめた。

鉄太郎は、じぶんのおやじでも狙われているような切羽詰った気持になり、

「おい、撃っちゃいけねえ、撃っちゃいけねえ、それァ、あんまりだ」

と、わめきながら、土堤の下から夢中になってなぞえを搔きのぼりかけた。そのとき、一時に銃声がとどろき、白鳥のむれでも飛び立つように白い煙がまいあがった。

「ああ、とうとう撃っちまいやがった」

野分《のわき》が土堤のうえをひとうねりし、チリチリと砲煙を巻き去ったあとでみると、いまいた三十何人、一人のこらず血に染んで空濠《からぼり》の中に倒れ伏している。全滅である。

鉄太郎は、土堤の斜面へ尻餅をついて、

「ひでえことをするなあ」

と、呻いた。

これが外国とする戦《たたかい》ならばのこと、日本人同志がこうまでむざんに殺したり殺されたりするというのは、どうかんがえても命の冥加を知らなすぎる。

大義公義を名乗っているが、現実、正目《まさめ》で見たようすでは、長州は蛤御門の戦《いくさ》で会津にいじめられたことを忘れかね、私《わたくし》のうらみをはらそうとしているととれないこともない。

会津の突っ張りかたもみょうだ。徳川は引退って天下のけじめがはっきりときまり、この上どうしようもないのに、無理にもそれに逆おうとするのは、これもまた、会津武士の面目という私の意地を立てているのにすぎないようである。

鉄太郎は、秋草の中にあおのけに長く寝て、悠々と空のうえをわたってゆく雲を眺めながら、

「なんだか、みょうちきりんだなあ。おいらにゃ、どうも、よく嚥みこめねえ……長州のああいうやりかたはいけねえ。が、いまの老人たちは、いってえ、まあ、どうしたというもんだ。われわれはこの通り意地をたてましたといっているようなもんじゃねえか……死ぬ死ぬ、と死ぬことだけがこの世でいっちむずかしいようにいうが、死ぬだけな

ら、がえん陸尺《ろくしやく》のてあいだって平気でやる。わずか盃のやりとりのもつれだけで、チョクに命を投げだしてら。……おいらは、こんな孑孑《ぼうふら》だが、そういうおいらだって、事と次第によっちゃいつだって死ねる。……この世にゃ、死ぬよりむずかしいことが山ほどある。なぜ、ああも無駄に死にたがるんだろう。たとえ、一分一寸でも、生きにくいところを生きのびて、これから新しく開ける御国のために働こうたぁ思わねえのかしら。それこそ、ほんとうの意地だと思うんだがなあ……ああ、詰らねえ、詰らねえ」

すっかりいやになってしまって、受特ちの弾丸《たま》箱をそこへ放りだしたまま、六日町の人足小屋へ戻って締太鼓を背負い、おやじとおさよの土産に、名物の三春《みはる》人形、赤牛の張子と会津蠟燭を買って太鼓のわきへ小附《こづけ》にし、一ノ木戸を出て、猪苗代の落口《おちくち》の十六橋《じゅうろく》のほうへぬけて行った。

三

「いや、とんだ塵劫記よ……そのうちに上野の山はすっかり火になって、どうにも法《ほう》げえしがつかねえから、飯能《いいのう》の振武隊へ走り込もうと思い、上総の下肥船《こやし》に隠れて荒川下り……ざまぁねえ」

眼の前の千住大橋を渡れば、すぐ東京である。ここから深川まで二里とすこし。

田舎の塵を払ってから東京へ入ろうと思って耆老《きろう》の茶屋へ腰をおろすと、素ッ裸で、頭からすっぽりと赤合羽をかぶったお状箱《じょうばこ》人足が茶釜のへっついの火にあたってい た。それが、赤石だった。

「ところが、頼む木蔭は大雨漏りで、振武隊もすぐいけなくなり、武蔵の国へ舞い戻ってつまらねえことをしていたが、なにを見てもおかしくねえから、これから、函館の榎本のところへ落ちて行くつもりなんだ……どうした、高柳、面白くねえ顔をしているが、おめえは、どこの帰《けえ》りだ」

「おいら、会津の軍へ勢をつけてやろうと思って出掛けて行ったんだが、ふるふるいやになって帰ってきたところだ」

「なにが、そんなにいやになった」

「官軍もいやなら旧幕もいや……どっちもこっちもひょうろく玉だ……こんなことをおめえに言ってみたってはじまりゃしねえ、どうせ、通じねえ話よ。……だが、赤石、なんでそんなところへ行く気になった」

「主は三界の首ッ枷……なんといっても三河以来だからなあ、こっちはやめたつもりでも、この籍ばかりは抜けねえよ……まあ、亀之助さまが駿遠で七十万石、これで徳川の家籍だけは立ったわけだが、その、わずか七十万石へ三十万からの旧臣が喰いさがるんでは、どうせ、先は知れてらあな……そう、うまくゆくべきものかどうか知らねえが、榎本の言うように、もし蝦夷地に徳川の新天地が開けるなら、それもいいと思って……」

「あれほど江戸好きのおめえが、蝦夷地くんだりまで落ちて行くか」

「それを言うな……それァ、こういうわけだ……恥をいうようだが、実ぁ、おいら、つい昨日《きのう》まで金川の宿で助郷馬《すけごうま》の口取りをやっていたんだ。士なんざ徳川と一緒に滅びてしまった。よけりゃ、これで一生、とそう思っていたんだったが、今朝、はからずも、とんだものを見てしまって、また急に思い直して、蝦夷でもう一と働きしてみる気になった」

「こっちは役者がまずいから、いい幕切れにゃなるめえが、どういう入訳があったのか話してみたらどうだ」

「聞いてくれるなら話してもいいが、それほど細けえ筋道があるわけでもねえ……高柳、実ぁ、おらぁ、今朝、金川で亀之助さまのお下りを見た」

「おお、そうか」

「天下の大将軍のお世継も、いまはもう一介の平大名……お供といったらお側用人、お小姓衆、奥詰、目付、お徒目付、上下《かみしも》合せてたった七十人という変りようだ」

「ひでえなあ」

「おしるしの長刀《なぎなた》一本に虎の皮の投鞘《なげざや》のかかった槍が一筋、……これで、ようやく亀之助さまのお行列と知れるくれえのもの」

「いやァ、それァ……」

「お乗物《のりもの》の垂が巻きあげてあるから中のようすがよく見える……田安《たやす》の初井《はつのい》という老女が相乗りして、今年、お六つの亀之助さま、黒縮緬のお紋付に仙台平のお袴、中剃《なかぞり》のひろい、まあ、チョクに言やお雛様の五人囃子のようなお可愛らしいお頭《あたま》つき。それが、チョイチョイお駕籠から出る……いずれお継ぎになるべき将軍家が根っからでんぐりけえったことなんざまるっきりご存知がない。ただ、もう道中がめずらしくて面白くてたまらないので、あれは、何、あれは、何、とおたずねになると、右左からいちいちおこたえする……あわれだ」

「それァ、こたえる」

「宿《しゅく》のものはもとより、上り下りの大名は、お長刀を見ると、みな駕籠から出て土下座をしてお見送りする。たれもかれも泣かねえものはねえ……問屋場《とんやば》じゃ継立《つぎた》て人足が、もういいというのにわれもわれもと出る。駄賃なんぞ頂こうというものは一人半分いやしねえ。これが最後のご奉公とばかり、一つ長持に、十人十五人と取りついて担いでゆく……これがほんとうの江戸の最期、三百年のお馴染みを、きょう一朝にしてお別れする悲しさ辛さ……いやもう、高柳、阿呆陀羅経のこのおいらも、こいつばっかりは身に沁みたさ」

「おお、そうだろう」

「見なかったらいざ知らず、ああいうお気の毒なおようすを拝見したうえは、こりゃおいら一代、死ぬまでのご奉公、と覚悟をきめたよ。……ちょうど、宿の問屋に、津軽へ行くお状箱があったのを幸《せえうえ》え、それをボクよけにしてあっちへ行き、便船をさがして蝦夷へ押し渡るつもりだ。大橋を渡れば、ここは奥州街道のトバ口……へっついの火にあたりながら、これが、たぶん江戸の見おさめと、つくづく名残りをおしんでいたところだった」

　赤石は、よく整った、すこし長めな顔をふりむけて、川向うの東京のほうを眺めながら、

「ああ、いつ見てもいいなあ……ここから離れるかと思うと、こればっかりは、愚痴が出る」

　鉄太郎は、だしぬけに立上って、

「おい、赤石、お見送りをしたのは今朝と言ったたっけな」

「そうよ」

「すると、今夜は戸塚泊り、明日は小田原泊り……急いで行けゃ、蒲原《かんばら》の宿で追いつける」

「高柳、どうした」

　鉄太郎は、ニヤリと笑って、

「おめえは、どうでも縁が切れねえといったが、おいら、これから亀之助さまを追いかけて行って、どうでも徳川の籍から抜いてもらうつもりだ」

「おい、ひどくはぐらかすぜ」

「大真面目だあ……おらぁ、急ぐから、これで行くぜ。蝦夷でいい目が出たら便《たより》をくれ

……じゃア、縁があったらまた逢おう」

　ドンドン駆けだして行くのへ、うしろから、

「おい、待て、高柳、おいらといっしょに蝦夷へ行く気はねえか。二人でテコメン舞でも囃して遊ばねえか」

　橋のたもとで振返って、

「いやだいやだ、行きゃ、どうせ戦争だろう。同志討ちは真っ平でい、やるなら外国とやらぁ……あばよ、達者でくらせ」

「ああ、行ってしまやがった」

　夕靄がたち、川の面《おもて》はうっすらと暮れ、東京のほうにチラチラ灯が見えるようになった。

鷹羽落

一

玉くしげ箱根の山の九折《つづらおり》、げにや久方の、甘酒売や、さんしょ魚の名所多き山路《やまみち》。千住大橋の袂で赤石八助と別れたままの姿。黄縞木綿のどんつく布子《ぬのこ》の背に、れいの風呂敷に包んだ締太鼓《しらべ》を背負い、箱根八里の石山道《いしだかみち》、辻堂《つじどう》からお関所、峠の宿《しゅく》は朝のうちに踏みこえ、山中の諸白《もろはく》、そこの建場《たてば》に午飯《ひる》。それから長坂《ながさか》の大しぐれ、国沢《くにざわ》から市《いち》の山、この晩は三島泊り。

次の朝は大早立ち、沼津から、ならの坂、千本松原を左に見て、小《こ》すわ、大すわ、原の宿、新田《しんでん》の蒲焼。それから吉原、かしわ橋、富士川の渡《わたし》を渡って、夕陽が沈む雀色《すずめいろ》時、やっとのことで蒲原の宿へついた。

いきなり御本陣の玄関へ行って、式台の両側に坐っている宿役人に、

「おい、重役に取次いでくれ」

ポツリ潰しの田舎髷《いなかまげ》が埃で真っ白になり、なにか嵩高に背負《しょ》った変ったなりだから、宿役人も、さそくに扱いかねて、

「どちらから」

「江戸からだ」

「お名前は」

「高柳鉄太郎」

「お重役と申しますと」

「しちくでえ雁首じゃねえか。お側用人の溝口八十郎に、馬鹿囃子の高柳が来たと言やわかる……なんで、そんなにおいらの面ばかり見ているんだ……早くしてくれ、急用だ」

間もなく戻ってきて、

「どうぞ、こちらへ」

「足跡がつくかも知れねえが、かんべんしてくれ……どっちだ、こっちか」

「お荷物を」

「こりゃ、いいんだ」

欄干のついた廊下を通って、小さな築山《つきやま》の下に抱きかかえの松などある庭向きの座敷で待っていると、すぐ溝口が入ってきた。

五十歳ぐらいの、小肥りの、眼元に優味《やさしみ》のある見るからに温厚な君子、慇懃に膝に手

を置いて、

「はじめて御意を得ます……手前、溝口八十郎……どういう、御用件で」

鉄太郎は、両手をついて
「むずかしい挨拶は出来ませんから、チョクに申しあげます。……手前、もと西丸九番御徒士、高柳鉄平の伜、鉄太郎……ひとッ時、お講武所でお役をいただいたこともございますが、足軽並の軽輩、お前へまかり出られるようなものでもございませんが、少々、折入ってお願いの筋がございまして、身分柄もわきまえず、押しつけがましく推参いたしてございます」

「これは、ご丁寧なご挨拶……して」

「実は、手前、いささか囃子の締太鼓をいたします。あそこにある、あれでございますが……」

太鼓のあるほうへ振返って見て、

「はあ、締太鼓《しめだいこ》を……」

「手前、当年、二十七歳、代々、ご俸禄をたまわりながら、大小はただ腰の飾り……槍、鉄砲、弓、薙刀、体術、馬術、武芸十八般、なにひとつ心得のあるものはございません」

「面白いことを言われる」

「また、和歌、俳句、茶道、香道、碁、将棋、琴、三味線……このほうも、まったくの音信不通……」

穏やかに、眼元で笑いながら、

「ほほう、これはまた、変った御仁……」

「ただ一つ……馬鹿囃子の締太鼓《しらべ》を打つことだけ……天にも地にも、これだけが、生涯ただ一つの得手でございます」

む、と膝をうって、

「高柳……すると、馬鹿囃子の高柳というのはお手前……」

「まことに、おはずかしい次第で」

「噂には、かねがねきいておりました。お目にかかるのは、今日がはじめて……それで、お願い、と仰せあるのは」

「幼少から身儘《みまま》勝手、武士にもあるまじき下衆《げす》な世渡りをいたし、お上のお名をけがすことはありても、なにひとつ、お役に立った覚えのない高柳……生涯、ただひとつの芸をもって最後の御奉公をと思い、江戸からお後をお慕いしてまいりましてございます」
「うむ」
「明日《みようにち》、府中のお城へお入りになられますれば、それで、江戸とはご縁切れ……その最後の夜、一刻《ひととき》のおつれづれ、未熟なる芸ながら、江戸の囃子にておなぐさめ申したく……」
「はい」
「今日《こんじつ》、御前にて、御奉公いたしますれば、生涯、二度とふたたび締太鼓の桴《ばち》は手にとりませんつもり……手前といたしましても、これが、最後の一と囃子……頓狂なやつと思召されましょうが、心をおくみとりくださいまして、なにとぞ、まげて、おとりなしのほど……」
溝口八十郎は、膝に置いた手の先をかすかにふるわせながら、
「このたびのお下りお道中で、行きあう大小名、駕籠を下りてご挨拶なさる方もあり、そうかと思うと、お長刀を見ながら、駕籠の扉を引いただけで乗打ちなされる方もござった、……また、上り下りの薩長の隊士、亀之助さまのお乗物と見込み、木の上の烏を撃つと見せかせて、行きちがいざまに発砲し、高笑いしながら通って行くようなこと

もござった……その音のすさまじさ、こころの酷《むご》さ……世はさまざま、人のこころもいろいろですな……旗本、御家人の中にさえ徳川の御代もこれにて末と、まだ江戸城もお明渡しならぬうちに、じぶんから志願して薩長の雑仕に傭われたものさえござった……刀ばかりで忠義を立てるのではない、しょせんは、ひとのまごころ。生涯、ただひとつの芸にて、おつれづれをおなぐさめしたいと申されたお言葉、溝口、心魂に徹して、忝く、伺いまして……ござる」

「いや、そんなにおっしゃられると、手前、どうも……」

「亀之助さまも、さだめし、お喜び……これより、さっそく御意をお伺いしてまいります。暫時、これにてお控えのほど」

といって、立上りながら、

「これにて、江戸の囃子のききおさめ……懐し、悲し……手前も、おそばで拝聴させていただきますぞ」

「恐れ入りましてございます……ああ、よかった。これで、安心した……ご重役」

「なにか、ご用」

「府中へお入りになってしまわれては、せっかくのおなぐさめも興の薄いものになってしまう。なんとかして、この蒲原の宿で追いつきてえと思いまして、のっけ、江戸を発ってから大急ぎの大早打ち、恥を申すようですが、今日は、朝からまだ米粒ひとつ喉を通しちゃ居りません。御前で眼を廻してひっくりけえっては困りますから、なにか、ひとつ、三枚駕《さんまい》で、お申付け……」

「それは、それは……かしこまりました。早速、ここへ運ばせましょう」

二

太鼓の調緒《しらべのお》を整え、仕度をして待っているところへ、足早に溝口が入ってきた。

「亀之助さま、ことのほかのお喜びで、ご夕食もそこそこ、早速いたせというお申付け、お待ちかねでございます……ご名人、お仕度がおよろしければ」

「仕度は、充分……では、どうか、おひき連れ」

繧繝縁《うんげんべり》の畳廊下をしばらく行くと、その向うが一段高くなり、そこに金張付《きんばりつけ》の襖が閉っている。

溝口は、襖のそばで坐ると、

「高柳鉄太郎、罷り出ましてございます」

襖の内から、お進み下さい、という挨拶があった。鉄太郎は、溝口のうしろから平伏したまま閾のうちへ五尺ばかり膝行《にじ》って、そこでまた平伏した。

向うに、また一つ襖があり、小姓が二人、左右へそれを引開けると、座敷の正面奥が一段高い御座になり、亀之助が筆の軸ほどの髷を結い、白綸子の着物を着てお局《つぼね》やお抱きの人に包まれるようにして坐っている。赤石は、お雛様の五人囃子のようだといったが、まったくそのとおりで、桃の花と朱骨《しゅぼね》のぼんぼりでも置いたら、これは大きな雛壇だと、とんだ思いちがいをするかも知れない。

「もと、お講武所お傭《やとい》、高柳鉄太郎、なにとぞ、お見知り置きくださいますよう」

「高柳というか……面白いの、すぐ、いたせ」

「ははッ……では、これより口上を申しあげます。……そもそも、この馬鹿囃子と申しまするは、享保のころ、葛西、金町《かなまち》、香取《かとり》明神の神職、能勢環《たまき》というものが農民の娯楽のために和歌囃子を教えましたのがはじまりでございまして、これが追々と江戸へひろまり、生粋の江戸前の囃子と相成りましてございます。……江戸の馬鹿囃子、京都の祇園囃子、秋田の飾山《しかやま》囃子、越後の堀の内囃子、房総の房総囃子……これを、日本の五囃子と申して居りまするが、江戸の馬鹿囃子は独得のものでございまして、柏板《はくはん》、双盤《そうばん》などは使わず、もっぱら笛《しの》、締太鼓、大太鼓《おおどう》、鉦《よすけ》にていたし、屋台、鎌倉、正伝《しょうでん》、四丁目《ちょうめ》などを反復して打つのでございます。歌詞はなく、笛をあしらい、締太鼓は二人で替手《かえて》をうつのがきまりでございます。曲目は、ライジョ、テコメン舞、狐ばやし、鎌、越後……正伝、鎌倉にも数種あり、別に、国堅め、神田丸、羯鼓《かっこ》などがございます……今夜は、ごらんのごとく、手前ただ一人、笛なく、大太鼓も鉦もございません。ただ一つこの締太鼓《しらべ》にて一切万事打ちわけ、馬鹿囃子の調子をことごとく繰り出す。……さて、口上が終りますれば、これより本芸に相かかりまする……最初は、神田丸……」

鉄太郎は、一礼すると、桴をとりあげてキッと居直った。

締太鼓の胴に燭の灯《ひ》が照りはえ、その上に虹のような亀のが立つかに見えた。桴をとってひかえた鉄太郎のようすには犯しがたい威があふれ、ちょうど名刀の鞘を払ったような凛としたものを感じさせた。

鉄太郎は、桴をふりあげ、

「いよッ」

と、軽い掛声をかけると、神田丸の出のショチリを打ちだした。打籠め、打澄ましてゆくうちに、どういう技によるのか、ただ二本の桴で打つ締太鼓から、なんともいいようのない賑やかな調子が湧きたち盛りあがり、目に見えぬツレが多勢この座敷に坐っていて、笛、大太鼓、鉦で合《あい》をしているとしか思えない。さすが、名人至妙の芸であった。

いままで微動もしなかった鉄太郎の瞳がチラと動き、おさめの捨て桴、トトンと打ち放すと、

「未熟ながら、相つとめましてございます」

と、挨拶をした。

「美事」

「まあ、なんという……」

満座、うなずきかわし、低いどよめきをつくるだけで、賞めようにも言葉もないほどであった。

もうひとつ、いたせ、という御意で、狐ばやし。それがすむと、もう、ひとついたせ。

越後、ライジョ、最後に、葛西囃子の古典を打っておさめにした。

溝口八十郎は、皺の眼元をうるませながら、亀之助の前へ進んで、

「殊のほかのご機嫌のていを拝し、溝口、心の皺も伸びるような心持……よって、お興までに、高柳の囃子にて、おやじ、見覚えのテコメン舞を舞ってごらんにいれます」

ははは、と笑って、

「ああ、して見せい」

「高柳氏《うじ》、溝口八十郎、一世一代のテコメン舞、ご苦労ながら、お附合いねがいます」

「かしこまりました」

溝口は、手拭を出してひょっとこ冠りをすると、

「さあ、初井《はつのい》さま……紅葉どの、雲井どの、江戸の最後の夜じゃ、ご名人が合をしてくださる。みなさんもお踊りなさい、溝口が教えて進ぜる」

溝口の心をくんで、

「亀之助さま、初井もいたしまする」

「紅葉もつかまつります」

「わたくしめも」

亀之助は、小さな手を打合わして、

「面白いの、みなでいたして見せい」

高柳は、あふれてくる涙を手の甲で拭いながら、

「では、よろしゅうございますか……溝口さま一世一代のテコメン舞、お囃子、高柳鉄太郎……これより、はじまり、はじまりイ」

これが、この世の打ちおさめ、神楽囃子のテコメン舞、テン、テン、テン、ドロックドンと賑やかに囃しはじめた。

三

よく晴れた朝である。最後の奉公をして、これでもう貸借《かしかり》なしのサッパリと徳川の籍から抜けたつもり。大風の吹いたあとのような気持で蒲原の宿を出、吉原を通ってかしわ橋の袂まできた。ここから富士が真正面に見え、裾野第一の絶景といわれているところである。

「……なまよみの甲斐の国、打ちよする駿河の国、いでたてる富士の高峰は、日の本のやまとの国の、鎮めともいます神かも、宝ともなれる山かも、駿河なる富士の高峰《たかね》は、

見れど飽かぬかも……ああ、いつ見てもいい山だなあ。こんな姿のいい、明るい陽気な山は、五大世界にもまたとねえだろう……富士山は皴法《しゅんぽう》の技巧を弄す余地がねえから、南画に描くと一向に詰らねえ。なんといっても、これァ、日本の大和絵のもんだなあ」

はこねさァ八里はァなァんあへ、アットアット、どうだか、どうだか、

「旦那、馬はよしかの、戻り馬だ、安くやるべい」

「いらねえ」

長崎の行きかえりには何気なく見過ぎたが、キッパリと徳川に縁を切り、きょうからは、生粋、混りッ気なしのただの日本人、その気で見る富士の姿はまた格別である。

「おお、鷹が飛んでら……あれァ、この秋、親から離れたばかりの初鷹だ……言ってみりゃ、おいらのようなもんだなァ」

橋の欄干に背を凭せて、クッキリと晴れた空のうえ、富士の肩でゆるゆると輪を描いている初鷹をうっとりと眺めていたが、

「よゥし、おいらも、ひとつ、あの鷹のように……」

叫ぶようにそういうと、締太鼓をおろして風呂敷から出し、

「ながながお世話になった。竜宮まで流れて行って鯛や平目にライジョでも打ってもらいねえ、あばよ」

未練気もなく締太鼓を川の中へ投げ込み、ブラブラと浮島ケ原から原の宿、湯本の宿で挽物《ひきもの》細工を買い込んでふりだしへ戻って行った。

金川を早く立って深川へついたのが午すぎ、格子戸へ手をかけてみると釘付けになっている。フト気中《きあたり》がして、

「おい、父《ち》ゃんや、いま帰《けえ》った、鉄太郎だよ、いねえのかえ」

手荒くガタガタやっていると、隣の隠居が聞きつけて出てきて、

「おや、鉄太郎さん、おめえさん、上野の戦争へ出て死んじまったという噂だったが、生きていなすったのか」

「いや、まあ、この通りで……それで、おやじは……」

と、きくと、本所のご親類とかが横浜のお会所詰になられたとかで、二た月ほど前、そちらへ連れられて行きなすったということで、その足ですぐひきかえして大森へ泊り、翌日、横浜の会所へ行ってたずねると、叔父の住居《すまい》はすぐ知れた。

野毛山《のげやま》の、裾からすこし上ったところの赤土の崖をひらき、そこへ新しく建てた役宅

である。

玄関を入って案内を乞うと、おさよが出てきた。

「お帰りなさいまし」

落着払ったもので顔の筋ひとつ動かさない。女にしてはすこし端正すぎ、膚の色は象牙のように冴えかえっている。美しいには美しいが近づきにくい感じのする冷たい顔である。

「こんどは、どうも、いろいろ……叔父貴はいますか」

「ご用向で五月の末に長崎へまいりました」

「それァ、どうも」

風呂敷包を玄関へ置いて座敷へ通ると、生垣越しに田圃がひろがり、その向うの、公使館の建物や波止場を遠見に見はらすようになっている。

「これァ、ひろびろとして気味合のいいところだ……それで、おやじは……」

透きとおるような冷たい顔をふりあげて、

「伯父さまは、先月の十一日にお亡くなりになりました」

鉄太郎は、のけ反って、

「し、死んだ……やはり、中気で……」

「いいえ……腹を召してお果てになりました」

茫然と眼を瞠《みは》っているあわれなようすも眼に入らないのか、淀みのないしらじらとした声で、

「仔細を申しあげます……七月の十日のことでございました。高島町の薬湯《くすりゆ》へ行くといってお出掛けになりましたが……」

「こいつァ、けぶだ。満足に歩けねえおやじが、銭湯へ……」

「お危のうございますからと、いつも、おとめ申すのですが、どうしても行くとおっしゃって、杖に縋ってはお出掛けになるのでございます……それで、その日、出掛けると間もなく、裾から胸から泥だらけになって帰っておいでになりましたのです」

「言わねえこッちゃアねえ」

「見ますと、頬や前額《まえびたい》から血が流れておりますので、どうなさったのかとおたずねしますと、ちょいところげて、と笑いながらおっしゃいました。……ごらんの通り、この下は俄かに田圃を埋め立てた高低道《たかひくみち》で、ただきえ歩きにくいのに、ちょうど夕立のあったすぐあとだったので、それはお危のうございましたといって、お召換えを手伝いなが

ら見ますと……」
「そんなところで撓《た》めちゃいけねえ……それで」
「それは、転んで出来た傷ではなく、たしかに打ち傷……革靴で強く蹴りつけられた傷なのでございます」
鉄太郎は、向うの膝へ突当るほど詰め寄って、
「靴で蹴った……いってえ、誰が」
「もうしばらく、お静かにお聞きねがいます……それで、不審に思いまして、木戸の詰番所へ行ってたずねて見ますと、やはり、転んだのではなくて、亜墨利加《アメリカ》の水兵どもに散々な手籠めにお逢いなすったんだそうでございます」
「どういう入訳で、そんな無態《むてえ》を……」
「見たものの話ですと、水兵が四人、酔って、歌をうたいながら廓からよろけ出してきたのを躱《かわ》そうとなすってよろけ、向うのひとりの胸へ強くお倒れなすった……むこうは、酔っていることでもあり、なにか感ちがいをしたものとみえ、いきなり引倒して踏んだり蹴ったりしたあげく、襟髪をつかんでぬかるみの中をズルズルと詰番所まで引擦って行き、このおいぼれが無礼を働いたからきっとお仕置を願うと突出して、じぶん

たちは仏蘭西波止場からバッテーラに乗って軍艦へ帰ってしまったのだそうです」

「蹴りつけたうえ、ぬかるみの中を……おさよさん、おめえさん、そいつらの名を知っていなさいますか」

「はい、番所の控から写しとって置きました」

「有難てえ……それで、その軍艦は」

「ハートフォルド号という名で、その翌々日の夕方、亜墨利加へ帰ってしまいました」

鉄太郎は、なんともいえぬ沈痛な顔つきでうつむいていた。しばらくしてフイと顔をあげて、

「おさよさん、だが、おやじは、なんだって腹なんか切ったんだろう。おいらにゃ、それが……」

「わたくしが、おすすめ申しました」

「えッ、おさよさん、おめえさんが……腹を切れとすすめなすったか」

「さようでございます」

「な、なんの入訳で」

おさよはまじろぎもせずに、

「一族の恥になりますから」

ひとことで片付けて、ジッと鉄太郎の眼を見返した。

鉄太郎は、膝を立てて摑みかかりそうにしたが、すぐ顔を伏せてはげしく膝頭をふるわせた。

おさよは、ちょっと庭のほうへ眼をかえしてから、

「わたくしが、おすすめしますと、しばらく考えておいでになりましたが、間もなく、それも、そうだ、と、ご承知なさいました……お美事なご最期でございました」

「おさよさん、おめえさん、叔父貴の留守に、それだけのことをひとりで運びなすったか……えれええれえ、えらすぎる」

「ご嘲弄なさいますか」

「一族……一族の恥……」

「なんと、おっしゃいます」

「いや、おめえさんに言ってるんじゃねえ、独り言だ、気にしねえでおくんなさい」

「女童《おんなわらべ》の知るところにあらず、ですか。あなたも三河武士、ご不満なぞあろう筈はなかろうとぞんじますが」

と、迫るようにいった。鉄太郎は、ブルッと身体をふるわせて、

「滅相もない、お、お礼を申しやす」

眼をつぶってグッと涙を嚥みこんだ。おさよは、うっすらと笑って、

「伯父さまも、満足のごようすでした。あなたも、きっとお喜びくださることと思っておりました。では、お位牌のところへ」

赤富士

一

秋の空の明るさが海を浮き立たせ、英吉利《イギリス》の外輪船や仏蘭西《フランス》の海防艦が、鷗と戯れているように陽気なようすをしている。

公使館や、亜墨利加《アメリカ》一番館の旗《フラウ》が、風に翻りながら、赤や緑の色を屋根の上へ撒きち

らし、その色が強く眼に沁みた。

おやじは、あいつは炬燵にいて亭主に水を汲ませるやつだといったが、たしかに洞察《みぬ》いていた。亜墨利加も憎いが、理詰めなおさよのやりかたも憎い。どんな顔で詰腹をすすめやがったろう。さぞ、おやじも、味気ない気持で死んで行ったことだろうと思うと、無念で残念で、諦めようにも諦められるものではない。

生きているうちは、手のかかる厄介なおやじだったが、ものは無くなってからはじめてその貴《たっと》さがわかる。お座敷のゴミまで舐めて貧乏とやり合ったのも、しょせんは、おやじが生きていて、さんざ我儘を言ってくれたからだということがはじめてわかった。死なれてみると、もうなんの張合もない。日本がなんだ、行進譜《マルス》もくそもあるものかと思い、酒でも飲んでわけもなく人でも斬ってやりたくなる。

当座は、カッとなって、便船のあり次第亜墨利加へ渡って、十三州の草の根を分けても四人の奴等を探しださずには置かぬと思いつめ、その決心をおさよにいうと、さんざんに笑われてしまった。

「亜墨利加討ち、とは河竹新七でも考えそうな筋でございますね。言葉も知らずにどうしてお探しなさいますか。まして、相手は軍艦のことですから、きょうは北の港、あすは西の港というふうに動いて行きましょう。それを商船ででも追いかけなさいますか。お金はどうなさいます。馬鹿囃子のお給金では一生かかってもむずかしゅうございましょうね。よしまた、つかまえたとしても、百人二百人といる軍艦へ、あなた一人が太鼓の桴《ばち》を持って討入りなさいますか。世話物どころか、それでは、とんだ仁輪加《にわか》になりそうでございますね……あなたは、そんな夢のようなことばかしお考えつきになるからいやなのでございます。そんなつまらない考えはおやめなさいませ」

なるほどその通りで、理窟なら、なんといってもおさよにはかなわない。そのほうに望みがないとすると、この波止場に坐っていて、もう一度ハートフォルドが横浜へやってくるのを待つほかはない。

鉄太郎は、新しい軍艦が入るたびに、会所へ行って名をたしかめることにしているが、死ぬまで待っていても、果してその軍艦が来るものやら来ないものやら、それを考えると、つい力がぬけそうになる。

仏蘭西波止場の繋船柱に腰をかけて、ポカンと鷗の飛ぶのを眺めていると、うしろの高いところから、

「先生、もし、高柳さん」

と、呼ぶ声がした。

振向いて見ると、すぐうしろの亜墨利加一番館の露台《バルコニー》で早竹虎吉がこちらを見下して手を振っている。

「先生、しばらく、いま、そこへ行きます」

間もなく、玄関から飛びだしてきて、

「あっしゃ、先生を探しあぐんでいたところなんで。いったいまあ、いままでどこに雲隠れをしていらしたんですえ」

見ると、頭はむかしのままで、荒い格子縞のフランネルの洋服という変った身なりなので、鉄太郎は噴きだして、

「おめえ、だいぶと進化したようすになったじゃねえか。商売換《げえ》でもしたのか」

早竹は、髷へ手をやって、

「てれまさァ、ひやかさねえでおいておくんなせえ……商売換という訳でもござんせんが、少々、寸法を変えまして、このせつは、あなた、エー、ビー、スイー、デー……それに、『智慧の輪』という本を習って、『麻はベルギイ、アイルランド、オロシヤ等の円に産す』なんてやっているんで」

「それァ、えれえ進みかただ、魔でも憑いたんじゃねえのか」

「まあ、聞いておくんなせえ、こういう筋なんで……あなたもごぞんじだ、そら、二年前にベンコウに傭われて亜墨利加へ興行に行きなすった十三代目源水さんと菊次郎さん。これが、桑港《サンフランシスコ》……どうも、舌を嚙みそうでいけねえ……そこの、アカデミー座というのを振出しにして各地でていへんな大当り。つい、先月の末に帰《けえ》っていらして、曲独楽《きょくごま》だけではなんだから、こんどは、ひとつ、みなで押し出そうじゃねえかという一件。いろいろ聞いてみると、これが、ひどくわけなさそうなんで、山本や桜綱《さくらづな》とも相談をして、曲手鞠《きょくでまり》や水芸も入れ、大々一座で乗込んでメリケンの胆ッ玉をでんぐりだしてやろう、こういう次第になりまして、早ごしらえの座組で、毎日、こうしてアタフタ走り廻っているんでごぜえす」

「早竹、ちょっと待て」

「いや、ちょっと待っておくんなさい……こんなチョクな話で、どうも申訳がねえのですが、ねえ、先生、どうでしょう、あなたも、ひとつ肩を入れておくんなさるわけにはめえりますめえか。赤石さんと組んで、思うさま下《げ》ザッていただきてえと……」

「有難てえッ」

「えッ、有難てえ、とおっしゃると、引請けておくんなさるんで……」

「引請けるも引請けねえも、おいらにとっちゃ、まったく、この上なしの話なんだが、締太鼓《しらべ》は、断《たち》もんだ、大太鼓《おおどう》でいいなら行く」

「大太鼓、結構」

額を叩いて、

「よしこの、よしこの……こう、話がうまくゆくたぁ思わなかった。……では、細《こま》かしいことは後ほどゆっくりお話しするとして、振出しだけを振りやす。実ぁ、きょう、間もなくスタンレーという亜墨利加の帆前船《ほまえせん》が上海《シャンハイ》から入港するんですが、明後日《あさって》、横浜を出帆するその船へ乗っかろうという火急な話なんで……」

「おいらなら、いまからだっていい……それで、さっき、赤石の名が出たようだったが……」

早竹は、急に声をひそめて、

「赤石さんは、あなたと千住大橋の袂で別れると、それから間もなく、日慶寺《にちけいじ》の前で十人ばかりの土州の赤毛に囲まれてしまい、ようやくのことで切り抜けて、いま、あっしんところで隠れていらっしゃるんです。……どうにも詮議が厳しくて、このまま日本にいちゃ、二進《にっち》も三進《さっち》もいかねえことになりそうだから、実ぁ、今度の件にゃ、赤石さんを亜墨利加へ落してやるというワキ筋も仕組んであるという次第なんでごぜえす」

「それァ、えれえ正念場になったなァ、あいつも気の毒だ」

「赤石さんも運が悪りいや、そン時、鉄砲で撃たれなすって、右の脚を……」

二

観音崎の沖へ出ると、スタンレー号は真下《まおろ》しの強い西北《にしきた》に吹きつけられてひどく揺れはじめた。

一座の女太夫や三味線子《しゃみっこ》たちは人心地もなく寝台に突っ伏し、赤石も早竹ももう船酔をして船室へひきさがってしまった。

鉄太郎は、舷《ふなべり》に凭れて広重の「赤富士」のように、美事に朝焼けに染まった富士を眺めながら、この五日ばかりの間に起きためまぐるしい変化をぼんやりと思いかえしていた。

亜墨利加、亜墨利加と灼きつくように思い詰めていただけに、自分がいま、その亜墨利加へ行く船の中にいるということが、なにか嘘のようで、どうしても心が落着けなかった。

艫《とも》に近い甲板にさっきから立っている男が、どうもどこかで見た覚えがあるので、ちょいちょいとそのほうへ振返っていたが、むこうでもやはり気にしていると見えて時時、こっちを見る。考えてるうちに、ようやく思いだした。上野の戦争の前の日、深川の櫓下でぶつかった二元とかいう薩摩の隊士だった。めぐりあわせというは妙なものだとかんがえながら、二元のほうへ歩いて行って、

「二元さん、お久し振り」

二元は、丸い大きな顔を振りむけて、

「そうじゃッた、あン時、深川で逢いもした……」

「あの時の高柳ですよ」

「こりゃ、魂消《たんげ》た。なんちゅう奇遇かね、こげん船ン中で……」

「あの時ぁ、いろいろ……呉越同舟てえわけです」

二元は、人の好い笑いをして、

「いやァ、それァ、言わんことにしてつかあさい。おまんさァが名人ちゅうことを知ら

んもんじゃたけえポイポイと叱《が》り申《も》したが、どうも、すまんこってごわした。どうか、宥いてたもんせ」

「いや、どうとも思っちゃいねえですよ」

「そいで、おまんさァ、どげんご用向で……」

「用向きなんてえれえこっちゃねえ、軽業曲芸のお囃子をやりに行くんでさァ……二元さん、おめえさんは……」

「おいでごわすか……実ぁ、おいは、横浜の英吉利公使館のフェントンという男について軍楽を習っておったでごわすが、どげんにも埒が明きもさんけえ、サッパリと隊をやめて、亜墨利加から欧洲へ廻って、みっしり修業しようと思って出ッきもした」

「軍楽の修業……」

「あげんして鼓笛と大太鼓だけでやっちょりますが、将来はかならず本式の管楽器《ブラス》でやらんならん時代《じでえ》が来ッです。………おはんもご存知のことじゃが、行進譜も『英国行進譜』なんちゅう借物じゃ仕様《しよ》ンがなか。ひとつおいの手で日本の行進譜を作曲してみてえと思めえまして……こや、おいのことばっかい話してしもうたい……おお、どげんなさった、高柳どん、おいんさァ、泣いていらるるでごわすと……」

鉄太郎は涙を拭いて、

「なんでもねえ、気にしねえでください。なァに、ちょっと、むかしのことを思い出して……そりゃいいや、どうか奮発して、立派なものを作ってください」

「元祖のおはんにそげん言わるッと赤面するでごわす……長《なげ》え船旅でごわすけえ、ひとつ、いろいろと智慧を貸してたもんせ。お願えすッでごわす」

「なァに、おいらなんざ……」

「いや、そうじゃなか。おいのためじゃあごわはん。日本のためでごわんすけえ、みんな力を合せてやらんならん。大いにその義務があッとですぞ」

「義務ッてえと……」

「つまり、責任《つとめ》があッということでごわす。……そじゃごあはんか、薩摩と長州だけの智慧じゃ足らん。なんちゅうッても、日本の文化の精粋は江戸の歴史の中にあるでごわす。そいを受け継いでおらるるおはんたちが、おいどんらの仕事を冷眼視して、一向手を貸そうとせんのを、おいは、かねがね怪しからんこっちゃと思っとるでごわす。……おいは、おはんに詮議を掛けて見てえ……高柳どん、おはんの考えはどげんごわすか。ひとつ、承りてえ」

鉄太郎は、素直に頭をさげて、

「よく言ってくだすった、有難てえ。おかげで、世界を広くした。……そうだなァ、二元さん、日本人である限り、その、義務ッてえのがあるわけだなァ……これゃ、のがれられねえ。……よくわかった。じゃア、おいらも奮発してやってみよう」

「そい、そい、そいでごわす。……おいは、高柳どん、おはんだけにゃ、是非《ぜっぴ》、そう言《ゆ》わせて見たかった。……高柳どん、ひとつ、握手をしてくださらんか」

「しやしょう」

「おいは、やりもすぞ」

「ああ、おいらも、やる」

日本行進譜

一

桑港《サンフランシスコ》は、うしろに丘をひかえた。のびやかな港で、浮波止場も船渠《ドック》も市庁舎の建物も、みな秋霧の中で煙っていた。

検疫がすむと、一同は馬車を連ねて坂をあがり、その中腹のフィヤモンドという旅館《ホテル》に宿をとった。一座の通弁に傭ってきた小橋才三の話では、これは桑港でも一という旅館だということで、みな気をよくした。

翌日、早速、市中見物に出かけ、今度興行することになっているメトロポリタン座の内部《なか》を見せてもらい、舞台に瓦斯灯がついているのに魂消《たまげ》て帰ってきた。

鉄太郎は、なにか冴えない顔で、通弁の小橋を連れて毎日のように出歩いていたが、いよいよ蓋明けも迫った十月の十二日の夕方、ちょっと相談したいことがあるといって、赤石と二元と早竹を自分の部屋へ連れ込み、だしぬけに仇討ちの決心を洩らした。

ハートフォルドという軍艦は、いま、桑港の近傍の、メールアイランドというところの海軍船渠に入っていて、鉄平に乱暴を働いた四人の水兵は、そこの海軍兵舎にいることを突きとめたというのだった。

赤石は、天井を見上げるようにして、

「ふ、ふ、長生きをすれば、いろいろと変ったことが見られる……亜墨利加くんだりまできて仇討ちを見ようたあ思わなかったなあ……だが、高柳、段取は固いことになっているのか、逃げられるようなことはねえのか」

「ちゃんと、果し状をつけておいた。……そいつらァ、明日の夕方の四時頃、渡船場《とせんば》の前の楢林まで出張《でば》ってくることになっている」

「それァ、まア、キッパリしたもんだなあ」

二元は、組んでいた腕を解いて椅子を前へ進め、

「そいで、高柳どん、あとの始末はどげんなさるつもりでごわすか。……おまんさァ、おいはただ斬りせえすりゃええじゃすまんでごわす。……日本の体面を考えて行動してもらわんけりゃならん。こりゃ、大きな問題でごわすぞ」

赤石は、取って投げるような口調で、

「二元さん、むずかしく言わねえでもいいじゃないか。殺ってしまったら腹を切りゃいい……なあ、高柳、そうだろう」

鉄太郎は、うなずいて、

「もとより、そのつもりだ」

「なァ、二元さん、ここは亜墨利加だ、切腹なんか認めねえかも知れねえが、あとに残ったわれわれ二人で、日本の無理を通してみようじゃないか」

二元は、長閑《のどか》に笑って、

「よかでッしょう……いけんけりゃ、おいたち二人も腹を切りゃよかでごわす。その上でも猶、日本に難題を言いかくるようなこたぁなかでッしょう。……そいはええが、おいが心配しちるなぁこのこつ……高柳どんが、もし警吏にでも捕《と》えられるちゅうと……」

鉄太郎は、頭を掻いて、

「こいつぁ、失敗《しくじり》、ここまで逃げてくる筋ぁ考えていなかった」

早竹は、膝を乗りだして、

「よござんす……じゃ、あっしは、これからそこへ出かけて行ってトックリと場所づもりをし、明日《あす》は、若えものを総出しにして、手落なく手配《てくばり》をいたしておきやす。しょせんは、高柳さんを、この宿まで連れてくれァいいのでしょう……憚《はばか》りながら、早竹虎吉、引受けた以上は、天地が崩れようたって、メリケンに高柳さんを渡すようなこたぁいたしゃせん、ご安心なすっておくんなさい」

二

翌日、日暮れ近い四時半ごろ、赤石と二元が待っている部屋へ、ブラリと鉄太郎が帰ってきた。

赤石が、右脚をおさえながら立上って、

「帰ったか……どうした」

「首尾はどげんごわした」

「殺って来た」

「そうか……四人ともやったか」

「殺った」

「そいは、大出来でごわした」

赤石は、いつもの薄笑いをして、

「どうだ、えらかったか」

鉄太郎、疲労の見える眼元を微笑ませて、

「しまいに刀が重くなって弱ったぁ……人を斬るのは思ったほど楽なもんじゃねえ」

そこへ、早竹が、大当り大当りと叫びながら踊るような恰好でやってきた。

「高柳さん、お目出とうござんした。いやもう、えらかったねえ」

「高柳どん、四人ともぶち斬ったのは大《てあ》したもんでごわすぞ。一人斬りゃ、かならずあとは逃ぐるにきまっちょる。どうして、なかなか三人とは斬れるもんじゃごわせん。どげんにして殺りなさった」

「それァ、あっしから申しやしょう……互いに行き合ったから、なにか挨拶があるのだろうと思ったら、いきなり抜打ちに一人へ浴せかけ、そいつが倒れるまもなくもう一人の胸へ突ッ通し……ほんの、あッという間だ。残った二人は、こいつぁ馬鹿だねえ、別々に逃げりゃいいものを、手をとるようにして肩をならべて行くんだから、こりゃ、わけはねえ、三太刀《みたち》ばかりで蒐がついた……どうしてどうして、えれえお手のうちだ」

鉄太郎は、手を振って、

「こっちは無我夢中、なにをやらかしたんだか、まるっきり覚えがねえのだから世話ぁねえ」

二元は、チラと赤石と眼でうなずき合い、

「高柳どん、だいぶ話が長くなりもした。そろそろよかでごわしょう」

「高柳、遅くなって手が廻るとまずい。土壇場は隣りの部屋にこしらえてある……おい、早竹、おめえはもう、あっちへ」

早竹は、うなずいてから高柳のそばへ進んで、

「高柳さん、じゃア、どうか、お心静かに……」

「いろいろ世話になったな、みなによろしく言ってくれ」

早竹が出て行くと、鉄太郎は部屋の隅の机の上から楽譜のようなものを持って戻ってきて、

「二元さん、これァ、おいらがこしらえた行進譜《マルス》だ。役に立つようだったら、是非、使ってもらってくだせえ。これでも精魂をこめてあるつもりだ、日本を発つ日、甲板であんたに逢った日の夜からかかって、ちょうど、昨夜一杯でこしれえあげました」

「おお、さすがでごわす」

「雅楽の平旋は避けて、和歌囃子の節をとった。……見てくだされァわかるが、小太鼓のほうは、骨を折って西洋打法にねえ新しい拍子を打ってあるつもりだ。題は、日本

の、行進譜……『日本行進譜』とつけておいた」

「お覚悟のほどもうかがわれるでごわす。さぞ、立派なものでごわんしょう、たしかに、お預りもした」

「高柳、それァよかったなァ……おいらも、うれしい」

鉄太郎は、うなずいて、

「あとへ残すものが出来て、おいらも心持《こころもち》よく死ねる……じゃァ、行くかな……隣の部屋か」

間の扉を開けて隣室へ入ると、十畳ほどの広さの部屋の真中の床へ寝台の厚い藁蒲団を敷き、その上を白木綿で覆いつめ、三番叟《さんばそう》の舞台飾にするつもりだった真新しい三宝の上に、白鞘の九寸五分が正しく載せられてあった。

鉄太郎は、靴をぬいで土壇の上に胡座をかくと、立っている二人を見上げて、

「赤石、いろいろ、世話を焼かせたなァ……二元さん、これでお別れします。もう、いいから向うの部屋へ引取ってくだせえ」

赤石は、鉄太郎の手を握って、

「あわてねえで、落着いてやれよ」

「なァに、大丈夫だ」

「言い残すこたァねえか」

「ふん、誰《た》れによ……日本にゃ、おいらを待っているものなんざ居やしねえ」

「おさよさんに言伝《ことづて》はねえか」

ちょっと沈んだ眼付になって、

「おさよか……いやなやつだが、心に残るなァ……まあ、止そう、沙汰なしだ……それァいいが、ただ……」

「言って見ろ」

「日本が、開けて行く姿を……ひと目」

「よし、おいらが代りによく見てやる」

「たのむ……すぐにゃ、やらねえ、すこし暇がかかるから……」

「いいとも……じゃア、向うへ行くぜ」

「高柳どん、立派に頼みますぞ。亜墨利加人が見に来《く》ッです、よろしゅうごわすな」

「やるやる、大丈夫だ……赤石、二元さん……じゃア、これで……」

三

赤石と二元は扉《ドア》を閉めて以前の椅子へ戻ってきた。二元は、腕を組んでなにか考えていたが、だしぬけに、

「赤石どん、折角じゃが、この譜は使えんですぞ」

「使えねえ……物になりませんか」

「そうではない、実に立派なもんでごわす」

「じゃア、なぜ、使えねえ」

「行進譜となれば、これで錦旗も動かせば連隊《レジント》も動かす……これから、のびやかに、強く、さかんに開けて行く日本の陸軍において、こげんな不浄を孕んだ曲譜は使ってはならんとおいは思うでごわす」

「なるほど、それァ、理窟だ……無駄な骨折だったのだなあ」

「無駄ちゅうことはなかでしょう。この譜は使わんでも、この譜に籠った高柳どんの精神は立派に残る。消そうにも消ゆるものではなかでッしょう。そいで、よかごわせんか」

「あいつも、これを聞いたら死に切れねえだろう。えらく骨を折っていたのだからなあ」

「大いに、死に切れんがよかでごわす」

赤石は、顔色を変えて、

「二元さん、お前さんもずいぶん薄情なことを言う人だなあ」

二元は、落着いた顔色で、

「まあ、聞いてつかあさい。……構浜で亜墨利加の水兵に足蹴にされたのは、高柳どんの父親《ててご》ではなくて、あれは日本人全体に加えられた侮辱じゃとおいは思うとりまッす……わずか三人や四人の亜墨利加人を殺しただけじゃこれだけの恨みが晴れるたぁおいは考えもさん。……高柳どんも、これですんだと安心して死んではならん。大いに死にきれず、満腔のうらみを残し、鬼になって米土の上をさまようてもれえてえと思っちょるでごわす。……これから、まだまだ、無数の高柳どんが出、そういう無念を経て、はじめて日本は先進国の蔑視を克服して、それを乗り超えることが出来るのでごわす」

この時、隣室で、うッ、という圧しつけたような瞬間的な呻き声がきこえ、悽気とも鬼気ともつかぬ一道の気が波打つようにこちらの部屋へ伝わってきた。

二元は、しずかにとなりのようすをききすましていたが、

「すんだようでごわすな……赤石どん、行って見ましょう」

赤石は、ふッと顔を伏せて、

「未練なことを言うようだが……高柳が、もし、失敗《しくじ》ってのたうち廻ってでもいたら……おいらは、とても眼を向けられねえ……すまねえが、二元さん、あんた一人でのぞいて来てくださらんか。立派にやっていたら、立派にやっているとおしえてください」

「よごわす、じゃア、おいが見て来まッしょう。……だが、赤石どん、高柳どんは、おはんが考えているよりはずっとずっと偉か男ですぞ……とっけもねえ、放胆男《ばかふともん》でごわす。かならず立派にやってくれたと、おいは信じちょります」

ノシノシと大股で歩いて行き、扉を開けて隣室へ入って行ったが、間もなく出てきて、

「赤石どん、安心してたもんせ、立派に……立派にやっちょりますたい」

「おッ、やりましたか」

赤石は、不自在な右足を引擦りながらのめるように歩いてきた。

鉄太郎は、坐ったままの恰好で正しく前へ俯伏せになり、頸のうしろから見事に喉を

貫いた短刀の鋩子《きつさき》が三寸ほどあらわれ、向うの窓からくる夕陽を受けてギラリと光っていた。

赤石と二元は頭を下げてそこを出ると、また以前の椅子へ帰った。二元は巻煙草容《いれ》を赤石のほうに差出しながら、

「赤石どん、高柳どんの顔をお見やしたか。……高柳どんは、たしか死前に徹底してくれた。けっして、安心して死んでは居りまッせんぞ」

そういうと、机の上の楽譜を取上げて煖炉《だんろ》のほうへ行き、無造作にそれを火の中へ投げ込んだ。

「二元さん、あんたは、強《つえ》いなア」

「これで、よかごわす……高柳どんの日本行進譜は、只今、完成しもした。……赤石どん、おはん顔色が悪い。すこし、その辺を散歩でもして来なさらんか……おいは、ここにいて、警吏を待っちょるでごわす」

「あっしは、じゃア、すこし歩いてくる」

赤石は帽子を取りあげると、突然、それを顔へおしあて、跛足《ちんば》をひきながら部屋から出て行った。

二元は、煖炉のそばへ椅子をひきよせ、メラメラと立ちのぼる楽譜の炎の舌を見ていた。

雨がくるのか、俄かに部屋の中が暗くなってきて、窓ガラスを、時々、稲妻が蒼く染めた。

信乃と浜路

一

滝野川《たきのがわ》から弁財天の祠《ほこら》にかよう小道の両側には、椎、柏などの古木が枝をさしかわして陽の目を蔽いかくすばかり。啄木鳥《きつつき》の声が林にこだまして、深山にでもいるようであった。

故あって、父の番作が預っていた、村雨という名刀を、古河《こが》の城主、足利成氏《あしかがしげうじ》に返上するため、明日、信乃《しの》は住み馴れた大塚の里を発って古河へ行く。

村雨の名刀は、足利家の家宝というだけでなく、成氏の兄のかたみでもあり、また、祖父の匠作、父、番作の忠節は、知らぬものはないのだから、それによって、かならず取りたてにあずかるはずである。

人の力に及ばぬものは、愛敬と厄難なり、という。かりそめならぬ仕官の門出なので、滝垢離《たきごり》をとって、つくづくと祈願をこめ、わきの道から田圃の畔づたいに家に帰ろうとすると、叔父の蟇六《ひきろく》と網乾左母二郎《あぼしさもじろう》が、下男の背介《せすけ》に網をかつがせてやってくるのに出逢った。

蟇六は、渋っ面を笑いほぐして、

「滝野川詣でということだったが、これは、うまく出逢ったぞ」

という。

「川狩ですか。どちらまで」

「神宮川《かにわ》へ行く……明日は門出だから、なにか肴をと思ったが、ろくなものもない。折よく網乾氏が見えたから、ひき伴なってやってきた。そもじも、いっしょに行かっせえ。むかしとった杵柄、手際なところを見せてつかわす」

信乃は気がすすまないので、片付けものがあるからと断ったが、左母二郎は逃さない。

「そんなことは、お帰りになってからでもできるだろう。庄屋どのが、あなたのために、わざわざ漁をなさろうという。否やをいう事柄ではない。犬塚氏、まあ歩まっしゃれ」

網乾というのは、このごろ犬塚へ流れてきた、ひ弱な面をした浪人者で、大師流の字を書き、小唄、小鼓、一節切《ひとよぎり》などをかなりにやる。昼は書の指南をし、夜は女の子に遊芸を教えている。叔父夫婦にとりいって、追従のありったけをつくすので、そのほうの気受けがいい。

「扇谷定政《おうぎがやつさだまさ》に仕えて、五百貫の扶持取《ふちどり》……よんどころない讒言《ざんげん》にあって浪人いたしましたが、不日、帰参いたしたら、ご恩報じをつかまつる」

などと、涙片手に、しおらしいことをいうので、叔母の亀篠《かめざき》などは、身内同様にもてなしているふうである。

そういう性分の男なのだとみえて、ここに居つくようになってから、まだいくらもたたないのに、なにかと色っぽい噂があって、このごろは浜路《はまじ》をものにしようというので、しつこくつけまわしている。

白鼬のような、妙に削げた顔を見ると、虫唾が走る。こんなやつと川狩をするのは、助からないと思ったが、強《た》って嫌ともいえず、しょうことなしについて行くことになった。

古い絵図に載っているが、武蔵豊島郡《むさしとしまごおり》、いまの王子の北、十七、八町のところをこの川が流れていた。

水上《みなかみ》は戸田から落ち、千住で隅田川にはいる。神宮という村を通るので、それで神宮川。この岸が尾久、豊島、堀之内、十条などの村になる。地名は残っているが、川はもうない。

川岸まで行くと、柳の下に舟をやって、船頭が待っている。

「土太郎《どたろう》」

「これは庄屋さま。どうせ夜網だろうと思って、仕度をしておきやんした」

「いまからはじめれば、いずれ夜になるだろうが、どうだ、魚は浮いているか」

「鮒《ふな》がいかくわきやした。戸田から鯉《こい》が落ちていやす」

「暑中は鮒に味がねえ。いや、鯉が落ちているとはありがたい」

網を担いできた背介は、それで帰る。

三人が舟に乗ると、土太郎が櫓《ろ》を押して川なかへ漕ぎだす。蟇六は襦袢ひとつになって腰箕をつけ、網を持って舳《みよし》に出る。

「そろそろ入れるぞ」

「ようがす」

櫂を入れて、舟をまわす。

「やい、しっかりまわせ。舵子《かじこ》が悪いと、網が打てねえ」

艫《とも》では、左母二郎が曲突《くど》に生柴を入れて火を吹いている。

蟇六は網をさばいて肱《ひじ》に載せ、右手で網をおさへ、頃合を見て川曲《かわくま》めがけてうちおろす。

若いときから殺生の好きな蟇六のことで、なかなか手際がいい。平らにおりた網を寄せて左右に振り、ずうっと絞って舳にあげる。江鮒《えぶな》、鯐《すばしり》、鯉などが板子にうちまかれ、右に翻り、左に跳ねる。とる手暇なき大漁である。

「信乃、おらが手並みを見たか」

「おそれいりました」

左母二郎は、口おかずに、

「お見事、お見事」

と、ほめる。蟇六は図に乗って、

「まちっと、上《かみ》でやる。土太郎、あの淵へ持って行け」

「へい」

舟を上へやって、乗りまわし乗りまわし網を入れる。陽は山の端に落ち、間もなくとっぷりと暮れる。六月の半ばで、月の出は遅いから、舟も、川面も、もろともに黝《くろず》みわたる。

「おも舵だ」

「合点」

ぎいっと舟がまわる。

網をさばいて投げこんだ。はずみに苧《からむし》に手をからまれ、蟇六が網といっしょにざんぶり川へ落ちた。

「おっと、庄屋どのが落ちしゃった」

流れが早いので、見る見る、すうっと下流《しも》へひかれていく。

「板子、板子」

てんでに板子を投げたが、ひときわ小暗い月の出端で、思うところへ届かない。

悪いやつだが、なんといっても叔母婿だから、溺れるのを見すごしにしてはおけない。信乃は手ばやく着物をぬぐと、波をひらいて川に飛びこむ。つづいて土太郎も。

流れに身をまかせ、川面にただよう空明りをたよりに探していると、はるか下手で蟇六が浮きつ沈みつしているのが見えた。

「叔父上」

「おお信乃か。助けてくれ」

蟇六はみじめなうろたえかたをして、信乃の首にからみつく。押しやっても、突きやっても、夢中になって獅噛《しが》みついてくる。あとから土太郎も泳ぎついてきたが、手助けになるどころか、

「あっぷ、あっぷ」

名代の河童が、水泡をふき、助けてくれろと足にとりつく。

「なるほど、こうしたわけか」

川狩に誘ったのは、つまりは、こうして殺すつもりだったのだと、鬼《おに》々しい叔父叔母の企みを、川波に巻かれながら思いあたる味気なさ。さすがに信乃も怒りをおさえかね、

「おのれ」

と、土太郎を一反ばかり蹴流し、蟇六を小脇に抱きすくめながら、辛くも河原に泳ぎついた。

蟇六は河原の石にへいつくばって、

「いやはや、すんでのことだった。信乃、まごまごしねえで火を焚やせ。せっかく命をとりとめても、これでは凍えて死ぬるわい」

腹立ちか、照れかくしか、肩息をつきながら大声でわめく。

「ただいまいたします。しょうしょうお待ちを」

ようやく月が山端《やまはな》をはなれ、藁火を焚やしつける信乃の手もとが、ほんのりと明るくなった。

二

叔父の家の離屋の丸窓に肱をついて、榁杉《ほこすぎ》の上を月が渡っていくのを、信乃が見ていた。父の死んだあとは、血のつづきといえば叔母の亀篠だけ。叔母にとっても、信乃はたった一人の甥である。

一振の刀を奪うために、亭主と計って、その甥を淵川に沈めようという。息絶えて浮びあがったら、その屍を、叔母はどんな眼つきで眺めるつもりだったのだろう。

信乃の家は、代々、大塚の大庄家で、亀篠は父の姉だが、祖父や父が戦争に出て行って行方知れずになると、蟇六というならずものを家にひきいれて、さんざんな色狂い。祖母はそれを苦にして果敢《はか》なくなった。

鎌倉管領《かんれい》の足利氏と、執権の上杉、山口はながらく確執をつづけていたが、そのころ不和がとけた。持氏《もちうじ》の遺子の成氏は、また管領の職につくことになって、その祝いをかね、結城の合戦に功のあったものの子孫に恩賞をやると触れだした。

それを聞くなり、蟇六は、今こそこの時と、匠作の養子と言いつくろって、恩賞にありつく算段をし、大塚の系図を持って、鎌倉へ走《は》せのぼった。

計画は図にあたって、旧地と大庄屋の職はもとのごとく、苗字帯刀御免の位に成りあがったところへ、死んだと思った番作がひょっこり帰ってきた。

蟇六夫婦は、せっかくの田も苗字もとりかえされ、もとの下司《げし》にたちかえるかと泣きっ面をしていたが、番作は戦傷を受け、自由に歩けぬ跛になっていて、いまさらわずかな田地を争う気はない。家と地面に、大塚の姓を添えて、二人にくれてやり、自分は、大塚の大の肩に、丶をうち、犬塚と名乗って、信乃と二人で、わずらいのない余生を楽しんでいたのである。

蟇六のほうは合点がいかない。番作の慾のないのに呆れて、薄気味の悪い思いをしていたが、番作は承知でも、村のものは納得しない。代々、大塚の恩顧にあずかった者たちは、横領を言いたてて、鎌倉へ訴訟もしかねぬようなようすが見える。

それはともかくとして、子供のないのがいけない。池袋の戦いで死んだ、練馬の遺子を親知らずでもらって浜路という名をつけ、匆々《そうそう》に婿をとって、田地八町の基礎がゆるがぬ才覚に出たが、ここでまた時世が変った。

成氏が争いをおこして、古河の城へ移され、大塚の里は、またもや敵なるひとの領地になった。領主の側からいえば、蟇六は成氏の家臣の遺族だから、いつ取潰しにあうか知れたものではない。

夫婦は額をあつめて相談をしたすえ、考えだした計略は、成氏の兄が斬られるとき、最後まで身につけていた、村雨の名刀を差しだそう。そうしておけば、さしあたっての災難をまぬかれるばかりでなく、信乃が成人したとき、家督争いに破れる心配もなくなるというのであった。それで、なんとかして村雨をとりあげようと、いろいろにやってみたが、番作が油断をしないので、どうにもならなかった。

信乃が十一歳になった春、寄る年波に加えて古傷が痛みだし、寝たきりになっている番作の枕元へ、蟇六の家に使われている、糠助《ぬかすけ》という下男が走りこんできた。

「あなたがたの飼犬の与四郎めが、座敷へおしあがって、あろうことか、鎌倉から下された兵糧催促の御教書《みぎょうしょ》を、四足にかけてひき裂いたは、謀反にひとしい大罪……畜生は法度《はっと》知らず、犬に科《とが》はなくとも、飼主の罪はまぬかれない。蟇六どのはたいへんなお腹だちで、番作親子に縄うって、鎌倉へひッたてるといってござらっしゃる。亀篠さまが、袖にすがっておしなだめていられるが、事が事だによって、これゃ、たやすいことではすみますめえ」

蟇六の掛引を知らないので、糠助は、番作親子の大事とばかりに、太息をつく。

「蟇六どのは、お前さまが持ってござらっしゃる、なにやらの太刀を献上すれば、二人の命だけはつながるべえといわっしゃる……畜生のしたこととはいいながら、非分はこっちにある。どれほど大切な刀だとて、命にはかえられねえ。どうかそれを持って、早く詫びに行かしってくだせえ」

無筆の糠助には、どれが御教書やらわかるはずもない。浅墓な企みをするものだと、番作は枕杖《まくらづえ》をつきながら笑っていたが、ほどよくなだめて帰すと、深く思いこんだ顔つきになって、信乃を枕もとへ呼んだ。

「あの二人が、このごろになって、またうるさく詐略をするのは、いよいよ身の安泰が、おぼつかなくなってきたのだとみえる。累代の土地を盗まれても、笑っていられる俺だから、一振の刀を惜しもうわけはないが、あの刀ばかりはやられない」

「はい」

「いままでお返ししなかったのは、そなたに功をたてさせ、仕官の道をひらいてやりたかったからだ。俺のつもりでは、十六になったら授けることにしていたが、思うことがあるから、いまここで譲る。成人したら、成氏さまにお返しして、立身のよすがにするがいい。その刀は、抜くと切尖から露がしたたる。人を斬れば、さかんに水が出て、刀を血塗ることがない……たとえば、村雨が木々の梢を洗うのに似ているので、それで村雨という名がついた。その奇瑞《きずい》を見せてやるから、よく見ていろ」

枕元の小刀をとって、梁につるした竹筒を打つと、筒が落ちて二つに割れ、錦の袋に入った刀が出てきた。

「さあ、抜くぞ」

抜けば、それは三尺の氷のようである。露が結び、霜が凝って、月のかけらが落ちてきたかと驚かれる。眼を寄せて見ると、玲瓏《れいろう》とかがやきわたる中刃《なかご》から、絶えず水気《すいき》がたちのぼっていて、父の顔がおぼろに霧隠れていく。

信乃が呆然とながめているうちに、番作は寝間着の袖を巻きつけ、逆手にとって、腹に突きたてようとする。

仰天して、その手に縋りつくと、番作は信乃の利腕をとって褥《しとね》に捻じ伏せ、背に尻をおし乗せて、

「驚くことはない。この生害《しょうがい》は、お前の行末を恙《つつがな》くする手段。いずれ、納得がいこうから、じたばたして、邪魔をひろぐな」

左の脇腹に村雨を突き立てて、悠然とひきまわし、ふっと咽喉をはねると、前のめりに倒れて、息が絶えた。

父が予見したのは、たぶんこのことだったのだろう。村の者どもは、直接に手は下さずとも、蟇六夫婦が番作どのを殺したも同然。これを見すごしては、先代さまに申訳が立たぬ。みなで行って、ぶち殺してしまおうと、話合いする騒ぎになった。蟇六夫婦は吃驚敗亡《びっくりはいもう》し、信乃をひきとって浜路をめあわせ、大塚のあとを継がせるという約束で、ようやく事をおさめた。

信乃は叔父の家の離屋に住んで、八年という年月を送ったが、蟇六はあきらめず、なにかにつけてそれを取りあげる算段ばかり、信乃のほうも油断をせず、村雨を、日常、

腰に差して、ひと時も身体から離さぬようにしていたところ、五日ほど前、どうしたのか蟇六が、いい頃だから、古河へ行って、村雨を献上するようにと、藪から棒に言いだし、出発の日まできめて、脚絆は、笠の紐は、と大騒ぎをするのが腑に落ちない。

このほど、土地の陣代の簸上《ひかみ》宮六が浜路を見染め、おしかけ婿にもなりかねない逆上《のぼせ》かただという。にわかに古河へやろうというのは、自分を遠ざけておいて、浜路を宮六にやる魂胆なのだと思っていたが、そんなたやすい話でなかったことを、今日、神宮の川で、つくづくと思い知らされた。

離屋の杉戸に触るものがある。

信乃は刀の柄に手をかけ、身がまえをしているところへ、浜路が足もとを乱して走りこんできた。

犬張子と達磨の模様のついた、燃えるような赤い下着の襟から、稚《いとけな》い白い首筋を見せ、畳に前髪をすりつけて泣いている。

「あなたは、どうして、ここへ」

浜路は、笹の葉が雪をはねかえすように身体を起して、

「どうしてとは、またなぜ……間もなく別れだというのに、では、この妻と話もなさら

ずに、お発ちになるつもりだったのでしょうか」

と、また泣きにかかった。

この八年、おなじ屋根の下の起臥《おきふ》しに、亀篠のきびしい眼をぬすんで、なにくれとやさしい心を運んでくれる浜路を、信乃もいじらしく思っていたが、どのみちこの縁は逆結び、村方《むらかた》へ申訳けする、見せかけの許婚《いいなずけ》にすぎない。別れたら、また逢うこともおぼつかないのに、愛しいといい、悲しいといってみたところで、詮のないことなのである。

「私は叔母の家の居候で、侍というのもおこがましいような身状《みじょう》……たとえ許婚の間でも、夫面して、別れをいうのも面映い。父祖の余慶にあずかって、さいわいに仕官の道が開けたら、挨拶のしようもあろうと思ったから」

そういうと、浜路は首を振って、

「いいえ、それは嘘……籠の鳥が空を恋うのは、友を思うゆえ、武士が故郷を去るのは、禄を思うゆえとか……あのお二人は愛憎さだめなくて、あなたがお帰りになることを、ねがってはいらっしゃいません……あなたとて、それをお察しにならぬはずはないのですから、今日、お発ちになったら、もうお帰りになることはないのでしょう。ようっくわかって居ります」

声をころして、むせび泣きする。

時がたち、どこかで鶏が鳴きだす。

信乃は腕組みをしたまま、石になったように凝然としていたが、拱《こまね》いていた手を膝におろして、

「鶏が鳴いた」

とつぶやいた。

「今日は門出の大切な朝、叔母に見られると、後々の首尾にもさしさわるわけ。どうか、聞きわけて、帰ってください。古河までは、わずか十六里。急げば三、四日で往復することができる。しばらくは別れても、また逢うこともあろうから」

浜路は、力なくうなずいて、

「では、道中、お恙く。お心がかわらぬように、祈って居ります。古河で名をおあげになったら、北山颪《きたやまおろし》の吹くころに、颪の便りをお聞かせください」

はかないことをいって、立ちあがると、

「鳴けばこそ、別れを惜しめ、鶏《とり》の音《ね》の、聞えぬ里の暁もかな」

と口ずさみながら、紙張《こばり》の壁に身を擦って、おのが寝所《ふしど》へ泣きに行く。

三

月はじめから空《から》日照がつづき、草木は萎え、庭土が罅割《ひびわ》れるというさわぎなのに、今日はまた簾《すだれ》をうごかすほどの風もない。

若駒のように勇みたって出て行く信乃を、門口で見送って倒れてから、浜路は気病みのようになって、ずうっと床についていた。

この暑さに、腰屛風をひきまわし、夜具に凭れて、ぼんやりと月庭のほうへ眼をやると、昨日まで、艶々と葉をのべていた浜木綿も、今日はとうとう首を折り、大きな葉を汀石《みぎいし》にへばりつかせて、黄色くなっている。

「浜木綿も枯れた」

この浜木綿は、二年前の夏、母や信乃と鯆谷《しびや》の浜へ潮干狩に行ったとき、記念のために掘ってきたものである。義母が、そこを掘れ、ここをくじれと大騒ぎをしている間に、信乃と水際に坐って話をした。とりとめのない会話だったが、それが二人っきりで話をした最初だったので、その日のかたみにするつもりだった。

それを見ながら、立って行って、水をかけてやるだけの気力もない。この草が死んだのは暑さのためではないような気がするからである。

あの夜、信乃の部屋へ忍んで行ったのを、はしたないことをしたとは思っていない。それどころか、なぜもっとつき詰めたことを言わなかったのかと、口惜《くや》まれてならない。かりそめとはいえ、親のゆるした許婚だから、せいいっぱいに縋りついて、変らぬ契りをかわすべきであった。

だが、それもしょせん空《あだ》な望みだったろう、信乃は脇差をひきつけて、なにをしに来た、といった。小夜更けに、男の寝所へ忍んで行く。長くもない廊下を通るのに、足が、戦《おのの》いて、二十遍も立ちどまる。恐ろしさ苦しさは、どのようなものか、知っているのだろうか。恐かったろう、悲しかったろう、よく来ておくれだったと、せめてそれくらいのことを言ってもらいたかったのに。

「やっぱり捨てられたのだ」

と浜路は思う。

浜木綿も死に、浜路の恋も死んだ。ここにあるのは魂の抜殻だけ。この世にもうなんの望みもない。

今日、昼ごろ義母が見舞いにきた。

「そう垂れ籠めては病気にさわる。信乃が痞になっているのだろうが、叉手網の鮑で貝もない。片思いと知らぬそなたが、あわれでならない」

などという。

「まあ、お聞きやれ、幼いとき許婚にしたこともあったが、あろうことか、あやつは現在の叔父御を仇敵《あだかたき》とつけ狙い、川へ突き落して、むざんにおし沈めようとしたとや……土太郎が信乃の足にとりついたので、辛くも命は助かったが、信乃め、照れかくしに、叔父御を介抱する真似などしおったげな……なんという恐ろしい心ざま。そのような曲者が、一夜《ひとよ》さも共寝せぬ、名ばかりの妻に、どうして思いをひかれよう。あったら花の盛りを、大悪《だいあく》のえせ夫《つま》に操をたて、気病みするは、笑止なこと」

召使どもの立話で、虎の威を借る陣代の簸上が、信乃の眼もはばからずに、無理押しに結納を担ぎこんできたことも、慾深の両親がそっと土蔵へ運びこんだことも、みな浜路は知っていた。

信乃を古河へやって、二人の間を断ち切ったことはともかくとして、罪もない信乃

に、濡衣を着せられるのを、見すごしていては妻の誠に欠けると思って、

「失礼ながら、たぶん、それはあなたのこしらえごと。十年近く、一つ棟に起臥《おきふし》した私には、信乃とは、どのようなひとか、ようっくわかっているつもりです」

「おお、この子は、辰巳《たつみ》あがりになって、親になにをいう気か」

畳を叩いて叱りつける亀篠の顔を、浜路は静かに見返して、

「簸上方からの結納を、土蔵におさめられたようですが、名ばかりでも夫は夫。離縁状をたまわらぬうちは、どちらへもまいりかねますから、どうか、そう思って」

と、きっぱりと言いきった。

さすがの亀篠も一言もなく、面を脹らしているところへ、蟇六が入ってきた。

亀篠のそばへどっかりと坐ると、わが子ながら天晴れな貞節、立聞していて、思わず涙がこぼれたが、それはそれとして、退引《のつぴき》ならぬ押しかけ婿。婿は陣代、仲人は属役、それが立腹したとなれば、この一家を空にするぐらいのことはやりかねない。妻を殺され、子を斬られ、六十という齢になって、一家の滅亡を見るより、いっそ皺腹を搔き切って、と刀を抜いて、腹に突っ立てようとする。

亀篠がその腕にとりつくと、蟇六は、

「放せ、放せ」

と身もだえする。亀篠は浜路のほうへ振返って、

「親を殺すも、殺さぬも、そなたの心ひとつ。さあさあ返事は」

と芝居がかりでやる。あまりにも浅ましくて、ひとりでに眼に涙があふれてきた。

四

神宮の川風にやられたのか、左母二郎は、あの晩から熱をだして、ずっと寝たままになっていた。

今朝がたから、ようやくすがすがしくなったので、顔を洗いに背戸へ出ると、蟇六の屋敷から、畳を叩く音、あちこちで金槌を使う音がきこえてくる。

なにがはじまったのかと、門の近くまで行くと、背介が夏大根をさげてくるのに逢った。

「今日は婿とりでがす」

という。左母二郎は合点がいかず、

「犬塚どのは出立されたと聞いたが、門出をのばして、婚礼をなさるのか」

とたずねると、信乃さまは一昨日の朝、出立したので、婿はべつなひとだという意外な返事だった。

背介は、鍬を突いて背伸びをしながら、

「驚きなさるも無理はねえ。おれも胆がつぶれた。婿どのは陣代の簸上さまで、書院におびただしい結納の品々を飾りたて、厨《くりや》では膾《なます》のつくれの、味噌擦れの、膳や椀やの騒ぎをしていやす。それにつけても、お気の毒なは信乃さま、八、九年も底意地の悪い叔父叔母の機嫌をとり、まさかのときに追い出されてしまわれた。この話を聞いたら、いかな信乃さまでも腹が立とう……首の脂じゃねえが襟につかねば当世じゃねえ。はて、益もねえ長話……では晩にござれ」

と鍬を担いで帰って行った。

左母二郎は、庭から縁へ這いあがると、庭敷に胡座をかいて、すごい眼で庄屋の屋敷のほうを睨む。

四日ほど前の夕方、手習子の帰ったところへ亀篠がやってきた。

あなたが浜路とわけのあることは知っている。婿にして家を継がせたいが、信乃がいるのでは、どうにもならぬ。それで蟇六どのと計って、古河へやるところまで漕ぎつけた。それにつけて、幼いころ婿引出《ひきで》にとらせた秘蔵の一振は、世にたぐいのない名剣。とりかえしたいと思うが、あからさまにいったって返すやつではない……明日、神宮へ川狩にひきだし、誤ったふりして、蟇六どのが川へ落ちこむ。なんといっても叔母婿、助けるつもりで飛びこむにちがいないから、その間に刀を掏りかえておくれ。前もって鞘の長さをはかっておけば、万一にも仕損じるおそれがない、うまくいった暁は、晴れて浜路と祝言……とぬかしたのを、たしかに聞いた。

信乃と浜路は許婚。その口なら、あきらめもしようが、約束をしたおれを差しおいて、陣代とはなにごと。先日、亀篠が、しゃらくさく言いまわしたのは、すると浜路を囮にして、刀を掏りかえさせるばかりに、このおれを煮汁《だし》殻にしやがったのか。

左母二郎は、膝を掻きむしって、

「畜生、なんとかせざ、肚の虫がおさまらねえ」

と歯がみをする。

婚礼の席へ踏みこんで、一件を洗いたててやれば、簡単に一分がたつのだが、そう出来ないわけがある。

信乃と土太郎が飛びこんだあと、信乃の刀をひきよせて目貫を抜き、蟇六の刀と掏りかえて、鞘におさめようとすると、ふしぎや、信乃の刀の中刃から水霧のようなものが立ちのぼる。

聞くところでは、足利家の重宝に村雨丸という一腰があって、これを抜くと、水気がほとばしるという。どうやらこれがそれらしい。こいつを扇谷定政どのに献上すれば、帰参のよすがにもなろうし、売り払えば、だまって千両。蟇六は村雨を見たことがないのだから、焼刃を判じる力はないはず。宝の山に入りながら、むざと他人に渡す法はないと、自分の刀の目釘をはずして、村雨をおさめて見ると、しっくり合う。自分の刀にはたっぷりと川水を振りかけ、ひとが見たら水気になれとばかりに、蟇六の鞘にぶちこんで、知らぬ顔の半兵衛をきめこんでいたのである。

「訴えてみたところが、聴くのは陣代の簸上宮六。たとえ、こっちに理があっても、否応なく牢屋へぶっこまれ、責め殺されるか、毒を盛られるか、いずれはその辺が落ち、下手をして露見すれば、これは縛り首ぐらいではおさまらない。なにかいい思案はねえものか」

天井を睨みあげて思案していたが、下司っぽく額を叩いて、

「ここに妙案あり。おれの重宝、鈍刀丸《なまくら》を、錦の袋におさめて秘蔵させたは、近頃、いい手際だったが、簸上づれに浜路をとられて、指を啣《くわ》えて見ているわけにはいかねえ。ひとを白痴《こけ》にした仕返しに、浜路を浚《さら》って逃げてやろう。これが一番だ」

　急に思いたって、わずかばかりの家財を売り払い、路用の足しにと腰に括りつけ、旅仕度をして、日暮れを待つ。

　ようやくとっぷりと暮れたので、時刻をはかって母屋の後へまわると、築地の根方が朽ちて、人が出入りできるほどの穴があいている。屈強とばかりに、そこを抜け、手足の土を払いながらうかがうと、左手に土蔵の壁がほんのりと白んでいるのが見えた。

「ここは納戸の裏だから、土蔵の間をまわると、浜路の部屋の近くへ出るはず。あれを目あてに這って行け」

　夏木の繁枝《しげえ》に張りまわした蜘蛛の巣を、かい潜りかい潜り、木立づたいに築山のほとりまで来ると、ほど近いところで女の泣く声がする。

　そこにいたのは浜路で、松の枝に細帯を掛け、いま首を吊ろうという際どいところだった。左母二郎はあわてて後から抱き戻す。浜路は驚いて、

「あれ」

と叫ぶ。左母二郎は浜路の口をおさえながら、

「おっと、びっくりなさるにはあたらない。左母です、左母二郎……気に染まぬ婿どりをするよりは、いっそ縊れて死のうという、左母二郎への心中だて……有難涙がこぼれます。親たちの無慈悲には、私も肚をすえかね、連れ出して駆落ちしようと思う誠の空《むな》しからず、言い合わさずにここへ来て、危いところを救うのも、やはり縁のある証拠ですな。さあ、もう泣くことはない。にっこり笑って見せてください」

侍とは名ばかりで、門の出入にも商人のように小腰をかがめ、脇差を忘れて座を立って、あわてて取りに戻ったりする不甲斐なさ。とりとめもない軽口や、今様の小唄で機嫌をとり結び、額を叩いて追従笑いをする。卑しげな顔を見るさえけうといのに、大事な一期の折を、選りに選ってこんな男に邪魔をされたかと思うと、浜路はむしょうに腹がたってきて、

「今様を聞いている暇はありません。私にかまわず、あっちへいらして」

力まかせに胸を突いてやった。左母二郎は、へらへら笑って、

「とりのぼせていらっしゃるから、見境がつかねえのだ。気を落ちつけて、よくごらんなさい。左母二郎ですよ、いとしい左母二郎です。可愛いあなたを連れて逃げようと

て、ここへ忍んできたわけ」

浜路は、松の幹に背をおしつけて、左母二郎を防ぎながら、

「そばへ寄らないで……あなたと逃げるつもりなら、死ぬ気になるはずはないでしょう。つまらないことをいっていないで、あっちへいらっしゃい」

細帯のほうへ駆け寄ろうとするのを、左母二郎は手荒くひき戻して、

「そう聞けば、いよいよ死なされない。日頃から思いを通わせて、和歌まで読んだことがある、おれへの心中だてだと思ったら、いつ帰るとも知れねえ、信乃のことがあきらめきれず、それで死ぬ気とみえる。男の味を知らねえ女の一本気。つきつめて考えるのも無理はないが、浜路さん、信乃のほかに男がいないわけではない。私がなんどり揉みほぐして、左母の有難さを知らせてやろうから、まあ、いっしょに来なせえ」

鳩尾に軽く当身をくれて、動けないようにし、腰の手拭で猿轡をかまして築地のほうへひきずって行く。

浜路の帯で胴中を結えて、端を築地《ついじ》へ投げあげ、木の枝をつたって塀の向うへ飛び降りる。浜路の身体はすこしずつ塀の上へひきあげられて行き、間なく闇にまぎれてしまった。

五

またしても括猿《くくりざる》のように身体を屈めながら這いあがってくる七八人の勢子《せこ》を、左右に斬って落すと、信乃は血刀をさげて、雲をしのぐような高い筥棟《はこむね》の上に立つ。遠見のために建てられた芳流閣という三層の楼閣《たかどの》で、足もとは遠く、雲は近く、照る日ははげしいのに、長らくの日照つづきで瓦が灼け、炎をあげて、波のように起伏している。

外濠は坂東太郎という八州一の大河で、末は葛飾の浦から海に入るのだが、その流れを櫓の下にひき、水際には早舟がつないである。城内の広庭には、成氏と執権の横堀在《あり》村《むら》、郎党、若党が床几に掛けてこちらを見あげている。城門はいちはやく閉ざされて、軍勢がひしと囲いをつくり、芳流閣の東西には、身甲《はらまき》をした軍兵が、槍薙刀をきらめかしながら右往左往するのが、豆のように小さく見える。

執念深く這いあがってきた兵卒どもも、おそれをなして来なくなったが、気性のはげしい成氏が、このまま見すごしておくはずはない。遠矢を射かけられて、三寸、息絶えれば、それで万事休すのである。

信乃は筥棟に腰をかけて、悒然と眼をとじた。今日がいよいよ最後。十九の青春が、こんな屋根の上で空しく散ってしまう。

悲愴な父の最期のさま。あどけない浜路の顔、雲のようにとりとめないものが、瞼の裏を流れていく。今日ここで死ぬことは、ずっと前からきまっているぬきさしのならない約束なのだろう。それならば、ぜひもないと思う。

しのとは、古語で長いことをいう。穂の長い芒《すすき》を、しのすすきというのである。父は子の命ながかれと、それで信乃という名をつけた。それにしては、なんという薄く、短い命なのか、人がましくもならぬうちに父母を失い、邪な叔父夫婦の家にいて、へりくだり、気がねをし、憂いと煩いの日を重ねたのち、ようやく青雲の志をのべようとする一期の折に、思いもかけない手ちがいから、望みもむなしくなって、果てる。

古河に着くなり、執権の邸へ行って取次に由緒を述べると、しばらくして在村が出てきたが、結城の戦いで死んだものの子孫を召されたとき、番作は得参らず、御太刀のことさえ披露しなかったのは、どういうわけかと詰《なじ》るようにたずねた。

横堀在村というひとは妬み深く、人を容れる器量のないことを聞いていたので、わざと叔父夫婦のことには触れず、父が深傷《ふかで》のために廃人になった次第だけいって詫びたので、ようやくのことで見参をゆるされた。

翌朝、信乃は召出しを待っていたが、せめて刀の埃だけでも払っておこうと、柄糸を清め、鞘を拭って、さてひき抜いて見ると、長さはおなじだが、似てもつかぬ鈍刀だった。

この年月、わずかの間も側から離したことはなかったのに、いつのまにか掏りかえられている。すると、神宮川の騒ぎは、沈め殺すためばかりでなく、左母二郎に刀を掏りかえさせる手段だったのだと、今にしてようやく思いあたった。

初旅の慌しさにまぎれ、今日までしらべもしなかったのは、自分の粗忽だが、現在刀を掏りかえられたことを知りながら、召出しを待っているのは貴人を偽るわけだから、すこしも早く訴えようと、袴の紐も結びあえずに出ようとすると、横堀の使者《つかい》が来て、早々、御所に上れという。やむなく礼服に着かえて御所へ行くなり、在村に面会をねがったが、御前のよしで、きかれなかった。

信乃は、心苦しめながら見参の間に入ると、成氏をはじめ、老臣、近臣が居流れ、廊下に身甲した武士が警固して、晴れがましいばかりの有様であった。

信乃が座につくと、在村は、

「結城の城で討死した、旧臣、大塚匠作三戍の孫、犬塚信乃……亡父番作の遺言にしたがい、当家の重宝、村雨の一腰を奉ること神妙に思召しめされる。太刀を、これへ」

と、いかめしくいった。

信乃は、これが一期の浮沈と、くわしく次第を説明すると、在村は怒って、

「聞き捨てならぬ胡乱な申立て……思うに、なんじは敵方の間者であろう。召取って、吟味する」

と理非もなく、いきまく。

廊下の武士は一斉に立って、信乃をとり囲む。おのれの粗忽はさることながら、身に覚えのない疑いを受けることは口惜しく、また、ここで捕えられたら、村雨丸をたずねだす便宜もなくなると思い、組みついてくる侍を左右に投げやると、成氏は褥を蹴って立ちあがって、

「かまわぬ、斬ってしまえ」

と下知した。

声につれて、近侍のものまでが刀を抜いて斬りかけてくる。信乃も肚を据えかねて、

どうでも逃げる気になり、畳を蹴あげて楯にして、先に来たやつの刀を奪いとるなり、声もろとも斬り倒す。つづいて、八、九人も斬り伏せて広庭へ躍りだすと、軒端の松を伝って屋根に飛び乗った。

「それ、屋根へのぼった」

五人ばかりが、槍の穂先をそろえて突きあげるのを、蛭巻から切って落し、物見の孫《まご》庇《びさし》に手をかけ、見あげるような大屋根へ、身を霞ませながらのぼりつめたのであった。

猿が梢をつたうように、一人の武士が上ってきた。

肱《こ》盾《て》、脛盾《すねあて》をつけ、十手を持った年若い武士である。遅疑もせずに、すらすらと進んできて、すこし離れた箇棟の上に立つと、憂鬱な眼つきで信乃の顔をながめている。

自信ありげな沈着な態度によっても、ひとかどの武士だということがわかる。人品《ひとがら》も卑し気でなく、礼儀ありげな身ざまである。遠矢をかけられて、獣物のように殺されるより、名のある武士と刺しちがえるほうが、どれほどありがたいか知れない。

武士は慇懃に目礼すると、

「私は、当御所の獄舎長《ひとやがしら》、犬飼見八信道《いぬかいけんぱちのぶみち》というもの。捕手の役目を受けて、召捕りにまいった」

と静かな声で宣告《なの》る。信乃は礼を返して、

「雑輩の手にかかって果てるかと思っていたが、あなたのような侍に出逢うことが出来たのは本懐……しかしながら、私も武士の裔、むざと手取りになるわけにはいかない。手向いいたしますから、御承知ねがう。いざ」

と身をひらく。見八は、

「ご存分に」

と、うなずくと、南蛮鉄の十手をかまえて寄ってくる。

信乃が、足場をはかって、拳突《こぶしつ》きにつき出すのを、見八は軽くはねて左手にまわり、筥棟からじりじりと信乃を追いおろす。信乃は勢い勾配の急な屋根の斜面に立つことになった。たぶん上から打ちかかって、押し落そうというのだろうと思い、たたらを踏んで、二、三歩、退るふりをすると、はたして勢い猛に体当てをしてきた。信乃は、咄嗟に躱《かわ》して身を沈めると、

「えい」

太刀風も鋭く足を薙ぎあげる。よろめきもせず、刀を跳ね越え、相手はすらりと筥棟上に立つ。思うにたがわず、天晴れな手練《てだれ》である。

信乃はむしろ勇み立って、火になれと、掛声もろとも斬りこんでいく。三太刀、四太刀ののち、信乃の刀は相手の著籠《きごみ》の鎖にあたってがッと鈍い音をたてた。たしかに裏をかいたと思うのに、顔色も変えない。刀を跳ねあげ跳ねあげ、攻勢に出てきた。つるつる滑る甍を踏みとめて、筥棟の向う側へ渡り、畳みかけて打つ太刀を、見八は鮮かに受け流し、かえす拳につけ入って、

「おう」

眉間をのぞんで打ちかかる。受けとめようとする途端、信乃の刀が鍔《つば》ぎわから折れて、けし飛んでしまった。見すまして、十手を捨てて組んでくるのを、左手にひきつけ、たがいに利腕をとり、捻じ倒そうと揉みあううちに、いっしょに足を踏みすべらし、米俵でも落すように転りだす。勾配の急な崖造りの屋根なので、とまるすべもない。ひと塊りになって、雲にもとどく屋根の端を離れると、はるかな川面《かわづら》へ逆落し。おし重って汀の舟のなかへ落ちこんだ。立つ波とともに、縁が傾いて水煙をあげたと思うと、纜《ともづな》が切れ、舟は矢を射るような急流のただなかへ流れ出る。折からの追風《おいて》と引く汐に、水さそう下り舟、息絶えた二人を乗せたまま、行方も知れずになってしまった。

六

その頃、下野《しもつけ》から下総《しもふさ》のあたりを、吉凶を占い、病気の祈禱をして歩く寂寞道人肩柳《じゃくまくどうじんけんりゅう》という修験者がいた。

齢は二十四、五だが、眉秀で、眼清《すず》しく、耳厚く、唇赤く、長髪を波うたせ、髯を伸ばし、左の肩に大きな瘤があって、凡庸の人間とは、見えなかった。

瘤のいわれをたずねると、

「左は天行《てんこう》の順路であって、肩は身体のうちの聖所である。すなわち、東方、天照大神、西方、釈迦牟尼仏がこのところに止宿なさるのじゃ」

とこたえる。

幾度となく、下野の二荒山《ふたらやま》や出羽の羽黒山に登り、神人異物から不老の術を得たというので、ある人が壇ノ浦の戦いはと問うと、合戦の模様を、見たとおりにくわしく話してきかせた。

その肩柳が、この夏、豊島へやってきて、

「惟《おも》んみるに、生あるものは、かならず死し、形あるものは、かならず亡びる。機円、満つるときは、太陽の沈むがごとく、厚き氷の消ゆるごとく、一人として止まるものはない。されば、逐早く身を天堂に返し、彼岸の禅定門《ぜんじょうもん》に入るほうがよい。わしは、来る六月十九日の夕方、火定《かじょう》してこの世を去る。場所は、豊島円塚山《まるつかやま》の麓である。信心の方々は、薪を持って来会なされ」

と触れて歩いた。

入定《にゅうじょう》するものはないではなかったが、生きながら、火に入って死ぬというのは聞いたことがなかったので、豊島の里の人は、生仏の入滅を拝もうと、みなその日を待ちかねていた。

円塚山は本郷にあって、東南は海につづき、箱根、足柄の山々を望むことができる。木曾路へ行く順路で、上総、下総への近道になっている。

十九日になると、円塚山の麓に土壇を築いて四隅に黒木の柱を建て、壇の下に、広さ五、六間、深さ一丈ぐらいの孔を掘って、山のように薪を積みあげた。

火定は日没だというのに、朝のうちから群集がつめかけて、押しあいへしあいしている。肩柳は浄衣の胸に鏡を、背に環袈裟《わげさ》を垂れて壇の中央に胡座をかき、鈴を鳴らして大声で経を読みながら、ときどき目を開いてあたりの人を見る。

夕方近くなって、積みあげた薪に火をつけると、間もなく夕風にあおられてどっと燃えあがった。

肩柳は平形《ひらがた》数珠をおし揉んで、なにかを念じたのち、群集を見おろしながら、

「われいま自焼して諸仏に奉り、衆生《しゆじよう》済度《さいど》の方便といたす。有縁《うえん》の道俗、財宝を喜捨して、未来永劫の善根を植えたまえ……一銭、二銭と捨つるものは、一劫、二尊の慈航に乗るべく、七銭、八銭を捨つるものは、七難、八苦を離れ、九銭、十銭を捨つるものは、九品《くほん》の浄土に生れ、十界能化《のうげ》の菩薩とならん」

と説きたてた。

壇下の善男善女は有難涙にくれながら、落花が風にしたがうように、われ勝ちに火の孔へ銭を投げいれる。

おおかた投げ終ったのを見すますと、肩柳は引導の偈《げ》をとなえ、

「さらば」

といって、猛火のなかへ躍りこんだ。

肉の焦げる音がし、人膏《あぶら》の燃える異臭が地に這って、すさまじいばかりである。

群集は、一刻ばかりの間、念仏を合唱していたが、肩柳の肉体が薪といっしょに灰に

なってしまうと、入相《いりあい》の鐘の音《ね》に、諸行無常のはかなさを、今更のことにおぼえながら、汐のひくように山から降りて行く。後には、燃え残った茶毘の火が、螢火ほどに、ちらちらと赤く光っているばかりであった。

しばらくすると、土を踏む足音が聞え、小提灯をつるした旅駕籠が一挺、あがって来た。つきそっているのは左母二郎で、円塚から木曾路へぬけて、京へ行くつもりなのである。

火定の孔の近くまでくると、駕籠舁《かき》は駕籠をおろし、棒鼻にもたれて空嘯《そらうそぶ》く。左母二郎は、「どうした。ここは宿場じゃねえ、道草を喰わずに早くやれ」

と横柄にせきたてる。

「街道の垢をなめる駕籠舁に、宿場がどうのは釈迦に説法……もとよりここは宿場じゃねえが、道筋では定めの継場《つぎば》だ」

嫌な笑いかたをして、相棒と目を見あわせ、

「なあ、加太郎、酒手をおもらい申さねえじゃ、ひと足も動けねえのう」

加太郎と呼ばれたほうは、掌で頤《おとがい》を撫でながら、

「ちげえねえの杜鵑《ほととぎす》……旦那、いやさ、お侍《さむれえ》さん、手を出しておりやす。酒手を下せ

え」

　左母二郎は目を吊りあげて、

「ついさっき、駒込の立場《たてば》を出たばかり。板橋までときめたのに、ここで継ぐという法があるか。骨惜しみするなら、頼まねえ」

　駕籠の垂《たれ》をあげて、浜路をひきおろすと、

「酒手などはおこがましい。てめえらに祝儀《はな》を切る義理はねえのだ。駕籠代だけは払ってやるからさっさと行っちまえ」

　ふところから銭をだしたが、駕籠舁どもは受けとらない。加太郎と呼ばれたほうの駕籠舁は、すり足で左母二郎のそばへ来て、

「わずか二百三百の、はした銭をしめようとて、はるばる夜道を来やしねえ。見る目あでやかな代物を、しばりからげて猿轡、気狂いなんぞと偽って、言いくるめても提灯の、明りで睨んだ眼《まなこ》たがわず、侍なんぞに化けやがって、人目をかすめる拐《かどわ》かし。てめえなんぞにいいことをさせ、空棒《からぼう》振って帰《けえ》るような、そんなけちな兄哥《あにい》じゃねえ……こう、よく聞きねえ、かくいうおれは鹿島の加太郎、向うに控えてござるのは、板橋の井太郎、これに戸田の土太郎を加えて、豊島の三太郎と呼ばれる名代の兄さんがた。なん

と肝が潰れたか」

　井太郎も、しゃしゃり出て、

「網にかかった玉虫を、なんじょう人手に渡すものか。女ばかりか、腰の大小、着ぐるみ脱いでいにやがれ」

　と汚《だ》み声はりあげる。

　左母二郎は案外の落着きかたで、足をひらいて腰をひねるなり、抜き討ちに加太郎の肩へ斬りつける。のぶかくやられたとみえて、加太郎は、それでうんとのけ反ってしまう。井太郎は、

「しゃらくせえ」

　息杖《いきづえ》で薙ぎかけるのを、蹴かえしておいて、真向に斬りおろす。井太郎はその下をくぐって、鳩尾のあたりを突く。躲しそこねて、盲滅法に横に払ったのが、うまく息杖に喰いこんで、杖が中ほどのところから二つになってしまった。

「野郎、おぼえていやがれ」

　火定の孔に沿って逃げかけるのを、つけ入って後袈裟、足をあげてはたと蹴ると、頭から先に倒れていく。左母二郎は、その背に足をのせて、

「くたばれ」

と幾度も突きとおす。

井太郎は俯伏せに火孔へのめりこんだので、残り火か髪の毛に移って、じりじりと燃えている。

「やった」

左母二郎は、呆気にとられて二つの死骸をながめやる。刀の振りかたも知らないのに、こんなことをやってのけたのは、名刀の奇特だとしか思えない。太刀をとりなおして見ると、一点の血潮の汚れもなく、葉末《はずえ》の露のようなものが涼しげに玉を結び、炎の照りかえしを受けて、きらきらときらめきわたる。

総じて、ものごとを軽く見る、軽薄な左母二郎も、刀に拭いをかけることさえ忘れて、うっとりしていると、後のほうで鍔鳴りがして、

「野郎」

とはげしく斬りかけて来たものがある。土壇の黒木の柱を楯にとって、きっと見返ると、いつかの船頭の土太郎で、刀をかまえながら、火定の孔の縁をまわって、土壇のほうへ詰めよって来る。ちらちらと炎の色をかえす土太郎の刀を見ると、日頃、蟇六が自

慢にしている秘蔵のひと振りである。神宮の川で、信乃を沈め殺そうとした密議の一段もあり、どうでも殺して、あと腐れのないようにしろといわれて来たのにちがいない。

いずれ追手がかかることを予期していたが、こんなに早く追いつかれようとは思わなかった。わずかな家財を売り沽かして、旅費の足しにしようなどと、さもしい料簡をだしたことがくやまれる。空家になっているので、浜路を拐かしたのは左母二郎とみこみをつけ、時をうつさず追い縋って来たのだろう。

神妙らしく、川船の舵子などしているが、ひと皮むけば、街道で名うての悪者。人の命をとることなどは、蚊をつぶすほどにも思っていない。平素ならば、向きあっただけでも慄えあがってしまうところだが、たったいま村雨の奇瑞を見たばかりのところだから、左母二郎は、さまで恐怖を感じない。

土太郎はお不動さまのような三白眼で左母二郎の顔を睨みつけながら、土壇の下まで詰めよって来た。

「小唄のお師匠さん、面《つら》はまずいが、頭形《あたまなり》はいいようだ。苞《つと》に包んで、西瓜がわりに庄屋どんへ土産にする。もの惜しみしねえで、早く斬らせろ」

左母二郎は、弱味を見せてはならぬと思って、

「今様小唄は、口すぎの方便よ。身元を洗えば、羽黒山の天狗の眷属、見そくなって臍《ほぞ》を噛むな……つい、お前の鼻の先に渋ぬりの尻《けつ》をだして、あえなくなっているのは、お前の兄弟分だ。四の五の吐かしやがれば、手前《てめえ》も冥路《よみじ》の道連れ。神宮じゃねえ、三途の川の川船に追い乗せてやるからそう思え」

土太郎は、せせら笑って、

「念仏はそれだけか。うぬ、こうしてやる」

と横なぐりに膝車へ斬ってくる。

このあばれ者とまともに組んでは、分がわるいから、左母二郎は跳ねあがってやり過すと、刀を担いで逃げだす。駈けくらでは、どのみち土太郎に及ばない。目潰しの小石でもと思っていると、草のなかに手ごろの石がある。躓《つまず》いたふりをして拾いとるなり、振り向きざま、土太郎の顔のまんなかへ力まかせに叩きつける。

案外にもろかった。土太郎は両手で顔をおさえ、

「ぎゃあ、あ」

と五位鷺《ごいさぎ》の鳴くような声をだして、あおのけに草のなかへ倒れた。

「ざまあ見ろ、河童め。頭の皿の水を……」

のたうちまわるのを、斜《はすか》いに顳顬《こめかみ》のあたりへ斬りつけると、削いだように頭の半分うえがなくなった。

刀に拭いをかけながら駕籠のほうを見ると、松の根もとに、後手に括られ、猿轡をかまされた浜路が、夏草模様の白絽の長襦袢の裾を、露にぬらして坐っている。いまの手うちを浜路を見ていたろう。この娘の眼の前で、三人まで水もたまらず斬り倒した。悪い気はしない。

残り火に小枝を折ってくべると、そばの木株《くいで》に腰をかけて、

「どうです。手練《てなみ》なもんでしょう。さっきも言ったが、小唄は、あなたに近づくための苦しい手段《てだて》。がこれほどの腕前を隠して、丸腰になって、へいつくばっていたのも、しょせん恋の奴《やつこ》になりさがったから……ねえ、浜路さん、こうまで焦がれわたる左母二郎を、いじらしいと思いませんか。いくら信乃に実をつくしても、その信乃は、いまごろは粗忽の罪で、切腹か縛り首……悪くいけば、拷問台の横木に、五寸釘で首を縫いつけられ、怨めしそうに眼をむいているころ……知らねえといいながら、あまりといえば、他愛がねえ」

榾火《ほだび》に裾をあぶりながら、神宮川の一件、亀篠が、褒美に浜路をやるといった話、そ

の村雨は三《み》ところ替えをし、腰の塗鞘に納まっていることまで、ちくいちしゃべりたて、浜路のそばへ行って、甲斐がいしく縄をとき、猿轡をはずし、おやおや、蚯蚓腫《みみずば》れ、あったら玉の肌を台なしにしたなどと、いいながら、浜路の肩に手をかける。

「こう話の筋が通ったら、いかなあなたでも悪足掻はしないでしょう。どう転んでも、命のない信乃だ。首を抱いて寝るわけにもいかねえ。京へ上って、この刀を室町殿へ奉れば、黙っていても五百貫栄耀栄華《こく》は心のまま。気のせまいことを言っていないで、私に負われていきなさい。恋い焦がれる左母二郎だ。舐めるように可愛がってあげます」

あまり意外な話で、浜路は雷にでもうたれたようになっていたが、心がしずまるにつれて、事の重大さがはっきりとわかってきた。

小人玉を抱くのたとえで、宵闇の川舟に、左母二郎だけがいて、五百貫ともつりあう刀を手にしたら、やすやすと手放す道理がないから、村雨を腰に差しているというのは事実なのだろう。すると信乃のほうはどうなる。偽刀《にせがたな》と知らずに差しあげたら、左母二郎のいうとおり、ひどいお咎めを受けることになる。村雨をとりかえして、はやく信乃に届けてやらなければならない。

浜路は顔をあげると、捨鉢なようすになって、

「刀の話はもうおやめなさい。村雨丸を盗んだ男と駈落ちしたとなれば、大塚へも帰れない、こうなれば、あなただけが頼り。嫌だといったって、ついて行きますから、そう思って」

左母二郎は、浜路を抱えるようにして、

「嫌だなんて、飛んでもない。死んだって放しゃしません。まったくこれは夢のような……」

浜路は二の腕をさすりながら、

「こんなにひどくなっている。もとのとおりにして」

「勿体ない、勿体ない。こんなことなら、無理をするんじゃなかった。粗忽は私の本性、かんべんしてください。馬鹿念をおすようだが、浜路さん、あなたはほんとうに……」

浜路は左母二郎を押しのけて、

「なんとまあ、疑り深いこと……真実の裏ばかり見るひとは、よく嘘をつくといいます。いまの刀の話も、おおかた嘘なのでしょう。そういえば、用心深い信乃が、おめおめ刀を掏りかえられるはずもなし」

「疑うなら、証拠をお目にかける。あなたも知っているでしょうが、これを抜くと、葉末の露のような水気がしたたる。神々しいような刀です。お目にかけますから、火のそばへお寄りなさい」

おしいただいて、鞘のままわたす。浜路は左手で受けとると、右手を柄にかけてひき抜くよりはやく、左母二郎に斬りつけたが、むなしく脇腹を擦って、空《くう》に流れた。左母二郎は、三歩ばかり一跳びにとび退ると、相恰をけわしくして脇差を抜く。か弱くとも女の念力、

「夫の仇、夫の仇……」

と叫びながら、滅多打ちに斬りつけるうちに、松の根株に足をとられて、あおのけに倒れた。刀を泳がせて立ちあがろうとするとき、

「女《あま》め」

振りおろした脇差の切尖が、浜路の鳩尾の近くまで、斜めにすっぽりと入る。

「あっ、っ」

左母二郎は、浜路の髻《たぶさ》を摑んで膝の下に組み敷き、

「思い知ったか……恋なればこそ、慰めつ、賺《すか》しつしたが、執念深いにもほどがある。

それほど信乃が恋しけれぁ、いかにも命を取ってやる。どうでも心にしたがわねえなら、遊び茶屋へ叩き売って、身代《みのしろ》を取るとも、むだ骨は折るめえと思っていたが、売物に傷をつけたうえは、もう破れかぶれ、なまなかだけでは、息の根をとめねえ。嬲り殺しにして慰んでやる。これがこの世の名残。泣くなと、吠えるなと、ままにしやがれ。月の出までは待ってやる」

村雨をとって鞘におさめると、さっきの木株に腰を掛け、懐から毛抜きをとりだして、頤を撫ぜ撫ぜ鬚を抜きにかかる。

浜路は袖で傷口をおさえながら、

「擦り傷よ。もっと深くお斬りなさい……生身では一里の道もおぼつかないけれど、魂魄なら千里の山川もひと飛びで、愛しいひとのそばへ行かれる。あなたに殺されたら、この山裾の、沿の水鳥の精になって古河へ飛んで行きます。月の出などといわずに、早く殺して……練馬の合戦で死んだという、実の親兄弟の、名も知らずに死ぬのは情けないけど、この世では存分に苦しみましたから、仏さまも、あわれとおぼしめされて、あの世でひきあわせてくださるでしょう。そういううちにも時が移る、信乃さまに災難の降りかからぬうちに、早くお側へ行きたい。おねがいですから、どうか殺して」

あくがれるように、遠い空を見あげる。

左母二郎は、毛抜きを捨てて立ちあがると、

「泣きでもしたら、出来ねえ介抱もしてやろうと思ったが、それまで聞かされちゃ沢山だ。助けてくれといったって、もう生かしておくものか。思いのかかったこの村雨で、ひと思いに叩っ斬ってやる」

浜路は、左母二郎の顔を見あげながら、

「殺されるにしても、夫の刀にかかるのは本望。どうか早く」

歯がみをして、両手《もろて》に刀を振りあげ、

「糞っ」

と振りおろそうとするとき、左母二郎の咽喉のあたりで、なにかキラリと光った。左母二郎は刀を振りあげたまま、

「ち、ち、ち、ち」

爪立ちをして背伸びすると、丸太を倒すように、地響きうって土の上に倒れる。左母二郎の咽喉もとに黄金《こがね》づくりの笄《こうがい》が、突き刺さっている。

七

土壇のうしろから肩柳が立ちあがった。長い髯がなくなり、首に鏡もかけていない。身なりも相恰もちがっているが、瘤だけは、変りなく左の肩についている。

土壇の横をまわって、左母二郎のそばまで来ると、落着きはらったようすで村雨をとりあげ、刀の柄をおし立てて、切尖から鍔もとまで、瞬きもせずに見ていた。やがて感にたえたように、

「これが村雨丸か。聞くにたがわず、見事なものだ。玉か、気滴《しずく》か、露のようなものがきらめくのは、村雨の名にそむかない……これほどの名刀が手にはいるのは、素懐を遂げるしるしかもしれない」

見れど見飽かぬというふうに、左手にうつし、右手にかえしながめていたが、左母二郎の腰から鞘を抜きとって刀をおさめると、浜路のそばへ行って、印籠の薬をふくませた。

「傷は浅い。さきほどの元気はどうした」

浜路は、ああと長い溜息をし、ぽんやりと肩柳の顔を見ていたが、怯じたように身を

すさらせた。

肩柳は浜路を抱きよせて、つくづくと面差をながめながら、

「まぎれもなく妹。鼻の直《す》ぐなところ、目の清《すず》しさにも、父の俤《おもかげ》がうつっている。浜路、おれはお前の異母兄《あに》だ」

と滲みいるような声でいった。

浜路は、えっと、息をひいて、のけぞるのを、やさしく抱きとって、

「血縁が相い引く力はじつに微妙なものだ。宿命でもあろう、因縁でもあろうが、逢うはずもない兄と妹とが、このような場所でめぐりあう」

弱りかけた浜路の胸に、兄の声が清水のように流れ入る。浜路は兄の手に縋りついて、

「おなつかしゅうございます。胸が一杯で、なにを申しあげていいのか」

「おれも逢いたかった。父も死に母も死に、身寄りといえば、この世ではお前だけ」

またやさしく肩を抱いて、

「浅傷《あさで》だから、心配するではない。そのうちに駕籠も来るだろう。駒込の村まで行けば、心やすいものもいるから、能うかぎりの手当をしてやる。しばらくのことだから、

我慢せい。そのかわり、おれがしっかり抱いていてやる」

　浜路は、あどけなくうなずきながら、

「でも、どうして、私が妹だとおわかりになりました」

「おれに腹ちがいの妹があり、幼な名も正月《むつき》といったが、わけがあって、二つのとき、豊島郡大塚の庄屋、蟇六というものに、生涯不通の約束で養女につかわしたと、父が話してくれたことがある。お前の父は、練馬家の家老で大山道策といわれたが、扇谷定政の軍勢と戦いなされて、六十二歳で討死された。おれは定政に一矢をむくいてやるつもりで、久しく機をうかがっているが、一族はみな討たれて、一人の助手《すけて》もいない。人の心を結ぶには、金銭にますものはないから、大山の家に伝わる隠形《いんぎょう》五遁の第二法、火遁の術を用い、烈火を踏んで愚民に信を起させ、銭《ぜに》を集めて、軍用の資を貯わえている……この竪孔の底に横孔があって、火に入ると見せかけて、実はそこまで這って行く。今日もその伝をやり、夜になったから、里へ降りようと、土壇のうしろから出てくると、男が女を口説いている。聞いていると、蟇六という名が出る。女は練馬の家臣の裔だという……おさな馴染みの許婚に苦節を守り、命をおしまずに仇《あだ》を罵《ののし》り、また親兄弟を慕う心ばえは、まことにやさしい。浜路というのは今の名で、話に聞いた妹なのだと思い、あやういところで手裏剣を飛ばした。深い心底も知らず、仇いやらしく痴者《しれもの》にしなだれかかる様子に、見すごしにして救うときを失い、手傷を負わしてしまったのは残念だった。それはそうと、掏りかえられた刀を持って、古河へ行った許婚は、何というものだ」

浜路はうれしそうにうなずいて、

「よくおたずねくださいました。もと鎌倉管領持氏の家来、大塚番作という方の一人子で、犬塚信乃戍孝《もりたか》というよしある武士の裔……」

結城の合戦で、祖父匠作が討死したこと、父と大塚の里へ来て、蟇六と疎遠になったというようなことを、かぼそい声で話しているうちに、眼が見えなくなったのか、手さぐりで兄の手をさがしている。

「浅傷《あさで》だといってくださいましたが、ものいうたびに、こんなに血が出ます。お顔はどこ……このようすでは、やはり、私は死ぬのでしょう。せっかくお目にかかったばっかりなのに、もうお別れしなければならない……この世での最後のお願いどうぞ、きき届けてやって」

「不仕合せなやつ。なんでも言ってみるがいい。身にかなうことなら、きいてやる」

浜路は、はかなく目もとをほほえませると、

「うれしい……では、その村雨丸を……あの人のところへ。思いの残らぬように。笑って、あの世に旅立てるように」

肩柳は、頭をたれて黙念としていたが、顔をあげると、

「気の毒だが、その願いはきかれない。無情な兄と恨むかも知れぬ。しかし、恨んではならぬ。この年月、定政に近づいて、一刀に恨みをはらそうと思っているが、便《びん》がない。今日まで憂悶のうちに日を送っていたところ、計らずも、この村雨が手に入った。これさえあれば、定政に近づくこともたやすく、宿望を遂げることが出来る。君父《くんぷ》のためには身を忘れる。いわんや、妹婿の身の上まで思いやることは出来ない。貞節は婦人の道、忠義は男子の道……定政を討ちとって、幸いに命があったら犬塚信乃の安否を問い、恙く村雨丸を返してやるが、身一つで敵の館へ乗りこむことだから、それも保証しがたい。悲しいだろうが諦めてもらうよりしようがない」

浜路は、身を顫《ふる》わせながら聞いていたが、

「ああ」

と哀切極まった叫びをあげると、胸から血を流し手足が縮んできて、間もなく絶え

いってしまった。

肩柳は腕のなかにしっかりと浜路を抱え、白くなりかけた浜路の顔を月の光にすかし、眼をしばたたきながら眺めていた。

「あわれな妹……ただひとつの臨終《いまわ》の願いを、うけがわぬのも、武士の意地……しかし、このおれだとても、いずれ長くもない命だから、すぐ後から行く。冥土へ辿りついたら、死後に親子対面をさせてやる。それを思い出に成仏してくれ。おれは今日から犬山道節忠与《ただとも》と名乗って、かならず存念を貫き、せめてもの詫びにする」

浜路の死骸を草のうえに横たえて、

「この兄が、手ずから死骸を焼いて、冥路の苦悩を救ってやる。待っていろ」

火定の孔に柴を投げいれて浜路の死骸を置き、上にも柴を折り積むと、夜風のままに、埋火《うもれび》がどっと燃えあがる。

いま逢って、須臾《しゅゆ》にしてまた別れる。無常迅速はこの世の習いとはいいながら、さすがに肩柳も萎れて、孔に向って合掌すると、

「抱影無常　弥陀方便　一念唱名　頓生菩提　弥陀仏　弥陀仏」

茶毘の煙は松の枝にまつわって、ほのぼのと中空《なかぞら》に立ちのぼる。鳥辺山《とりべやま》の夕べもかく

やとばかり、焼かれるものも回向するものも、ともにあわれ深かったのである。

藤九郎の島

一

享保四年の秋、遠州新居《えんしゅうあらい》の筒山船《つつやまぶね》に船頭左太夫《さだゆう》以下、梶取《かじとり》、水夫《かこ》十二人が乗組んで南部へ米を運んだ帰り、十一月末、運賃材木を積んで宮古港を出帆、九十九里浜の沖合まで来たところで、にわかの時化《しけ》に遭った。海面《うなづら》いちめんに水霧がたち、日暮れ方のような暗さになって、房総《ぼうそう》の山々のありかさえ見わけのつかぬうちに、雷雨とともに、十丈もあろうかという逆波《さからいなみ》が立ち、未曾有の悪潮《わるしお》に揉《も》まれ揉まれて舵《かじ》を折ってしまった。大波が滝のようにうちこむので、淦《あか》水を汲みだすひまもなく、積荷の材木が勝手に浮きだしてぶつかりあい、その勢いで舷《ふなばた》の垣を二間ほど壊されてしまった。

船頭の左太夫は、荷打ちをさせ、垣根の破れ口を固めさせ、思いつくかぎりの手をつくしたが、間もなく梁《はり》まで海水がついたので、流れ船にする覚悟をきめ、檣《ほばしら》を伐倒《きりたお》して垂纜《たらし》を流した。時化で舵を折ったときは、艫《みよし》のほうへ纜《ともづな》を長く垂れ流し、船を逆にして乗るのが法で、そうしなければ船がひっくりかえってしまう。

檣を倒し、たらしをするようになればもう最後なので、あとは船の沈むのを待つばかりである。十一人の乗組みは、思い思いに髻《もとどり》を切って海に捨て、水死したあとでも、一船《いっせん》の仲間だとわかるように、一人一人の袖から袖へ細引をとおしてひとつにまとめ、水船《みずぶね》にしたまま、荒天の海に船を流した。

西北の強風は三日の間小休《こやすみ》もなく吹き、昼さえ陽の目を見せぬ陰府《よみ》のような陰闇《いんあん》たる海を漂《ただよ》わしたすえ、四日午後になって、やっとのことで勢をおさめた。

十二人は正体もなく寝框《ねかまち》にころがっていたが、どうやら命の瀬戸を切りぬけたようすなので、誰も彼も生きかえったような心持になり、粮米《ろうまい》を出してまず飢《う》えをふさぐ仕事にとりかかった。船の上に出てみると、どちらをみても潮の色ばかりで、島山の影さえない。吹く風はあたたかく、日射しが強いので、だいぶと南のほうへ流されたことだけはわかった。

「お船頭、気のせいかしらぬが、潮の流れに乗っているように思うが」

甚八《じんぱち》という楫取が左太夫のそばに立ってそういった。左太夫は眼をとじて湖の音を聞き、舷のほうへ行って海の色をながめていたが、

「たしかに潮の流れに乗った。それにしても、早瀬のようなこんな潮の流れなど、話にも聞いたことがない。それとも、お前ら聞いたことがあるかい」

そこに居合したただけの水夫は、みな聞いたことがなかったとこたえた。

藍色《あいいろ》に黒ずんだ二十間ほどの幅の潮の流れが瀬波のような音をたて、流木や芥《ごみ》が船といっしょに流れている。

「これはまァどうしたものだ。行く手に、いったい、なにがあるというのだろう」

と左太夫がつぶやいたが、それにこたえるものは一人もなかった。

十一月の末から、翌、享保五年の正月の末まで、船は潮に乗って流れつづけていたが、二十六日の朝方、ゆくての海の上に雲かとも見える島山の影がうかびだしてきた。

二ヵ月ぶりに陸地《くがち》の形らしいものを見たので、みな舷へ出て、

「島だ、島だ」

とさわぎたてた。

一帯が岩山で、截《き》ったたった岩壁がいきなりに海から立ちあがり、ちょうど釣鐘《つりがね》を伏せたような恰好になっている。島のなかほどのところに、岩の柱がいくつか背伸びをし、南画にある唐《から》の山にそっくりであった。ときどき噴火があるのらしく、丸い峯の頂きに

赤錆《あかさび》がついている。草木の色はどこにも見えず、人の住んでいる気配はまったくなかった。

左太夫が歎くようにいった。

「せっかく島根に漂い着いたが、おそろしげな焼け島《やじま》で、草木のアヤもみえない。それで、相談するのだが、お前らは、どう思うか、わしの意見では、粮米も残りすくなになったし、船もこんな壊れかただ。この島をはずしたら、この先、またいつ陸地にめぐりあうあてもないことだから、なにはどうでも、思いきって島にあがるほうがいいと思うのだが」

意見はまちまちで、容易にきまらない。神鬮《かみくじ》をとってきめようということになって、鬮をとると、上陸せよと出た。みなその気になって、さっそく支度にかかり、わずかばかりの粮米と鍋釜、手廻りの道具を入れた木箱一つ、斧一梃《いっちょう》を持って小舟に移り、渚をさがして、そこから島にあがった。これが二十一年という長い滞在のはじまりになろうとは、誰一人知るよしもなかったのである。

二

島根にとりついてみると、沖から眺めたよりもいっそうすさまじい岩島であった。岩壁のところどころに谷間が暗い影をしずめ、噴火で押しだされた軽石が、雨風に晒《さら》されて白骨《はっこつ》のように落々《らくらく》と散らばっている。話に聞く賽《さい》ノ河原《かわら》とは、こうもあろうかというようなあさましい風景であった。島周《まわ》りは、一里ほどもあるふうだったが、断崖の入江にさえぎられて廻ってみることが出来なかった。なによりまず飲み水のことだと、十二人で手分けして焼け山の中段まで探しまわったが、川泉《かせん》はおろか溜り水すらない。船から見て、おおよその見当はつけていたが、草木のともしいことはおどろくばかり、木と名のつくものは、国方《くにがた》で、茱萸《ぐみ》といっているものの一尺ほどの細木、草はといえば、茅《かや》、葭《よし》、山菅《やますげ》が少々、渚に近いところに鋸芝《のこぎりしば》がひとつまみほど生えているだけであった。誰も彼も呆気《あっけ》にとられ、顔を見あわして溜息をつくばかりであった。

その夜は、軽石の浜で身体を寄せあって眠ったが、明け方近く、さかんに風が吹きだして、船も艀《はしけ》ももろともに粉々にし、岸波《きしなみ》が船板だけを返してよこした。

こういうしあわせで、生きているかぎり、この島に居着かなければならぬことになったが、何にとりついて命を助かろう方便も思いつかぬことで、みなみな途方にくれ、なかには顔に手をあてて泣きだすものもあった。

左太夫がいった。

「そうして、嘆いていても、しようがあるまい。こうなったからには、覚悟をきめ、みなで力を合せて生きていく道を才覚しようではないか。水のないことはわかったが天の恵みの雨水というものもある。磯の岩にはアラメ、カジキ、鮑《あわび》もあれば藤壺もある。昨夜、たしかに海鳥《うみどり》の声を聞いた。海鳥を食い、磯魚をせせっても、一年や二年は生きのびられぬことはあるまい。なにより、お前らは潮の流れのことを忘れはしまい。われわれの船が、こう来るからには、ほかの船もかならずこの近くへ来る。神閫に上陸と出たのは、その辺のところを、お示しになったのだと、おれには思われる」

みなもそれで合点し、力のかぎり生きて行こうと固い申しあわせをした。

せめて雨露《あめつゆ》をしのぐところはないかと探してみると、渚から五町ほど東になったところに、高さ六尺ばかり、幅七、八尺の岩穴を二つ見つけたので、六人ずつ二組に分かれてそこをねぐらとすることにした。

島裏《しまうら》に行ってみると、国方で、藤九郎《とうくろう》（阿呆鳥）といっている、掛目《かけめ》三貫匁もあるような大きな海鳥が、何百、何千となく岩磐の上に群居して騒がしく鳴きたてている。白いのもいれば、黒いのもいる。そうしてひとところに群がっているところは、大きな碁《ご》盤《ばん》に黒白の碁石を置きならべたようであった。人間の味をしらず、そばまで行っても人《ひと》臭《くさ》いような顔もしないので、いくらでも手《て》摑《づか》みでとれた。その肉はひがらくさい臭いがあったが、それさえ厭《いと》わなければ、一羽の鳥で、十二人がほどほどに飽くことができた。

粮米が尽きてからは、島の幸《さち》で命をつないだ。雨はきまったように三日おきに降るので、大きな鮑貝《あわびがい》をいくつもならべ、足るほどに受けた。東側の入江の岸に、潮の流れが運んできた浮木が打ちあがってくる。どの船がどこで流したものか、焼印を押した涂水桶や楫柄《かじづか》、そうかと思うと、太い松の木が枝をつけたままで流れてきたりした。南の島には松の木はないはずだから、これは国の近くの浜から来たものだろうなどといい、かたみに松木の膚《はだ》を撫でてなつかしみ、朝ごと入江に出て、国の木々の端くれを探しだすのをたのしみにするようになった。国の木は勿体なくて焚木《たきぎ》にされず、乾しあげて数珠玉を彫《ほ》ったり箸にしたりした。

三月、四月とすぎ、五月になると、思いがけない暑気に襲われた。もともと秋冬《あきふゆ》のない島だが、夏の季に入るなり、一帯の岩島が日輪に焙《あぶ》りつけられて火煙《ひけむり》をあげるほどに熱し、岩膚《いわはだ》に手足をつけるとたちまち大火傷《やけど》をする。逃げ場のない狭い島内のことで、みな死ぬ思いをしたが、なおそのうえ、藤九郎は夏の間はほかの島へ渡るのだとみえ、一羽残らず立って行ってしまい、焦熱地獄と餓鬼地獄の責苦をいちどに身に受けることになった。

翌年の二月に山焼けがあった。島が箕《み》を振るように震動し、焼山から火を噴いて、三日の間、灰と岩石を降らした。みな東の入江に逃げ、三日三晩、首まで海に漬《つか》って熱気をふせいだ。この年の末、水夫の今助、少三郎、亀吉の三人が死んだ。

三

享保七年、三年目の冬のことであった。焚木とりに東の入江へ行くと、百石積みの船が一艘、浜に漂い着いていていた。いつごろ乗捨てたものか、船腹におびただしい海草がついていていた。胴ノ間に七十俵ほどの米があった。いずれも濡れ米だが、乾立てたら、一人宛に三石ずつもある勘定で、これこそは命の法楽と、雀躍《こおど》りして喜び、とりあえず浜へ積みおろし、そこから岩穴の口に運んだ。この三年、穀粒と名のつくものはただの一口も咽喉管《のどくだ》を越させていないので、身体にたあいがなく、若いものでも一俵に二人、年寄りどもは四人がかりで一俵の米にとりつき、八日かかって、ようやく運び終った。米のほか、帆布、鳶口《とびぐち》、大釘など、役にたつものがいろいろあったので、それも悉皆《しっかい》取りおさめ、船板は釘からはずして、入江の岸に井桁《いげた》に積みあげておいたが、急に高波が来て、跡形もなく浚《さら》って行ってしまった。

日和《ひより》を見さだめて、俵の切りほどきにかかったが、そのうちに芽をふいている籾《もみ》が一俵あった。日頃は落着いている船頭の左太大が、それを見るなり、

「ありがたや」

と手を合せて籾種を拝んだ。

「さあ、みなもいっしょに拝め。これで、命恙《つつがな》く国に帰れることにきまった」

「この籾が帰国のしるしというのは」

「この島で死なせようつもりなら、穀種などたまわるはずはない。つまりは、この籾を蒔《ま》いて収穫《とりいれ》をし、それを力《ちから》に便《たよ》り船《ぶね》を待てということの御顕示《ごけんじ》がわからぬのか」

揖取の甚八が詰まらなそうな顔でいった。

「御題示はわかったが、夏場になれば、茅葭《かやよし》のような強い草でさえ立枯れする。天水は三日ごとに四半刻ほどくださるだけ。山焼けはする。灰は降る。岩山ばかりで、土気《つちけ》というものは更々《さらさら》ない。火風水土《かふうすいど》、四大《しだい》の厄を受けているこの島で、いったいどこへ籾種を蒔けというのか」

「岩山はもとより承知だが、こう考えたのには訳がある。みなも、よく聞いてくれ。それはあの鳶口と大釘のことだ。籾種といっしょに、あのような道具をくだされたのは、あれで岩地を突きやわらげろという心だと察した。磐石《ばんせき》とはいうが、こうして茅や葭が生えるのは、しょせんは、土気を含んでいるからだ。ふしぎや、同国のものばかりが一船《せん》に乗り合せ、残らず禅宗《ぜんしゅう》で宗旨までおなじだ。されば、みなが力を合せ、その気になって一心にやったら、この岩山が畑にならぬものでもあるまいと思うのだ」

と説いて聞かせるようにいった。みなも尤もと合点し、とても、おろそかなことではないと、籾種を伏し拝んだ。

米の始末をつけたところで、岩穴の前の平らなところをえらび、鳶口と大釘を鍬のかわりにして岩地を突き崩し、二年の間たゆまずやり、半畝《はんせ》ほどの畑地をつくって籾を蒔きつけたところ、思ったより見事に生立って、毎年、二、三斗ほどずつ収穫があがるようになった。この米を焼《やけ》ヶ島《しま》の力米《ちからごめ》といい、病人にかぎって粥《かゆ》にして啜《すす》らせた。火風水土の四厄を凌《しの》いで育った米の精は強大で、たいていの病人は良薬ほどにも効いた。

享保九年（五年目）と十二年（八年目）に二度の山焼けがあった。十三年（九年目）はさる事なく終ったが、十四年（十年目）は、年のはじめから三月のあいだ一滴も雨が降らず、春の終りまでにつぎつぎ五人死に、左太夫、揖取の甚八、水夫の仁一郎、おなじく平三郎の四人だけになったが、船頭の左太夫も追々弱ってきて、秋口から病《わずら》いつき、岩穴の前の岩壁に背をもたせてぼんやりと畑をながめているようになった。

享保十五年の正月、この島に居着くようになってから、十一年目ではじめて沖を行く帆影を見た。焼山へ茅を取りに行っていた平三郎が、それをみつけた。

「船だ、船だ、おお、あそこへ行く」

と狂気のように沖の一点を指さした。

「こうしてはいられまい。甚八ぬし、仁一郎ぬし、早く麾《まねき》をあげてくれ。おれは焼山で茅をもやす」

そういうと、焼山のほうへ駆戻って行った。

こういうこともあろうかと、かねてこしらえておいた吹流しの麾があった。甚八と仁一郎の二人がそれにとりつき、岩穴の前に立って大段《おおだん》に振りたてた。

「その船、待て、助けてくれ」

「おうい、その船え」

岩穴のまなかい、沖合八里ほどのところを、おどろくような帆数をあげた見馴れない船が、空を飛ぶかというような勢いで北東に走っている。舳先《へさき》がこちらに向くかと思ったが、それは眼のあやまりで、須臾《しゅゆ》のうちに白い一点になり、間もなく、それも見えなくなってしまった。

四

魔を投げだし、甚八と仁一郎が気抜けしたような顔で坐っているところへ、平三郎がぼんやり山から降りてきた。

「これで運はきまった。この十年、藻草をせせって力《りき》んでいたのは、いつか国に帰れるという望みがあったればこそだが、こういう成行では、辛い思いをして、無理に生きてゆくことはない。おれは海へ身を投げて死ぬ。生身《いきみ》ではかなわぬなら、魂だけでもいまの船にあずけ、新居の港まで送ってもらうつもりだ。お船頭、それから、甚八ぬし、仁一郎ぬし、なが〴〵お世話になったが、これがお別れ、どうか達者で暮してくだされ」

岩穴の口で、うつらうつらしていた左太夫が、平三郎のそばへ這い寄ってきた。

「平三郎、話はそこで聞いていたが、死ぬというのは悪い料簡《りようけん》だ。おれは六十二だが、命のあるかぎりは、生きて行くのがつとめだと思っている。また、帰国の望みも捨てない。天地は広大だが、われらの眼の力は、十里の先は及ばない。いまという今は、海原《うなばら》しか見えないが、便り船はついそこまで来ていて、半刻《はんとき》のうちに、帆影を見せまいものでもない。病って死ぬのは、これは定命《じようみよう》。国にいようと海にいようと、定命の長さに変りはないが、どれほど行先があるか知れぬおのれの命を、おのれで縮めることだけは、まアやめにしておけ。いい折だから言うが、四人の中ではお前が年下だ。順序かららいっても、この先いちばん長く生きるのはお前だから、いまのうちに御船印と浦賀奉行の御判物《ごはんもつ》を預けておく。馬鹿な考えをおこさずに、ふんばりかえって生きられるだけ生き、国へ帰って、たのしく山川の姿を眺めてくれい」

そういうと、寝たまも離したことのない御判物の袋をとって平三郎の首にかけた。

その年の暮、左太夫は腹を腫《は》らし、食物が咽喉を通らなくなって、枯れるように死んだ。

享保十六年の四月、また山焼けがあった。

十七年の正月、土佐の流れ船が着いた。船頭長平、水夫源右衛門、長六、甚兵衛、四人の乗組みで、土佐の甲ノ浦《かんのうら》を出帆したところで時化に遭い、五十日も漂い流れてこの島に着いたのである。

待ちに待った船は来たが、便り船にはあらで、流れ船だった。それも眼もあてられないようなひどい破船で、よくも今日まで凌いできたと思うばかりの体裁だった。乗組みはみな半死の病人で、水夫の源右衛門は頭まで腫れあがって眼も開けられず、陸地にあがったというばかりのことで、三日ほど後、息をひきとった。

島方の三人は、重湯《おもゆ》をとるやら粥をつくるやら、その間に藜《あかざ》の葉の摺餌《すりえ》をこしらえ、藤九郎の卵を吸わせ、一日中、病人の介抱に忙殺された。いっそ張合いができ、生きていくことがたのしくなったが、そうまでした介抱の甲斐もなく、八月に長六が、九月に甚兵衛が、「かたじけなかった」と、虫のような声で、三人に礼をいって死んだ。船頭の長平だけは、やっとのことで持ちなおしたが、すっかり気落ちして、海の色を見るのも懶《ものう》くなったらしく、岩穴の奥にひっこんで、念仏ばかりとなえていた。

享保十八年（十四年目）の正月早々、また流れ船がついた。大阪の五百石積みで、船頭儀右衛門以下十二人の乗組みで武蔵の江戸川を出帆し、下総の犬吠岬《いぬぼうさき》まで走ったところで西北の風に追い落され、これも五十日あまり漂流するうちに、形のないまでに船を壊し、今日か明日か、海の底に沈んで、みな魚の餌食になるものと覚悟していたところ、はしなくも、身一つでここの島根に着いたと、船頭の儀右衛門が、涙をこぼしながら先着の四人に語って聞かせた。

船頭につづく十二人の舟子《ふなこ》は、破船を見捨て、十町も沖から島に泳ぎ着いたというだけあって、いずれも倔強《くっきょう》な連中ばかりであった。そのなかに久七という鍛冶《かじ》の心得のあるものや吉蔵という指物師《さしものし》がいて、足らぬがちの島の暮しを見て気の毒がり、ありあう道具で、手廻りの道具をいろいろこしらえてくれた。左太夫が死んでからは、米作りの仕事もやりっぱなしになり、せっかくの力米も枯れかけていたが、大阪組のおかげで、これもすこやかに立直った。

翌十九年、大阪船と月も日もおなじ正月の五日に、またもや親船《おやぶね》を壊した舟子が流れ着いた。

朝早く、浜へ潮垢離《しおごり》をとりに行っていた土佐船の長平が、甚八たちのいる岩穴へ駆けこんできた。五人ばかりの人が乗った艀が、こちらへ漕ぎ寄ってくる。生憎《あいにく》と岸波が強く、放っておけば、岩根にぶちあてててしまうから、なんとかしてやらねばなるまいといった。

島組の三人が東の入江へ出てみると、木箱のようなものを積込んだ艀が、いまにも沈みそうなようすで、真向に入江へ漕ぎよってくる。凪《なぎ》のときは手頃な入江だが、風が吹くと、悪い潮騒《しおさい》がたって危険な場所になる。甚八、仁一郎、平三郎の三人は、入江のそばの小高いところへあがり、沖に向って、もっと東のほうへ艀をまわせと手真似をすると、どうしたのか、その艀は舳先を向きかえて、沖のほうへ逃げだして行った。

五

「これはどうしたものだ」

三人は呆気にとられて沖を見ていたが、甚八は思いついたように、

「どうしたって、逃げださずにはいられまい。われらは、たがいに見馴れて、なんとも思わぬが、面は猿のように赤く、髪は蓬々《ぼうぼう》、髭《ひげ》は蓬々、手足は餓鬼のように痩せ、着て

いるものは藤九郎の羽根を綴りあわした天狗の装束ときている。知らぬものには鬼のように見えるだろう。われらはひっこんで、大阪船衆に出てもらわなくてはなるまい」

といって笑った。

大阪組が岸へ出て船繰りをし、人間と荷物を痛めもせずに岩端《いわばな》にひきあげた。

それは船頭栄右衛門、水夫八五郎、総右衛門、善助、重次郎の五人で、日向《ひゅうが》の志布志《しぶし》浦を出帆して日向灘で楫を折り、潮の流れに乗ってそのままこちらへ流されたものであった。

島のかたちは、元日の朝から見ていたが、逆風におしまくられて近寄ることができない。それで艀で漕ぎつける決心をしたが、岩山ばかりで、人の住んでいるようすもない。長くは居着けそうもない島だから、流木を集めて船づくりをし、一日も早く島から出る才覚をする。そのためには、わずかばかりの粮米などより、船ごしらえの道具や帆布、綱手などのほうが大切と、米は捨て、道具だけを積んで漕ぎ寄せたが、意外な人のかたちに鬼のいる島だと怖じ気《おけ》づき、恐ろしさが先に立って、わけもなく逃げにかかったのだといった。

これで島の人間は二十人になった。

船頭の左太夫が、潮の流れがこうあるからには、かならずこの後も流れ船がくるといったが、まさしく見透した。遠州から、土佐から、大阪から、日向から、出た港はそれぞれにちがうが、おなじ潮の流れにみちびかれてひとつの島に溜《た》まり、ともしい食物を分けあうというのは、ただならぬ因縁事と思うが、こういう大人数に成上り、二十人の男どもがいいほどに餓えを凌ぐのに、島の幸だけでは事足らぬようになった。磯草も大方は食い尽し、貝のあり方も知れている。藤九郎のほうも人を恐れるようになって、焼山の高いところへ移ってしまい、首の骨を折る覚悟で這いのぼっても、たやすく仕止めるわけにはいかなくなった。それでみなが寄りあい、腹を割って相談した結果、島裏の潮の流れが通っているところには、かならず魚が寄っているはずだから、日向組の艀で島裏へ行き、魚をとって食代《くいしろ》をふやすことになった。

見込みどおり、ときには思いがけぬような漁があって、かすかすに命をつなぐ目安だけは立ったが、海の荒れるときは艀を出されず、飽くほどのことにはいたらなかった。

その年の秋、大阪船の五兵衛と忠八が死に、二十年の春早々、大阪船の忠助と日向船の善助というのが死んだ。

遠州船の三人のほうは、島に居着いてから、その年で十七年になる。思えば長い島暮しだった。なかばあきらめ、故郷の山川の姿もあまり夢に出てこなくなったが、命のあるうちに国へ帰って、郷里の人々の顔が見たい。日向船の組が船ごしらえの道具を持ってきたと聞いたときから、どうにかならぬものかという思いが、いつも三人の心にあった。どうしてもあきらめきれぬので、ある日、甚八がみなに相談を持ちかけた。

「ならぬとわかっていながら、国へ帰る相談など持ちだすのは、罪な話だと思うだろうが、まアどうか聞いてもらいたい。おのれのことを吹聴するようでおかしいが、おぬしらも知っている岩穴の前の畑は、われわれの船頭の才覚で、鳶口で岩を突きやわらげてつくったものだ。打明けたところ、真先に反対したのはこのおれだったが、やってみたら、やれた。そこで話だが、大阪船の久七ぬしは鍛冶の心得があり、日向船の八五郎ぬしは船をつくったことがあるという。せっかく道具も器量も持ちあわしているのだから、思いきって、船づくりをはじめてみたらどうだろう」

それについて、八五郎がいった。

「われらのつもりでは、五人を乗せる船をつくればよいと、そういう船の形ばかり思案していたが、この島へ来て、おもいもかけぬ人数におどろき、船づくりのほうはさっぱりとあきらめてしまった。二十人からの人間を乗せ、何百里の海を走らせるには、これはもう相当な船でなければならぬ。とても叶わぬ望みだと思い捨てにしたが、いまの甚八ぬしの話で、思いなおした。やったらやれたという一と言が、胆《きも》にこたえた。わしのほうから頼むのだが、ここで思いきった大船をつくる。どうだろう。みなの衆、ひとつ手を貸してはくれまいか」

もとより異議のあろうはずはなく、仕掛から仕上げまで、大体三年と踏み、とりあえず久七が鞴《ふいご》を一座つくることになった。船材はいまある艀と、入江に流れ着く破船の古材を使うことにし、かわるがわる入江へ出て、たよりになる船材や丸木の着くのを待っていたところ、五十二日目に船底に使うのに恰好な厚い樟《くす》の板がうちあがってきた。丸木は生皮を剝いで水に漬け、貝殻を焼いて漆食《しっくい》をこしらえた。時化こそはなによりの望みで、暴風のあとでうち寄せる浮木のようなものまで、丹念にとり集めて古釘で打ちつけ、三年がかりで、長さ七十尺の船をこしらえあげた。元文《げんぶん》元年の二月のことだった。

船ができたところで、渡航の準備にかかった。大桶《おおおけ》に二年がかりで天水をとり溜め、魚は海水に漬けて空乾《からほ》しにし、元文四年の春のはじめ頃に、いっさいの準備が完了した。出帆を六月中旬ときめ、このあと島に流れ着くもののために、岩穴前の畑に籾を三斗蒔き、四組の舟子がこの島に漂着した顚末《てんまつ》、この島での食餌《しょくじ》のありかた、籾のとりかた、衣服のつくりかた、天水のとりかた、船づくりの方法などをくわしく木片に書きつけ、船の雛形と船づくりの道具一式、鞴、燧石《ひうちいし》、鍋一つを木箱に入れて岩穴の奥におさめ、入口に木標を立てて印にした。

元文四年六月十日、遠州組三人、土佐組一人、大阪組八人、日向組四人、合せて十六人が手製の船に乗って島を離れた。遠州組の三人は在島二十一年、甚八は六十七歳、仁一郎は六十一歳、平三郎は四十二歳になっていた。七月上旬、青ヶ島に着き、そこから八丈島に送られ、流人御免《るにんごめん》の御用船に乗せられて、九月上旬、命恙く江戸の土を踏んだ。

ひどい煙

一

飯倉《いいくら》の西にあたる麻布勝手ケ原《あざぶかってがはら》は、太田道灌《おおたどうかん》が江戸から兵を出すとき、いつもここで武者揃えをしたよし、風土記《ふどき》に見えている。大猷院殿《たいゆういんでん》の寛永の末ごろは、草ばかり蓬々《ぼうぼう》とした、うらさびしい場所で、赤羽の辻、心光院《しんこういん》の近くまで小山田《おやまだ》がつづき、三田の切通し寄り、菱《ひし》や河骨《こうほね》にとじられた南下《さが》りの沼のまわりに、萱葺きの農家がチラホラ見えるほか、眼をさえぎるほどのものもないので、広漠たる原野のおもむきになっていた。

六月はじめのある日、この原にオランダ人献上の大臼砲《だいきゅうほう》を据えようというので、御鉄砲御用衆といわれる躑躅《つつじ》の間詰《まづめ》のお歴々が、朝がけから、露もしとどな夏草を踏みしだき、間竿《けんざお》を持った組下を追いまわして、射場の地取《じど》りをしていた。

和流砲術の大家、井上外記正継《げきまさつぐ》、稲富喜太夫直賢《なおかた》、田付《たつけ》四郎兵衛景利《かげとし》の三人が鼎《かなえ》のかたちになって床几《しょうぎ》に掛け、右往左往する組下の働きぶりを監察していた。

井上外記は播磨《はりま》国英賀《おが》城主井上九郎右衛門の孫で、外記流の流祖である。鉄砲の射撃にかけては、精妙、ならぶものなしといわれた喜太夫の父、一夢斎稲富直家が慶長十六年に駿府《すんぷ》で死んでから、外記が天下一の名人の座についた。

大阪役ののち秀忠に仕え、大筒《おおづつ》役として八百石、家光の代に御鉄砲御用衆筆頭大筒方兼帯を仰付けられ、世禄《せろく》千八十石、役料三百俵、左太夫と通称する、代々、世襲の家筋になり、同役、御用衆のうち、鉄砲磨《みがき》組支配田付四郎兵衛景利とともに大小火砲、石火矢《いしびや》、棒火矢《ぼうびや》、狼煙《のろし》、揚物《あげもの》、その他、火術の一般を差配することになった。

稲富喜太夫は、父から稲富流の秘伝をうけて独得の技芸を身につけ、町打《ちょうう》ちといって、大砲の遠距離射撃にかけては、名人の域に達していたが、父が家康の抱きかかえを脱して、尾張侯に仕えたため、喜太夫は秀忠の代になっても、依然として、新参同様の扱いをうけ、寛永も中頃になって、ようやく御鉄砲玉薬《たまぐすり》奉行に任官し、高六百石、焼《やけ》火《ひ》の間詰めになった。

玉薬奉行というのは、鉛、煙硝の丁数分合《ちょうすうぶんごう》や火薬の製造を取締まる与力並みの職分である。喜太夫は砲術のほか、大砲張立（鋳造）の諸元にも通鐃《つうぎょう》しているので、おのれの技術に満々の自負をもち、父が身の処置を軽々しくしなかったら、御鉄砲御用衆筆頭の職分は、当然、稲富家に下し置かれていたろうと思い、その辺に、尽きぬうらみを抱いていたが、世襲ときまった職分を侵《おか》すセキはない。子の喜三郎直之を督励して、砲術と大砲張立の技を練磨させることで、ひそかに鬱屈をいやしていた。

陽がのぼるにつれて、暑気が強くなった。野面《のづら》いちめんに草いきれがたち、蒸風呂のなかにでもいるようで、腹背《ふくはい》から、ひとりでに汗が流れ走る。

地取りが終ると、磨組《みがきぐみ》の同心は大工どもを急がせて、試射の標的になる小屋の建前《たてまえ》にかかった。オランダ商館長のカロンの仕様《しよう》には、間口十二間、奥行十五間の地面に、相向いに五軒の小屋を建て並べ、そこから四町ほど離れたところに、大臼砲を据える土壇をつくるように指示されているが、オランダの東印度会社がお上に献上しようという臼砲なるものは、いかにもひとを馬鹿にした代物《しろもの》で、図体こそは厖大《ぼうだい》だが、玉割《たまわり》（実質弾の直径と口径の比率）も出合《であい》（照準線と腟軸線《とうじくせん》とが交叉する一点にたいする砲口からの長さ）もあったものではなく、竹筒でも事はすむ狼火《のろし》の打揚筒を、桁はずれに大きくしたというものにすぎない。

それは、まったくもって、厖大なものであった。

軽子、曳方が三百人もかかって、箱根の石高《いしだか》道をひきおろし、神田誓願寺《せいがんじ》前の松浦侯の上邸《かみやしき》におさまったところを拝見に出かけたが、臼砲の口径は一尺二寸、砲身の長さは十五尺もあるという、思いもかけぬ大物だったので、みなみな、「これは」といったきり、しばらくは、あいた口がふさがらなかった。

商館長のカロンの守《かみ》は、気味の悪いくらい達者な日本語で、

「モルタール……すなわち、この薬研《やげん》型の大砲は、差しわたし一尺五寸、重さ五十六カティ、日本の貫目にして六貫七百二十目の炸弾《さくだん》を打ちだし、八百歩のむこうにある目標を微塵にうち砕くとでござる。この大砲は、炸弾を天頂から落し、大遮蔽物《しやへいぶつ》、あるいはまた、城郭のうしろにいる敵を殺傷するゆえをもって、天砲《てんぽう》とも申す」

と、真顔になって註釈したが、そういう一瞥《いちべつ》のうちに、東印度会社の念の入った魂胆を見ぬいてしまったので、外記も、四郎兵衛も、苦笑するばかりで、誰一人、相手にはならなかったのである。

天砲の註釈は、いらぬことであった。明朝《みんちよう》の中期に升何汝賓《しようかじよひん》が漢文で書いた西洋火攻神器説を読んで、早くから臼砲の諸元を知っていた。一尺二寸の口径にたいして、十五尺という砲身は必要以上に長すぎる。この砲から六貫七百二十目の玉を四十五度以上の仰角で打ちだせば、持矢倉《もちやぐら》（最大射程）は二町半がせいぜい。つまるところ、この

臼砲は厖大に仕立てることによって、故意に諸元を狂わしてあるが、それは臼砲の効用を好戦的な日本人に知らせたかったからだと、咄嗟《とっさ》にオランダ人の心情を看破した。

そのとき、田付四郎兵衛は、ほとほと愛憎をつかして、

「オランダ人どもは、御忠節の、御奉公筋のと、しおらしいことを吐《ぬ》かしておるが、これで底が知れた」

と苦りきった顔でいった。

こういう次第で、カロンの愚かな臼砲は、御鉄砲御用衆から、あっさりと見離されてしまったが、こうなるまでには、オランダ人の側にも、言い知れぬ辛い事情があったのである。

寛永十五年の正月、島原の乱のとき、そのときの商館長クッケルバッケルが幕府から督促をうけて、原城の攻撃に参加することになり、館員の一人だったフランシスカス・カロンがデ・リィプ号に乗って、出丸の砲撃を指揮した。

原城の出丸は、鴨《かも》の首のかたちに海に突きだした尾崎の突端、裾通りに狭い細谷《ほそたに》をへだてたむこうの松林の中にあり、橋本左京というのが出丸の大将で、千人ばかりで守り、鍋島信濃の軍勢が攻《せ》め口《ぐち》をとっていた。

はじめのうち、カロンはデ・リィプ号の甲板から小さな五ポンドの旋回砲で砲撃していたが、出丸に立籠っている女や子供は、恐れるようすもなく、

「サンチャゴ（南無八幡というほどの意）」

と口々に叫びながら、出丸の馬出《うまだ》しから細谷の浦へおり、足るほどに磯草を採ったり、磯辺に跪《ひざまず》いてパーテル・ノステルの祈禱を唱えたりする。それぞれの目鼻だちがはっきり見えるほどの距離なのだが、死角になっているので砲撃の効果をあげることができない。

デ・リィプ号には、松平伊豆、戸田左門、長崎奉行、長崎御代官、鉄砲御用衆の面々が砲撃の効果を冷然と観察している。カロンは窮地におちいり、尾崎の東のわずかばかりの平地に五ポンド砲を据え、細谷ごしに出丸を砲撃したが、それでもだめ。松浦肥前が見かねて、十二ポンド砲と四門の加農砲《カノンほう》を平戸から送ってよこしたが、それが、いっそういけないことになった。というのは、それらは、寛永四年に、台湾の前総督ピーテル・タイエットが、うやうやしく献上《けんじよう》したものだったが、腟《とう》が磨滅した、役にもたたぬ廃物同様の古砲だったので、家光は激怒して、そっくりつっ返させたその四門の加農砲だったのである。

カロンは知らなかったが、膅中《とうちゅう》に歪《ゆが》みか疵《きず》があったのだとみえ、最初の一発で砲口が破裂し、砲手が砲身の破片で腹をうちぬかれ、砲座の外側、東の竹柵に叩きつけられて即死するという散々な始末だったので、オランダ人の信用を恢復《かいふく》するため、日木人に見せてはならないことになっていた榴霰弾《シュプラネル》を百人ばかりの磯浦の女子供の中へ打ちこみ、砲撃の効果をあげることに成功した。

御鉄砲御用衆、というより日本人は、生れてはじめて破裂弾というものを、その目で見た。鉛小弾《えんしょうだん》と鉄釘を充塡《じゅうてん》した一発の榴霰弾が、一挙に三十人以上の人間を炮殺するすさまじい光景に接して、酔い痴《し》れたるがごとくに陶然とした。井上の子の半十郎と稲富の子の喜三郎が、外記の命令で榴霰弾の扱い方を実習した。それは、落城間近い、二月のはじめごろだったが、射っても、射っても、

「サンチャゴ・サンタマリア」

と絶叫し、手をつなぎながら馬出しから飛びだしてくる女子供を、数も知れぬほど榴霰弾《りゅうさんだん》の餌食にした。

二

商館長に任命されたカロンは、寛永十六年の二月中に、平戸で、余儀なく臼砲の鋳造をせねばならぬ羽目になった。原城の攻撃は、平射砲でなくて曲射砲だったら百倍の効果をあげていたろうと、口を辷《すべ》らしたのが松浦侯の耳につたわり、今年《こんねん》の参府のお土産はそれにしようと、勝手にひとりぎめして、紐差《ひもさし》の山裾《やますそ》に、さっさと鋳造所をこしらえてしまった。

東印度会社の内規で、日本人のために大砲を鋳造すること、大きな射程をもつ蛇砲《だほう》及び臼砲の諸元を日本人に洩らすこと、砲手を送ることは厳禁になっていたので、カロンは進退に窮したが、謝絶する措辞《そじ》を思いつくことができなかったので、ハンス・ウォルフガングという砲工と相談して、禁令に抵触せぬ、「たぶん弾丸の飛びださない」非実用の臼砲を設計し、三月の中旬ごろまでに鋳造を終えたが、御鉄砲御用衆の何気ない一瞥で、わけもなく看破されてしまった一埒《いちらつ》は、さきにしるしたとおりである。

三月二十四日、カロンはオランダ人の砲手二名を連れ、大小通詞《つうじ》、松浦家の諸役人、お徒士《かち》など百二十人に附添われ、青銅の大臼砲二門、鉄製の象限儀《しょうげんぎ》四個、前車二、充弾、空弾、爆弾四〇個、小臼砲（これも実用にはならぬ古物だったが）一門、前車一、榴弾三〇個など、全量七百五十貫に及ぶ大荷物を抱え、海路、平戸を出発した。四月三日、大阪着、それから三百人にあまる軽子、曳子が、ろくでもない大荷物にとりつき、東海道を江戸に上った。

四月末日、江戸に着いた。臼砲と附属物は松浦侯の上邸におさまり、カロンと砲手は、本石町《ほんごくちょう》三丁目、長崎屋源右衛門の旅宿に落着いた。相《あい》なるべくは、試射などというるさい手続きはぬきにして、このまま徳川家の武器庫におさまることをカロンは希望していたが、幕府の大筒方は底意地悪く、領収《りょうしゅう》発射の公開を要求してやまない。砲工のハンスは、ときには弾丸《たま》が出ることもあるとうけあってくれたが、砲手たちは自信がないので、尻込みばかりしている。カロン自身も、不幸な災厄を避けたい気があって、六月の中頃まで、あれこれと試射の方法を論議することに日を費し、ひたすら遷延の策を講じていたのである。

三

稲富喜太夫は、真向額《まっこうびたい》を六月の太陽に焼かれて汗みずくになり、井上外記の因業面《いんごうづら》を眼の隅からながめては、ひとりで腹をたてていた。

この暑気に、虎の皮の大衿《おおえり》のついた緋羅紗《ひらしゃ》の胴服《どうふく》を着こんでいるのが、馬鹿らしくてならない。地肌の透けて見える精のない薄白髪《うすじらが》を、真田《さなだ》の太紐で大段《おおだん》の茶筅《ちゃせん》に結いあげ、元亀大正の生残りといった体《てい》で、健骨らしく見せかけているが、柄にもなく色染めの皮足袋などをはいているところからおすと、内実は、意外に軽薄なので、装《なり》だけで高家《こうけ》を気取っているのかもしれない。

カロンの臼砲に関する一件は、田付四郎兵衛から大目付井上筑後をもって、お上《かみ》に申しあげたところ、いたくお腹立ちになり、このたび参府の甲比丹《カピタン》には逢うまいと仰せられたげなに、洩れ聞いている。

お上が寛濶《かんかつ》に思い捨てられたのなら、こちらも悪い冗談と、笑ってすませればよろしからん。どのみち、玉は出ぬとわかっているものを、さかしらだてて、領収《うけとり》の、試し射ちのと騒ぎまわる爺《じじい》の気が知れない。さしたる貫目《かんめ》も持ちあわさぬくせに、なにかにつけて差し出で、おしつけがましく取り仕切る癖があるのは、勘弁なりかねる。

「御支配、朝あけから焙《あぶ》られつづけでは、御老体にさわりましょう。チト日蔭に入って、涼まれては、いかが」

喜太夫がいうと、外記は俗にグリ眼《まなこ》という眼で、ジロリと喜太夫の顔を見て、

「沼尻《ぬまじり》のあたりは、涼気《すずけ》があろうから、身の皮を剝《は》いでなりと、風に吹かれて来るがよい。おれに参酌《しんしゃく》はいらぬ」

と吐きだすように言い切った。喜太夫は笑って、

「これは恐れ入る。ご腹立《ふくりゅう》のように見受けますが、手前の申したことが、お気にさわりましたか」

「いやいや、いっこうに……ときに稲富、貴様は、いつぞや、五貫目玉の五十町射ちをねがい出たが、ついでのことに、オランダ人の大砲を射ってみる気はないか。伜の半十郎には、今朝ほど申しつけておいたが、やる気があるなら、二人で腕をくらべてみるか」

「や、それは」

「それはというのは、否《いや》ということか。そういう思案顔《しあんがお》は見たくない」

喜太夫は恐れる気味で、

「否とは申しませんが、なにぶんにも、心得のないことで」

「心得がなければこそ、試して見ようとは思わぬのか。朝あけから、床几に縛りつけて、射場の地取りを見せておいたが、貴様には、この謎がとけなかったそうな」

「とても、そこまでのことは……しかしながら、玉の出ぬ大筒は射てぬはず。これは、近頃もって難題にございますな」

和流砲術の装薬の定め方は、玉目百匁について、火薬四十匁の割になっているが、相手は諸元を狂わせた得態の知れぬ大物で、装薬の割が一匁ちがっても、砲身といっしょにすっ飛ばされる恐れがある。喜太夫としても、そこまで危険をおかす気はないから、そういって逃げにかかったが外記はゆるさず、

「玉が出ぬとは、なにによって詮《せん》じつけた。玉割はどうだろうと、持矢倉を測って射ちあげるくらい、なにほどのことがあろうか。貴様が否なら、倅の喜三郎にやらせる。そのかわり、嚮後《きようご》、砲術に関するかぎり、一切、大きな口をきくな。火薬簞笥を抱えて、土蔵《ぬりごめ》のなかにひっこんでいるがよかろう」

と憎体《にくてい》に罵《ののし》った。

田付四郎兵衛は、浅黄木綿の袴の膝に手を置き、温和な微笑をうかべながら、二人の争論を聞いているばかりで、頼みにならない。喜太夫は、そのとき勃然たる怒りを感

じ、いつになく、手強く言い返した。

「手前のことは、ともかくとして、伜めに難題をいいかけることは、平《ひら》に、ごめんねがいとうござる」

「ふむ、それが一夢斎の伜の言い草か。よしよし、貴様は相手にならぬ。なんというか、喜三郎に聞いてみよう」

砲座になる土壇の切り取りをしている同心どもの居るほうへ向って、

「半十郎、喜三郎」

と呼びかけると、半十郎と喜三郎が、野袴の裾をひるがえしながら、こちらへ走り寄ってきた。

半十郎は大筒役組下同心、喜三郎は玉薬奉行属役、どちらも焼火の間詰で、同年の二十五歳である。

「喜三郎、貴様は鳥居甚左衛門について自得流の棒火矢（擲弾筒《てきだん》）の法を学んだそうな」

「御意にございます」

「棒火矢の抱《かか》え打方《うちかた》は、天砲の天頂打ちとおなじ理合《りあい》であろう。明日、天砲の試し射ちをしてみるがいい。半十郎もやる。カロンが平戸から連れてきたウールフとかいう砲手は、おのれの名もかけぬような文盲で、数理究理に関することは、なにひとつ知らぬが、六貫七百二十匁の玉を、わずか七百匁の火薬で、四町先へ飛ばせるといっている。偽りなら、それでよし。いうとおりのことをやってのけたら、貴様もやれ。カロンの天砲の装薬の定め方は、玉目百匁について、火薬十匁の割と知れた。むずかしいことはあるまい」

といった。半十郎と喜三郎は思いこんだ顔つきになって、

「仰せのとおりにいたします」

と、こたえた。

四

カロンの臼砲の領収《りょうしゅう》発射は、六月二十一日、勝手ケ原の射場で行われた。御鉄砲方、大筒役、火薬奉行の組下、与力、同心、属役は、日の出前に射場に集合した。

松浦侯の三ツ星の家紋のついた幕舎の床几に、老中阿部対馬、牧野内匠頭《たくみのかみ》、堀内加

賀、目付兼松五郎左衛門、松浦侯などがいた。

カロンの大臼砲は、御鉄砲御用衆の予期どおりに、かなりいい加減なものであった。第一弾は、一町ほどしか飛ばず、小田山の中に落ちこんで、十七尺ほどの深い穴をあけ、水田の泥や苗を空中高く噴きあげた。第二弾は砲腔と薬室の間で爆発したので、砲口から帯のような火炎が迸《ほとばし》り出て、土壇のまわりの幕を焼いたうえ、ウールフは顔と手に大火傷を負った。第三弾は小臼砲から射ちだされたが、銃弾が空中で炸裂し、稲妻のような青白い彩光が射場の上に閃《ひらめ》きわたった。

カロンの一行は、心光院で昼食をし、午後からまた試射を続行したが、どの弾丸も標的の小屋まで届かない。カロンはあきらめたのだとみえ、生き残った不機嫌な大臼砲を日本人の手にひき渡した。

喜三郎は同心の座から立ち出ると、老中の幕舎に敬礼し、臼砲の最初の伝習にとりかかった。

喜三郎は、思いのほか、要領よくやってのけた。まず砲口を四十五度の仰角にひきあげ、薬室に火薬を込め、その上に槇肌《まいはだ》を巻いてつくった丸い板を置き、榴弾を入れ、湿った草を榴弾と砲腔の隙間に固く詰めこんだ。

喜三郎は、四分円《ぶんえん》の目盛環《めもりかん》を見ながら、射程を測っているふうだったが、半十郎のいるほうへ振返り、誇るかにも見える、高慢な態度で軽くうなずいてみせると、前方から導火管に火をつけた。

弾丸は大きな弧を描きながら四町ほども飛び、向い並びの前測の標的に命中して、猛烈な勢いで燃えあがった。

喜太夫の喜悦ぶりにひきかえ、外記はひどく不機嫌な顔をしていた。外記は、なにを考えていたのか、半十郎にもわかりかねたが、このときの印象は、心のどこかにとまって、外記が死んだあとも、長いあいだ、忘れることができなかった。

喜三郎と代って、半十郎が砲座に上ったが、国友村の鉄砲鍛冶の家で、曲りなりにも天砲を張立てた経験があるので、手心のわからないものに立ちむかう不安はなかったが、張立ての大筒を試射するときに襲われる、身震いの出るような心の勇《いさ》みは、なぜか、すこしも感じられなかった。

半十郎は砲身をひき起し、装薬にとりかかったが、気持の沈滞はいよいよ深まるばかり。そのうちに、手を動かすのも、もの憂いような放心状態になった。土壇のまわりが、急に黄昏れてきて、沼のほうから吹いてくる風が、ぞっと身に泌みた。

島原の乱のあと、大砲の張立てが皆無になり、久しく領収発射をしたことがなかった。たぶん、そのせいで、気持が乱れるのだろう。どれほどの時がたったのか、知らない。それは、じぶんで考えるほど、長い時間ではなかったのだろうが、その間《かん》、じぶんの眼がなにを見ていたのか、まったく記憶がない。しかし、手だけは機械的に動いていたのに相違ないので、ふと夢想から醒めると、なにひとつ手落ちなく装塡の作業が終っていて、導火管に火をつければいいだけの状態になっていた。

重量のある実質弾を、火薬の力でふっ飛ばす瞬間の感覚は、いくど繰返しても、いつも新鮮である。半十郎が火縄の火を導火管の口火に移そうとしたとき、風のなかに、パーテル・ノステルの祈禱の声を聞いた。その一転瞬の間に、尾崎の断崖を背景にして、モヤモヤした砲煙の間から浮きあがってきた、清らかな、世にも美しい女人《によにん》の顔をありありと見た。

火縄を持った半十郎の手が、宙に浮いたまま、硬直したように動かなくなった。自分は、砲術と大砲の領収を世職《せいしよく》にする家に生れたのだが、これでもう、生涯、大砲から玉を打ちだす能力を失ったのだということを、このとき、はっきりと自覚した。事実、なにか目に見えぬ力が、半十郎の手をおさえこんでいるふうで、いくら火縄を振りまわしてみても、どうしても導火管に火を移すことはできなかった。

正保《しょうほう》三年の九月、父、外記が、小栗長右衛門の邸で、長坂と稲富喜太夫を突き伏せ、おのれもまた、腹背から刺されて死んだ。

前日、外記は、例の五十町射ちの件で、喜太夫と躑躅の間で争論した。田付四郎兵衛なら知らず、貴様の技倆《ぎりょう》では、五貫目玉の五十町射ちは覚束なかろうと、満座のなかで手きびしくやりつけたので、喜太夫も勘弁ならず、この日頃、鬱積していた怒りを一時に爆発させて、思うさまに言い返した。長坂と鷹匠頭《たかじょうがしら》の小栗長右衛門が割って入って、ほどよく双方を宥《なだ》めたが、おさまりそうにも見えないので、長坂の邸へ外記と喜太夫を連れこみ、小栗のほかに、小十人頭の奥山茂左衛門も呼んで、二人に和解の盃を交換させた。瓶子《へいし》と盃を二人の前に別々に置いてまず一杯飲み、そののち、たがいに酌をして、更に一杯飲み、喜太夫の飲んだ盃を外記に差させた。目下から目上に盃を差すのは礼儀ではない。外記は面白くなく思ったが、怒りを胸におさめ、その日は、なにごとも言わずに帰った。

翌日、鷹匠頭の小栗の邸で、重ねて和解の宴を張ることになり、長坂、奥山も寄って、にぎやかな酒宴になったが、宴果ててから、長坂は喜太夫をとめ、外記だけを先に帰そうとしたので、外記は、扱いの不束《ふつつか》さに立腹し、いきなり脇差をひき抜き、長坂をおし伏せて、衿から咽喉《のど》もとへ刺し通した。

五

長坂は、

「心得た」

といって、抜きあわせたが、深手のために働けず、外記の額に薄手を負わしただけで、そこへ倒れた。喜太夫は、これを見るなり、

「長坂だけはやらぬぞ」

といって、脇差をぬいて外記に斬りかけたが、外記は肩を斬られながら、喜太夫を突き伏せた。

奥山は、つづきの小部屋で酔い倒れ、小栗は茶室で茶を点《た》てていたが、座敷の物音を聞きつけて来て見れば、長坂と喜太夫がすでに絶命している。外記は奥山を斬ろうとい

うので、つづきの小部屋へ行き、刀を振りあげて斬りかけようとしたひょうしに、刀を鴨居へ切りこんでしまった。外記が刀を抜きとろうとしているのを、小栗が後から外記の脇腹へ突通す。奥山は、起きあがって、前から頭に斬りつけ、あとは次第もなく、めちゃめちゃに突刺し、二人で外記を斬り殺したということであった。

九月の二十六日、稲富、井上とも、世禄《せいろく》お取上げ、半十郎と喜三郎は士籍から削り、鍛冶師の扱いになる旨、達しがあった。

夕方、半十郎は仏間の片闇になったところに端坐して、父と稲富が、ああまで執念深く争いつづけたのは、どういうわけがあったのだろうと、考え耽っているとき、庭にむいた塀越しに棒火矢が飛びこんできた。その辺いちめんに、火玉《ひだま》をこぼしながら、むやみに煙硝の煙をたちあげるので、邸のなかは煙にとじられて、もののかたちも見えないようになった。

そのとき、塀の外から、

「喜三郎、お見舞い」

と呼びかける、野太い声が聞えた。

「半十郎、貴様とは、互いに敵《かたき》になったぞ。おれは、これから西へ行くが、どこかの果てでめぐりあったら、五百目玉の抱え大砲で勝負をつけることにする。忘れるな」

半十郎は、なにをと叫び、床脇《とこわき》から鉄砲をとって戸外へ走りだしたが、ちまたには夕闇ばかりで、喜三郎のすがたは、もうなかった。

ボニン島物語

天保八年十二月の末、大手前にほど近い桜田門外で、笑うに耐えた忍傷沙汰があった。盛岡二十万石、南部信濃守利済《としただ》の御先手物頭、田中久太夫という士《さむらい》が、節季払いの駕籠訴訟にきた手代の無礼を怒って、摺箔の竹光で斬りつけたという一件である。

奥州南部領は、元禄以来、たびたび凶荒に見舞われ、天明三年の大飢饉には、収穫皆無で種方《たねかた》もなく、三十万の領民の四分の一以上が餓死するなどということがあり、三十世備後守信恩《のぶふさ》のときから、百五十年に及ぶ長々しい貧窮をつづけていたが、利済の代になると、貧乏も底が入って、城の上り下りに、濠端で諸商人の訴訟を受けるところにまで行きついた。

肴屋、油屋、荒物小売、煙草屋、八百屋そのほか雑多な手代面《つら》が、三十人ぐらいも濠端の柳の下に屯《たむろ》していて、殊更、駕籠擦りあう登城下城の混雑を見さだめ、信濃守の駕籠につき纏《まと》って、「商いの道が立ちかねまする、なにとぞ、お払いを」と、うるさくねだりこむのである。

掛取りの居催促は、いまにはじまったことではなく、江戸の上邸《かみやしき》では、毎年、四季の終りに、いつもこういうさわぎが起きる。三十三世修理太夫利視《としみち》のときには、芝の増上寺から借りた二千両の金の期限がきても返済できずにいたところ、増上寺の坊主どもが八十人ばかり上邸へおしかけ、登城しようとして玄関先に出てきた修理太夫の袂をとって強談したような例もあるが、途上の待伏せは、これが最初であった。

訴訟の手代どもは、こうすれば、外聞を恥じ、代金を払うだろうというつもりがあるので、駕籠の左右について走りながら「わずか三両と二分二朱。おねがいにござりまする。なにとぞ、お払いを」と臆面のない高声でやる。お徒士《かち》、駕籠廻りはもとより、中間、杖突きのはてまで、みな無念に思うのだが、どうすることもできない。

田中久太夫は、平山行蔵《こうぞう》に剣を学び、実用流の奥儀を極めた藩第一の剣士であった。あるとき門弟の一人が賊を斬り、田中を招いて、日頃、お取立てにあずかった手の裏《うち》をごらんくだされと自慢顔で披露した。

田中は見るなり不機嫌な面持ちになって、「美しく斬ろうなどと考えると、その隙に逃げられ、落度をとるようなことがある。要は、殺すことが主意なのだから、左手で髻《もとどり》でも摑んで急所を衝けば、かならず一刀のもとに斃《たお》すことができる。斬口の美しさを披露するような性根では、上達の見込みがないから、今日かぎり破門する」と叱責したことがあった。

田中久太夫は徒士の御先手で駕籠脇についていたが、あまりの煩しさに、ついとり逆上《のぼ》せ「三両、三両」と叫びながら、駕籠脇に迫ってきた才槌頭の襟首を摑むなり「おのれ」といって、ぬかるみへ取って投げた。これまでの例では、どんな悪口をいっても、南部藩士の刀を抜いたのを見たことがないので、手代どものほうは気が強い。ふて腐ったようなのが三十人ばかり、

「なんだなんだ」といいながら、寄り身になって久太夫のほうへ詰め寄ってきた。先頭にいるのが、赤木屋という油屋の手代で、これが音頭取らしく、

「よくも仲間を取って投げやがったな。訴訟するのが気に入らざ、斬るなと突くなと、儘にしてみやがれ、どうする」と柄《がら》にもない強がりをいって、久太夫の袴腰に手をかけた。

久太夫は苦笑いしながら駕籠について歩いていたが、よくよく虫の居どころが悪かっ

たのだとみえ、急に顔色を変えて刀の柄に手をかけた。

「赤木屋、おれは田中久太夫だが、見事、斬られてみるか」

赤木屋の南部藩の田中久太夫は使い手だということは知っていたが、抜くはずがないと多寡をくくって、

「南部の稗飯食いに、人が斬れるのか。面白れえ、やってみろ」と減らず口をきいた。

七尾駒三郎は、ぬかるみの中に立ちどまって、この始末をながめていた。久太夫の業《わざ》物《もの》は、先年、糊口に窮して米一斗と替え、鞘の中には摺箔の竹光しかおさまっていないことを知っている。久太夫の籠手に生気が動くのを見るなり、

「田中、抜くなよ、物笑いになる」と後から声をかけたが、久太夫は、

「よし、斬ってやる」といいながら竹光を抜き、ひと打ちとばかりに振りかぶった。

赤木屋の手代は、あっと叫んだが、逃げると後から斬られると思うので、逃げることもできない。

「もし、この通り、このとおり」と手をあわせながら、中腰になって久太夫のまわりを廻って歩く。後へ退くどころか、ぬかるみに足をとられ前方《まえかた》へのめずったりする。久太夫としては、相手が身近に来れば、刀をふりおろさぬわけにはいかないが、三十人から

の手代どもが、遠巻きにしてじっと成行を注視しているので、それもできない。

いかにもよく似せてあるが、竹光は竹光、斬ることもできなければ、斬れるわけのものでもない。赤木屋の手代が切尖の届くところへよろけてくると、それとなくうしろへ身を退《すさ》らせて、三尺ほどの間隔を保ち、つくりつけの人形のように八双に刀をふりかぶったまま、荒い息をついている。

赤木屋の手代のほうは、いかに貧窮したとはいえ、久太夫ほどの使い手が、竹光を差していようなどとは思わない。あぶない横這いの足許《あしもと》、油断のない久太夫の手許、師走のさなかに大汗になり「この通り、この通り」と手を擦りあわせ、これはもう必死の形相でジリジリと居所《いどころ》変《が》えをしている。

七尾駒三郎は同輩の危難を見捨ててはおけず、行列から外れて濠端に居残ったが、なまじっかな仲裁では、手代どもをつけあがらせることになるから、いい加減なことはできない。腰の刀はこれもよく出来た南部の竹光、義に勇んでそいつをひき抜けば、久太夫とおなじ羽目になる。駒三郎は、海彦《うみびこ》が波をしずめのかたちで両手を前に出し、「しずまれ、しずまれ、大手が近い。すこしは場所柄をわきまえろ。しずまれというのに、しずまらぬか」と御下乗の衛士のいうようなことをいって、遠くから久太夫を宥《なだ》めにかかった。

南部利済の駕籠は、危いところで虎口をのがれ、大堰のあるお濠《ほり》の角を曲って、外《そと》桜田のほうへ急ぐ。それを追うようにして、池田丹波守の駕籠が下ってくる。松平伊予守の行列がくる。駕籠脇のお徒士は、柄袋をはねて刀の柄に手をかけ、この騒ぎを尻眼にかけながらさっさと通りぬけて行く。

塘松《とうしょう》の梢に今朝降った雪が消え残り、木枯に吹きよせられた真鴨が三羽、薄氷の上で羽づくろいをしている。濠端の久太夫と赤木屋の手代は、活人画中の人物のように、ものの四半刻ばかり、そこで凝り固まっていたが、そのうちにどちらの顔にも疲労の色が濃くなり、斬るか斬らせるか、一挙に埒《らち》をあけなければ、このうえは、ひと時も保合《もちあ》えぬようなところにまで迫ってきた。

久太夫は貧苦で削ぎたった頬をひきつらせ、虚空を睨んでニヤリと笑い、「貧はすまじきもの」などと独語をいい、血走った眼で手代の顔を睨みつけていたが、「下郎め、うぬがために、終生の恥辱をとったぞ」と大喝するなり、手代の真向へ、ヤッとばかりに竹光の刃《は》を立てた。

赤木屋の手代は、ひえッと息をひき、のけ反《ぞ》ったままぬかるみにへたりこみ「斬りやがった、斬りやがった、ああ、ひどいことをする」と頭をおさえて子供のように泣きじゃくっていたが、身に受けた傷が、蚯蚓腫《みみずば》れほどでもないことをさとると、俄かに立ちあがって、

「なんだ、竹篦《たけべら》か。うぬは、これで何度そくいいを練りやがった。刃傷の証拠にする。それをこっちへよこせ」といいながら、諸手で刀身に摑みかかった。

これをとられると、恥の上塗り、久太夫は狼狽して、

「なにをする。これ、手を離せというのに」と入り身になって刀を庇う。とろうとする、やるまいとする。たがいにおし揉みあっているうちに、二人の手から竹光が落ちる。朴の鍔《つば》をつけた竹の刀は、大手の辻々を吹きめぐってきた一陣の旋風《つむじ》に巻きこまれ、「あれよ」という間もなく、虚空高く舞いあがった。

ちょうどそこへ津軽越中守の駕籠が下って来た。駕籠脇のお徒士はおどろいて空を指さし、「あれ、抜身が飛んで行く」と口々に叫び、この世にあろうとも思えぬ奇観をながめていたが、そのうちに、一人が思わず噴きだしたので堰が切れ、御先手の中間も、行列の総体が腹を抱えて笑いだした。

久太夫の竹光は、雪もよいの低い雲の下で、旋風の風道《かざみち》にしたがって生き物のように

高く低く舞い遊んでいたが、濠を越え、吹上の御苑のあるあたりで、ふっと見えなくなってしまった。

久太夫は腕組みをしたまま呆然と縁石の傍に佇んでいたが、涙をためた大きな眼で駒三郎のほうへ振返ると、

「おれは腹を切るが、ひだるい腹では斬りにくかろう。今生の名残りに、思うさま飲み食いしてから、心しずかにこの世にお暇をするつもりだ。深志甚左を誘って、夕刻から相伴《あい》をしに来てくれ、語り残したこともあるで」といった。


上邸内《うち》の久太夫のお長屋は、割場《わりば》といっていたもとの会所の跡で、板敷のところを道場にして、そこに久太夫が一人で住んでいる。

七尾駒三郎と深志甚左衛門は、降りだした雪を踏みながら久太夫の長屋へ出掛けて行くと、久太夫は三畳だけ畳を敷いたところに切腹の場をこしらえ、貧乏徳利と竹皮包みを膝の前にひきつけて、二人の来るのを待っていた。

座につくと、深志は「今日がお別れになるのだそうだ」と笑いながら久太夫に会釈した。「おぬしは勝手なやつだ。長年のよしみも思わず、一人だけで、楽なところへ抜け

て行こうというのかい」

「おれは行くよ。おぬしらは六十、七十まで生きのびて、馬鹿な苦《く》の世界で、いいだけ仰《の》っつ反《そ》っつするがよかろう。冥土の明窓《あかりまど》から見ていてやるぞ」

気がついて、駒三郎がたずねた。「腹を切るというが、鯵切庖丁ひとつ見あたらぬ。なんで腹を切る気だ」

久太夫はうなずいて、

「よく気がついてくれた。腹を切るのに、脇差の借《か》り立《た》てもなるまいから、切れものはここに用意をしておいた」

そういって、膝前《ひざまえ》の貧乏徳利を顎でさしてみせた。

深志は感慨を催したらしく、武者窓越しに露路の雪を見ながら、

「それで、おぬしは徳利のカケラで腹を切ろうというのかい、いかに窮してあげくでも、これはまた詰《つま》りきったことだ。南部の貧乏も、これで底が入ったというものだ」

と、つぶやくようにいった。

久太夫は、片口から五郎八茶碗やら、ありあうものに酒を注ぎわけ、

「なにも詰りはせん」とやさしい調子でやりかえした。

「南部の侍は貧乏で、腹を切る刀も持たぬが、そのかわり腹の皮はごく柔《やわ》いで、瀬戸物のカケラでも切れると、いうところを見せてやるのだ。しっかりと見届けてもらいたい」

深志がいった。

「いかにも検分をしようが、瀬戸物で腹を切るのでは、さぞや、ふんだんに血汐をふりまくことだろう。有難い役目ではないな」

久太夫は片口の酒をグイ飲みして、

「これも因縁事のうちだと思え。正徳二年のことだった。三十二世利幹《としもと》公の代、大晦日の午すぎから、れいのごとくに掛取りが二十と何人押しかけてきた。元日になっても動かず、歳旦の式を挙げることができないのでみな弱り切った。おれの大曾祖父《ひこじい》、同名、久太夫と深志の大曾祖父の恒右衛門が、それならば、腹でも切って埒をあけようかといって、割場の詰合いへ掛取りを呼びこみ、辞宜にも及ばず、下座《しもざ》に並んで腹を切って見せた。それで掛取りは退散した。なりとかたちはちがうが月も十二月も末、相手もおなじく商家の手代面……南部の血筋は、大概、商家に責め殺されるときまったが、こんなことを、何度繰返せばいいのか、それがおかしくてならぬ」

「商人といえば利視公の代にも、そんなことがあったそうな」と駒三郎が後をひきとった。

「ご帰国に先立って、旅の仕度を商家へ注文されたが、金をやらぬので代物《しろもの》をよこさない。お別れにきた客が、朝から上邸に詰めかけていたが、昼すぎになってもお発ちになるようすがない。呆気にとられて、挨拶をして、みな帰った。おれの曾祖父が八方走りまわり、半蔵門の八戸の上邸から二百両ほど借りだしたが、それでは足らぬ。つい先の月、お輿入れになったばかりの奥方の化粧料のうちから、五十両ばかり拝借し、それで、ようやくご出立にということになった」

田中久太夫は御先手物頭、武芸指南役で九石二人扶持、七尾駒三郎は中間小頭で六石五斗二人扶持、深志甚左衛門は物産奉行の調方《しらべかた》で三石二人扶持、江戸勤番では軽輩の扱いだが、いずれも大曾祖父以来、五代にわたる譜代の臣で、本国では会所の御用の間に勤め、御家老附寄合組に入っている。先祖代々、南部領の飢饉の貧困の中に生きつづけたせいで、話といえば、つい貧窮問答に落ちてしまうのである。

「これも利幹公の代だが、こんなこともあった」と久太夫がつづけた。

「江戸参勤の折、野州《やしゅう》、阿久津《あくつ》の鬼怒川が出水して川止めになり、宇都宮へ戻って、四日あまり滞在なさったが、旅費を使い果され、川は開いたが、渡りもならない。福島に使いをやって島田という商人から金を借り、それで、やっと安堵なすったが、その金というのは、わずか二十五両ということであった」

駒三郎がいった。

「利視公の代だった。御用金、御繰合金、分限金と、さまざまな名目でお取りあげになったすえ、領内の農民から、寸志として一人一ヵ月二十文ずつ上納させたことがあった。それから、一坪につき二文の割合で坪役銭《つぼやくぜに》というのをとりこんだ。そのお蔭で、おれの大祖父は城下の商人に憎まれ、天明三年の大飢饉のとき、米を集める道をふさがれ、進退窮して森で縊れて死んだ」

久太夫はうなずきながらいった。

「おぬしの大祖父のことを忘れていた。死にざまもいろいろだが、頭取ともあろう方が、縊れて死ぬは、よくよくのことであったのだろう」

天明二年の冬は、前後を通じて夏のように暖かかった。十一月に少々凍ったが、これも寒《かん》に入ると解け、ちょうど、三、四月頃の気候であった。

翌、癸卯《みずのとう》三年の正月になると、いくらか寒さが加わったが、間もなくそれもゆるみ、北国にありながら、三月の末ごろまで寒さを知らずにすごした。

四月に入り、麦の実入り時になると、毎日、北風ばかり吹き、極寒のように氷雨《ひさめ》が降りつづいた。四月から八月末まで百五十日のうち、雨の降らない日はわずかに二十日、それも薄曇りか霧雨で、晴天というものはただの一日もなかったので、総体に麦は熟さず、刈取りを遅らせたが、ほとんど実成りはなかった。

気候の不順は夏になっても立直らず、七月すぎに藤、山吹などが返り吹き、山々は春よりもさかんな花のながめになった。十月下旬まで蟬が鳴きやまず、十一月に筍が出そめ、九輪草、唐葵などは、四度も五度も花をつけた。

稲は七月のすえになっても穂が出ない。たまさかの穂は、葉のうちに隠れて花もかからず、それさえ百分の一というのに、大豆、稗、粟、蕎麦のたぐいは、八月十三日の大霜に逢い、一夜のうちに全滅してしまった。

南部領、盛岡の城下から東南、南部米の米所で作毛三分二厘五毛、西の方、山つづきの場所は青立《あおだち》も見られず、七戸以北、北郡一帯は稗、粟もない。本高二十万石にたいして不熟損毛の合計が十九万六千石。この三、四年、半作にもならぬ凶歳がつづいた揚句、麦作、秋作、雑穀の果てまで、収穫皆無ということになったので、古今未曾有の大飢饉になった。

米価は一駄十六貫五百文、米一升は搗粟一升とおなじ値段で二百五十文。食うに足るものはなににによらず、恐ろしいような値がつき、米糠《こめぬか》、麦糠《ふすま》すら百文と、はねあがった。

米糠や麦糠を湿《しめ》して蒸す。米麦の砕けがまじっているので、熱いうちに搗けば餅になるのである。それも手に入らなくなると、あざみ、大蓼《おおたで》、笹の実を食い、野山へ分け入って、蕨《わらび》、野老《ところ》、葛《くず》などを掘りまわる。何万とも知れぬ人間が山の地膚も見えぬほどに取りつくので、たいていの山も瞬く間に掘りつくしてしまう。峰にのぼり谷へ降り、いく山もいく山もやる。蕨根をさがして、五十里もある一ノ関まで行ったというのもあった。

夏もまだ終らぬうちに、盛岡の城下では、藁しべを食い、豆殻を食い、松の木の皮を剝《は》いで粉にして食うところにまで追いつめられ、もとは相当の家の人達が、乞食や非人の体になって、あてもなく市中を徘徊するようになった。顔色は土気色で、手足は枯木のよう。頰骨がとびだし、口もとの尖ったのが赤裸に菰を纏っているのは、山田の案山子《かかし》といった体裁で、これが生きた人間のすがただとは、どうしても思えなかった。

九月の末から、非人乞食が牛馬を打殺して売るようになった。捨牛捨馬はもとより、牛馬を屠殺することは、南部藩では制札第一の法度になっていたが、牛馬を養いかね、飢え疲れたのを野山に捨てることが流行った。非人や乞食はそれを引取って皮を剝ぎ、オットセイでも売るように目方にかけ、鹿の肉だといって売る。

牛馬の種が尽きると、犬猫に及び、はては鼠や鼬《いたち》まで食うようになった。非人どもは、犬一匹五百文、鼠百文の割で売り、買ったほうは、その場で打殺して、塩もつけずに貪り食うのだった。

盛岡から北、三戸《さんのへ》郡や北部では、九月ごろから人肉を食った。はじめのうちは、行倒れの肉を切取るくらいのことだったが、飢えて死んだ人間の肉は、枯渇して味が悪いというので、生きているのを殺して食うようになった。老人の肉は評判が悪く、女の子供の肉は柔らかで味がいいなどと無慚な評定をし、野山どころか、家の中にまで入りこんで女子供を攫《さら》い、山曲《やまたわ》や川隈《かわくま》の人目につかぬところに竈《かまど》をこしらえ、十人くらいも車座になって、恣《ほしいまま》に食らい競うという風であった。

北郡の洞内村に腹黒い父親があった。ある日、隣家に行っていうことには、うちの伜も間もなく死ぬが、どうせ死ぬものだから、無駄にはしたくない。息のあるうちに殺したく思うが、伜だと思うと、さすがにそうもいたしかねる。おぬしが打殺してくれれば、礼に肉を半分やるがと、誠しやかにもちかけた。

隣家の男は肉が欲しいところだったので、諒承して、鉈のひと打ちでその子を殺した。父親は傍に立って見ていたが、おのれ、おれの伜をどうすると叫ぶなり、杵をふるって強《した》たかに男の頭を打った。父親は、計画にかけて一時に二人の肉を得たので大いに恐悦し、近所へ隣家の男がうちの伜を殺したので仇を討ったなどと触れまわり、料理して、塩に漬け、それで一と月ばかり凌《しの》いだ。近所では事情を知っていたが、みな飢え疲れ、親子兄弟でも、たがいに打殺して食う時節なので、咎《とが》めるものもなかったということである。

駒三郎の大祖父は、勘定所の頭取をつとめていた。十一月のはじめ、盛岡、寺小路東禅寺と報恩寺に救い小屋を建てて窮民の収容にかかったが、かねがね上納金の取立てをきびしくしていたので、問屋筋の受けが悪く、救い米に宛てるはずのものを出してくれない。二万人ほど窮民を集めたが、重湯を啜《すす》らせる方策もたたない。

難民は救い小屋から四方へあふれだし、五十人、七十人と徒党を組んで町家に押しこみ、穀物はいうに及ばず、家財道具まで奪いとったうえで、家を焼いて立退く、といった体の乱暴を働くようになった。お救い米を宛てにして、大勢の難民が子供を連れ在方《ざいかた》から出てきたが、お救い小屋が廃止になったので、子供に食わせる道がなく、生きたまま叺《かます》や俵に入れて川に流した。

城下の町民のうちに、餓死を恐れて自殺するものが多くなった。潔いものもあり、未練なものもあり、死態《しにざま》はいろいろだが、名を惜しむものは、一人で森の中へ入って縊れ、あるいは石を抱いて渕川に身を投げて死んだ。駒三郎の大祖父は、お救い小屋の不成就を恥じ、町民に姿をやつして森に入り、庶民とおなじようにして縊れて死んだのである。

三人はしめやかに酒をくみかわし、それぞれもの思いに沈みこんでいたが、やがて久太夫は片口の酒の滴を払うと、いわくありげに二人の顔を見た。

「大曾祖父の死にかたも、生仲なものではないが、おれ、七尾、深志の三人の父の不幸にまさるものはないだろう。おぬしらは、父達が南部の産物を長崎へ持って行って商法の手違いをやらかし、その申訳に腹を切って死んだと聞かされていたのだろうが、それは表面のことで、内実には、こんな事情があったのだ。幕府の密事《みつじ》などに聞かれたら、大事になるから、めったに口外せぬつもりでいたが、今日でおれの命も終りになるから、腹を切るまえに、うちあけておく。話はあとでするが、まず、先にこれを読んでくれい」

そういうと、地袋の手箱から「極内不可認」という朱判の据わった、官庫の秘冊をとりだして二人の前に置いた。

駒三郎が手にとって読んだ。こんなことが書いてあった。

八丈島之南三百里程の処に有之候無人島之大体

文禄二年、信濃深志城主彦七郎の子、小笠原貞頼《さだより》、家康の命を受け、伊豆下田より出船、八丈島の南、三百里の処にて無人の島嶼に行き当り、木標、二カ所に建、「日本国天照皇太神宮宮地、島長源家康公幕下小笠原四位小将民部大輔源貞頼朝臣」とあり

爾来、毎年、同島に赴き、大いに利するところあり

延宝二年、島谷市右衛門ら、無人の島嶼を巡検し、天照皇太神ほか二神を勧請し、「日本内」の木標を建《たつ》、

享保十二年春、豊前小倉城主小笠原右近将監殿、日本より東南にあたり、無人島あり、五穀自ら実り、林木《りんぼく》、花多しと申すなり、実否を糺《ただ》し申さばやと公儀へ御届けあ

り、すなはち御免を蒙り、伊勢の国にて大船をつくり、武具、馬具、兵糧等おびただしく積み入れ、小笠原式部と言ふ文武兼備の侍を主将として、都合、百五十人ばかり東南の沖へ乗出しけるが、首尾よく彼の島へ着岸せしや、又海中にて破船せしや、便り無かりしとなり

其頃、同国の漁師ども、難風に逢ひて南海の絶島に吹きつけられしが、その島には、人一人も住まはず、五穀、満ち足り、平生、無人のところゆゑ、何によらず出来甚だよく、大勢にて久しくその島に逗留せしも、食物に差支へざりしとか。その後、五年目の春、順風に吹送られて故郷に戻りけるが、その島にて取りし、大きさ一斗も入るべき蛇の貝を持帰りける、

然るに、其村の百姓ども、家財道具を片附、一軒残らず一夜のうちに何処ともなく引越しけり。

漁師どものうち、其村出生の者、先達《せんだつて》、村に立帰りし時、彼の島といふは、五穀豊饒、魚貝鳥獣多く、日本のやうに不自由することあらじ、一村のこらず引越すならば、主人、地頭と言ふも居らぬゆえ、頭を抑へられる事なし、安楽世界とは、彼の島の事ならんなどと言ひしよしなるが、一村を挙げて欠落したるところより推せば、漁師どもの

話に釣られ、その島に行きしものならんと「風聞雉子声」に見えたり、

田中市太夫、深志甚十郎、七尾仁兵衛上書

一、依御下命、文政丙戌九年十月二日、閉伊《へい》郡釜石、藤代長右衛門船にて北郡大《おお》湊《みなと》を開帆、同十五日朝、八丈島、同十八日青ヶ島、鳥島を見過し、同月廿二日、八丈島の南三百里の処にて御中聞せ候無人島に行当り中候

一、島之模様、十七八里程廻りの島一ツ

一、十二三里程廻りの島一ツ

一、廻り一里、二里、三里程づつの島十五程御座候

一、猶、右之島々より南三十里ほどの処に、廻り十七八里、廻り十四五里の島四ツ

一、十七八里程の島の高さ、伊豆大島の山より稍々《やや》高き程、湊に可成所一ヶ所、西南に向ひ、広さ三町程、船二三十艘も繋ぎ可申、深さ干潮にて二尋、満潮にて四尋斗

一、右十七八里程之島、田地に成可二町四方程の平地一ヶ所、切畑に成可一町四方程の平地、四五ヶ所も有之、人居申様子見えず、住荒したる体も御座無、天然無

人の島と、相見え申候
一、右之島、山の谷々より水の流れ沢山に御座候、川の広サ二三間程、小石多く、浅き川に御座候
一、端舟にて廻り見申候処、十四五、十二三里までの島島には、いづれも湊一二ヶ所づつ、水の流も有事、一町四方より四五反まで平地、一二ヶ所づつ
一、二三里廻りの小島十四五斗、共に平地御座無、船繋に可成申候処相見へ不申か見合不申候
一、以上之島、何れも無人島にて、大木生茂り、魚色々見申候、獣之類は御座無候
右之島々に在之木之分
一、蘇鉄　一、しゅろ　一、かしはの木
一、みさぎ　一、桑の木　一、むくろじ
一、朴　一、蛇紋木
一、いづれも二抱三抱程の大木にて、棕櫚《しゅろ》も林程多く御座候、磯と、、べらに幹廻り高さ十三尋程、茗荷の葉の様なる大木、その他、椰子、檳榔《びろう》の木の様成ルも相見え申候

一、右之島にて、鳥は鶩、岩つぐみ、山鳩、五位鷺《ごいさぎ》の形なる柿色の鳥、鷗に似て魚を取候鳥《とりとり》

一、魚は黒鯛、鯔《ぼら》、鮫、三尺斗の海老、三尺程も有ル章魚、亀は畳一畳程も有之青海亀、瑇瑁《たいまい》、獲立も不成程、磯海苔の間、八尋より十尋程の海中に珊瑚沢山に有之、二月三月の内は鯨夥しく通行致候

右之島にて取立申候物産

一、赤珊瑚　ボケと申し、枝々スキ透ル、稀品の由、根本径二寸、枝ノヒロガリ三尺余、重サ三貫目以上のもの一ツ、

一、白珊瑚、桃珊瑚、一貫目ほどのもの四ツ、外に枝珊瑚、珊瑚屑、十貫程有之

一、瑇瑁　背甲五百六十七枚、縁板千七十二枚、尤モ島ニテハ焼継、寄継不叶、背甲のまま

一、古柯《こか》の葉　薬草として稀品也、十貫目以上

一、蛇紋木　径六寸、丈十二尺のもの十本

右物産天草島にて唐船に売渡申候仕訳

一、珊瑚　総体ニテ二万五千百二十両

一、瑇瑁　総体ニテ一万二千百両
一、古柯　三千七百両
一、檳榔　三百四十両
一、船は於長崎売払、陸地罷帰り申候　以上
　文政己卯二年十二月

上書《あげがき》を読み終るのを待って、久太夫が深志にいった。

「七尾はともかく、おぬしは産物の諸分《しよわけ》に通じているはずだから、おおその察しはついたろう」

深志は暗い眼つきで、なにか考えていたが、「大方は知れた。船主舟子とも、おおよそ十人もの命を奪ったうえは、腹くらい切らねば相済まぬところだ」と投げだすようにいった。

「どうして、それがわかった」

「長崎で船を売ったと書いてあるが、船主舟子には一言も触れていない。渡外禁止は重い掟。外国との商貨の交易は長崎の貨物取衆《かもつとりしゆう》十人以外には法度だ。そこまで大事を

やってのけたら、船主も舟子も、生かしてはおけまい」

「なるほど、よく見た……長い道中の間で、どうにか始末をつけたのだったろう。すんだことだから、それはそれでいいが、公家では、また候《ぞろ》、その伝を蒸しかえそうとしている。おぬしらは、この二月に州崎の浜へ流れついた漂民の話を聞いたろう」

　駒三郎がいった。

「無人の島で四年ばかり暮らし、この春、上《のぼ》り風《かぜ》に吹き送られて、事なく江戸に帰りついたという、大湊の舟子どものことだろう。鉄砲洲の上邸の揚屋におしこめてあるという話は聞いた」

「一人は、昨夜、揚屋の組格子に細紐をひっかけて縊れて死んだ。あとの三人は明後日、国送りになる。おれが介添になって行くことになっている」

「そういうことなら、腹など切ってはいられまい」と深志が笑った。久太夫は首を振って、

「言わねばわかるまい、介添はいいのだが、家老の毛馬内が脇差を買えといって三両くれた。つまりは、送り人を途中で斬ってしまえということなのだ」

「おぬしの早合点ではないのか」と駒三郎が揶揄するようにいった。

「早合点どころか、そうなるべき訳があるのだ。漂民の一人は大湊の船持ちで、思慮のある男だから、深く慎んで、滅多なことは言いださぬが、お上のほうでは、舟子どもが漂着したという島は、先年、物貨を取蒐めたその島だということを見ぬいている。のみならず、父達が島へ残してきた漁師原《ばら》といっしょになっていたらしい形跡もある」

深志が「うむ」と呻いた。駒三郎は痼走った顔になって、叫ぶようにいった。

「おぬしは、毛馬内に金を返して、腹を切ってしまえばそれですむのだろうが、おぬしが辞退すれば、ほかの人間が行って斬る。そのほうはどうする」

久太夫は駒三郎の顔を見返し、

「どうするといって、おれに、なにができる。われら一族の業《ごう》の深さには、おれもほとほと驚きいっている。そのせいで、生きていることも面白くなくなった。貧乏とのやりあいも、もうこの辺でやめにしたい。言いたいこともあるだろうが、笑って、腹を切らしてくれい」

深志がうなずいた。

「おれはなにも言わぬよ。それぞれの存念によることだ。したいようにするがよかろう」

「ありがたい。話も酒も尽きたそうな。では、そろそろ、やるか」

久太夫は貧乏徳利をとって床に打ちつけた。いいほどのカケラを拾いだすと、それを手に持って行灯のそばへ行き、つくづくという風にながめていた。

田中久太夫がいわれもなく自裁したあと、久太夫の役が、七尾駒三郎と深志にまわってきた。江戸の家老の毛馬内典膳は、二人を御用の間へ呼んで「如才もあるまいが、然るべく」といった。

江戸を発ったのが、天保九年の四月三日。本土の果てなる大湊までは、途中を急いで十五日の旅である。杉戸、小金井、喜連川《きつれがわ》と泊りをかさね、四月十六日の午後、北郡の七戸に着いた。

七戸から北は、砂丘まじりの地表が茫漠とひろがり、屋根に石を載せた暗ぼったい家が、二里に三軒、三里に二軒というぐあいにバラ撒かれ、そのむこうに錆色の荒くれた海が見える。いかにも、もの佗びた風景であった。

天保四年から七年までつづいた大飢饉のあとがまだ片付かず、いたるところに白枯れた髑髏がころがっている。この辺の領民は、ほとんど死に絶えてしまったものとみえ、宿を出ると、夕方、つぎの宿に着くまで人間のすがたを見ることができない。砂丘のむこうに三十戸ばかりの村が見える。小休みをしようと思って行ってみると、人の住んでいる家は一軒もない。村端れの茅葺の屋根の下をのぞくと、壁は崩れ障子は破れ、おどろに荒れた出居《でい》の土間に、親子か夫婦か、手足の骨まで揃った骸骨が、より添うようなかたちで抱きあっているのは、すさまじいかぎりのながめであった。

十七日の昼すぎ、野辺地という町に着いた。ここで奥州街道に別れ、津軽の海に突きだした半島の岸について行く。大湊はここからちょうど二日の行程になる。

野辺地の町を出はずれると、左手に寒々と光る陸奥浦の海が見えてきた。二人のすこし前を清兵衛と庄吉が老人くさく背中を丸め、海風に吹きまくられながら、踊るような足どりで歩いている。

清兵衛は大湊の船持ちで四十五歳、庄吉は田名部の名子《なこ》百姓で五十歳である。どちらも口の重い、地味な風体で、言葉にこそは出さないが、踊るような足どりにも、ほどなく生れ故郷の土を踏む、やるせないほどのよろこびが感じられる。

深志と駒三郎は心の奥に邪慳な企図をひそめている。その気になれば、この二人は寸刻のうちに命を失うのだが、なにも知らずに勇んで歩いていると思うと、いじらしくてならない。

いうにいえぬ想いに胸をしめつけられ、駒三郎は、われとなく、前を行く二人に声をかけた。

「清兵衛さん、庄吉さん」

二人は歩みをとめてこちらへ振返ると、

「はい」と答えるなり駆け寄ってきて、神妙なようすで道の上に膝をついた。

「ご用でございますか」

国元へ届ける漂民に、差送りの役人がつくのは古くからの慣例だが、実誼《じつぎ》な老人たちは、お上に無用の費いと煩いをかけているのだと思いこみ、すこしでも手数をはぶこうとさまざまに心を砕いているふうである。宿々《しゆくじゆく》の泊りでは、できるだけ少なく食い、小さくなって眠り、呼べば、かならずひと声で飛んできて、まめまめしい挨拶をする。

「先《さき》の見えた旅だ。そう急ぐにもあたらない。海の見えるところでひと休みしようじゃないか」

清兵衛と庄吉は、慇懃にうなずくと、枯草の折畳まった場所をえらんで、駒三郎の座をつくった。深志が追いついてきて、駒三郎の傍に坐った。なにかいいたいことがあるらしく、海を見ながら煙草の煙を吹いていたが、二人のほうへ振返って「明後日の夕方には、故郷の土を踏める。さぞ、うれしいこったろうな」といった。

清兵衛は、いつになく顔を笑み崩しながら、楽しそうにうなずいてみせた。

「庄吉、お前はどうだ」

返事がなかった。

「どうした。萎れているようだが、お前はうれしくないのか」

庄吉は膝に手を置いて畏っていたが、だしぬけに怪鳥の鳴くような声で、

「うんにゃ」と一声、絶叫、この世に、こんなつまらぬ土地柄はない。こんなところを故郷だなどと思ってはいない。従って、うれしくも面白くもないという意味のことを、わかりにくい浦方《うらかた》の方言でつけくわえた。

清兵衛は狼狽して「庄吉さん、庄吉さん、お役人衆の前で、そんな憎まれ口を利くものではない。耳が痛む。やめてくれ」と宥めにかかると、庄吉は薄笑いをしながら、

「なんだ、清兵衛」と人を馬鹿にしたような調子でいいかえした。

日頃、猫のようにおとなしい庄吉が、こんな不貞腐ったようすをしようとは、思ってもいなかったので、駒三郎は呆気にとられて庄吉の顔をながめていたが、この男は名子という農奴《のうど》にも劣るひどい生活をつづけているうちに、碌な口ひとつきけないようにな

り、たまさかものを言うと、つい羽目をはずしてしまうのだろうと思った。

もともと南部の領民には文盲が多く、南部の盲暦《めくらこよみ》といって、四季のめぐりを見る、大切な暦までが絵解きになっている。満足に子供の名ひとつつけられず、正月生れた女の子はショガ、二月に生れたのはニガ、三月に生れたのはサガですましておくという始末である。

名子というのは、地頭や地主から家と畑と農具を借り、その家の持物になって、死ぬまで奴隷のように働かされる貧農のことで、生涯、米を食わず、名子のそっちら稗《ひえ》といって、飯時になると、井戸や川の近くへ行って、稗だけのボロボロ飯を冷水で飲みくだすという話を、駒三郎もいつか聞いたことがあった。

駒三郎は、それで諒承したが、深志はおさまらず、

「おい、庄吉。故郷に近くなったせいか、急に大風《おおふう》になったな。えいこら、もちっと、神妙にせい。清兵衛が気を揉んでいるのが、お前にはわからないのか」と頭ごなしに叱りつけた。

庄吉は膝に手を置いて首を垂れていたが、顔をあげて薄濁《うすにご》った白眼をひき剝《む》くと、

「さア殺せ」といいながら、あおのけにひっくりかえって、足をジタバタさせた。

清兵衛は二人の前へ這いだしてきて、枯草の上に手を突き、

「これには、仔細のあることで」

と、こんな話をした。

いま、お二人さまが坐っていられるのは、天明大飢饉のときの千人塚で、庄吉の父母の骨も、そこに埋っているはずである。また、野辺地の町でごらんになった二組の骸骨は、庄吉が夢に見るほど逢いたがっていた弟夫婦の成れの果てのすがただったので、たまさか故郷へ帰るなり、天明と天保の飢饉のあとを見て無常を感じ、急にとりとめなくなったと思う。郷里の土を踏むことが、うれしからぬわけはなく、乱心の言わせる言葉なのだから、お気にさえられぬようにと、丁寧な挨拶をしていると、庄吉は流れ雲を眼で追いながら、

「嘘つけ、清兵衛」と合ノ手を入れた。

深志は清兵衛に笑顔をむけながら、

「わしには、意地を張っているとしか見えぬが、乱心なら乱心でもいい。それはそれとして、湊屋清兵衛といえば、江戸にまで聞えている名だが、大旦那のお前が、名子百姓の庄吉を庄吉さんと呼び、名子百姓の庄吉が、大旦那のお前を清兵衛と呼び捨てにする

のは、納得がいかぬ」

そういうと、清兵衛は吐胸をつかれたように、はッと顔を伏せた。

「なにか訳があるのかい」

清兵衛は小さな声で、「これは島の慣例《しきたり》なのでございます」とこたえた。

「島というのは、お前らが住みついていたという無人島のことなのか、宿々の泊りでは、話を聞く暇もなかったが、ちょうどいい折だから、すこし島の話でもして聞かせろ」

そういうと、駒三郎のほうへちょっと振返って、

「ここにいる七尾もそうだが、いつか一度行って見たいと思っている島がある。お前らの居た無人島がわれわれの存寄《ぞんじょ》りの島だとはかぎらぬが、大体、おなじような見当になっているから、無人島の風物のありようだけでも、ざっと聞かしてもらいたい」

「それはもう、お安い御用で」といって、清兵衛が島のようすをくわしく話した。

それは八丈島の東東南、三百里のところにある、大小十三ほどの島で、ペール島という島に住んでいるイギリス人は、ボニン諸島と呼んでいるということだった。

清兵衛の話を取り集めると、その島の高いところには土当帰《うどのき》、赤鉄《あかてつ》、タコの木という種類の巨木が亭々と聳《そび》え、谷間には木性羊歯《しだ》、ヘゴが繁りあい、海岸には椰子、檳榔な

どの長木が、扇のように緑の葉をひろげている。

近海には、鮪、サワラ、鯨が居り、青海亀や瑇瑁が砂原へ上がってきて卵を産みつける。ペール島のイギリス人やイスパニア人は、土人を妻にして、牛、山羊、鶏などを飼い、山の芋をつくり、珊瑚を採り、甘蔗《かんしょ》から絞ったラムという強い酒を飲み、天産《てんさん》に満ち足りて、太古の民のような悠々たる歳月を送っているふうである。

父達の上書を見てから、駒三郎にとって、八丈島の南にあるという無人島が、忘れられぬものになっているせいか、清兵衛の話を聞いていると、島のようすが彷彿と眼蓋の裏に浮んでくる。海岸の白い砂の上で椰子が葉冠をひらいて、斜めに海のほうへ傾いている。羊歯の繁みの中で羊が鳴いている。眼をつぶると、瑇瑁の甲を剝ぐひと、波の間に沈んで珊瑚を採るひとのすがたが見えるような気がする。

駒三郎の聞きたいのは、父達が島へ残してきたという漁師どものこと、清兵衛や庄吉がその島でどんな暮しをしていたかということなのだが、イギリス人の話ばかりで、いっこうに自分らのことには触れない。話を外らしているようなところもある。それで、駒三郎がたずねてみた。

「清兵衛さん、するとずっとその島のイギリス人どもといっしょにいたわけなのかい」

清兵衛は、なぜか急に狼狽して、「異人といっしょに居りましたのは、ほんのひと時で、間もなく、私らだけで、ほかの島に移りました」

清兵衛らの移ったのは、ペール島の北にある、周り十里ほどの島で地味が肥え、黒土が六尺もあって、なにによらず、蒔《ま》いてもものの成らぬということはない。林を開いて切替畑もつくったが、そこも物成りの早いところで、果実の種を捨てると、いきなり木になってしまうので、うっかり種も捨てられず、かえって迷惑した、などと語った。

深志は笑って、

「それはまた、大した島だ。このあたりの痩せ枯れた地味にくらべると、まるで夢のような話ではないか。そんな安楽世界に住みながら、やはり日本が恋しくなったのか」

清兵衛は慇懃にうなずくと、真北のほうを指して、「ちょうど霧隠れになっておりますが、あれは恐山《おそれさん》といって、北郡のしるしになる山でございます。あれをひと目見たいばかりに」

庄吉が、また大きな声をだした。

「嘘つけ、清兵衛」

深志は眉の間に皺をよせて、

「こら、話の邪魔をするな。お前は向うの水沢のそばへでも行っていろ。話がすんだら呼んでやる」

庄吉は急におとなしくなって、言われたように斑雪《まだらゆき》の残った水沢のほうへ行くと、こちらに背を見せて枯蘆の間に坐った。

思いついて、駒三郎がいった。

「清兵衛さん、なにか、われわれに隠していることがあるね。聞いた話だが、お前の仲間のものが揚屋の格子に細紐をひっかけて、首を縊って死んだそうな。それほど帰りたい御国《おくに》に帰ってきたというのに、なんのために縊れたりするのか。庄吉の言葉を例にひくのではないが、御国へ帰りたかったというのは、嘘のような気がする」

「どうしてまた、さようなことを」

「咎めているのではない。正直なことを聞きたいのだ。それについて考えるのに、江戸廻船に乗組んで、銚子沖で難風に逢ったというが、それもどうやら真実らしくない。清兵衛さん、それは難船したのではなく、最初から無人島へ行くつもりで、船を仕立てたのではなかったのかい」

清兵衛は、そんなことがあろうはずはなく、考えられもしないことだとこたえた。

深志が後をつづけた。

「いま七尾がいったが、いかにも納得のいかぬふしがある。さまざまな穀種《こくだね》を蒔いて、大仰な収穫をしたといったが、その穀種も、江戸へ運ぶ分だったのか。そうだろうな」

清兵衛は背筋を立てると、底の入った眼つきでじっと深志の顔を見かえした。

深志は手を拍って、

「そうしているところを見ると、なるほど立派な顔だ。船持ちだけの貫禄がちゃんと具わっている」

「お戯れで、恐れいります」

「大湊の湊屋は、南部藩の上納金でひき潰されたという噂も聞いている……清兵衛さん、覚悟の上の渡外だったのだろうな」

駒三郎がいった。

「そちらが、さっぱりと肚を割ってくれれば、こっちにもうち開けたいことがある……ほんとうのことを聞かせてもらいたい。吹きっさらしの海端で、ひょんな話をしかけるようだが、どのみち、宿の泊りで話せるようなことではない。もう、大体、察しているのだろうが、じつのところは、大湊の町へ入らぬうちに、埒をあけたい気もあるのだ」

清兵衛は、「申しあげましょうとも」と胸を張ってこたえた。

深志はうなずいて、

「やはり、そうだったか。いや、そうあるほうが当然だ。大湊の藤代長右衛門は、叔父か甥になるひとだそうだが、船もろとも遠国へ持って行って、舟子一人、帰してよこさぬような悪い政事《しおき》では、誰にしも、勘弁なりかねるから」

「いや、そのせいというのじゃない。天保四年の飢饉は、北郡に当りがひどくて、ごらんのような有様になり、百姓も漁師原も、息をつきかねて他領へ逃げだすので、北郡だけで、空家が八千軒にもなったと申します。ボニン島のことは、かねてあの辺を乗り廻して知っておりましたから、松前の出兵で船を召しあげられぬうちに、名子や手間取の漁師どもを連れて行って、無人島の開地をやろうと思いたちましたので」

「だから、そこのところが聞きたい」駒三郎がいった。

「せっかく大事を手掛けながら、なぜ帰ってきた。漂民が国へ帰れば、どういう扱いを受けるか、知っているだろう」

清兵衛は迷惑そうな顔をしていたが、

「とりたてのない土地にいる百姓を、一人でも多く島へ引こうという、みなの意見で、私と庄吉と松太郎という手間取が使者に立った。アメリカの捕鯨船は、奥州宮古の近くでおろしてくれる約束だったが、風の都合が悪くて、洲崎の沖で放されてしまい、とうとうお船手同心のお調べを受ける羽目になりました。島のことは一切、口外せずにいましたが、松太郎の口から実情が洩れ、そんな島で法楽をしていたのか、さりとは、のどかな奴どもだと、お叱りを受けた」

清兵衛は海に背をむけて、煙草に火を磨りつけると、

「北郡の大湊と田名部は、むかしから漂民を大勢出しておりますが、国元へ戻しても、一歩も村から踏み出さず、船と名のつくものは、漁舟にさえも乗ってはならない。むずかしい掟に縛られて、つまらぬ生涯を送ることになりますが、押送り途中で斬るなどというのは、この齢になるまで、まだ聞いたことがなかった」

駒三郎は、笑いながらたずねた。

「清兵衛さん、それを誰に聞いた」

「田中さまが揚屋に見えて、藤代船の話をなさり、このうえ業を重ねたくないから、おれは断るが、どのみち介添はつくのだから、いずれ、どこかで斬られるものと思えといわれました。松太郎は、がっかりして、それで首を縊って死んでしまった」

清兵衛は煙管を叩いて、ふところにおさめると、隙のない眼つきで深志と駒三郎の顔を見くらべながら、

「田中さまは、手が立つうえに容赦のないお人だから、仕掛けどころは、大概、きまっているが、失礼ながら、あなたさま方は、たいして腕が立つようでもないし、それに、どちらも飄軽《ひょうきん》なご人体《じんてい》だから、眠っているところをやるかも知れず、いきなりの出あいがしらに頂戴するかもしれず、頃合いがわからないので、寝た間も気が休まらない。庄吉などは、すっかり焦れてしまって、どうせ斬られるものなら、早く斬られてしまえというわけで、お声がかかると、いそいそとお傍へ飛んで行く」

水沢のそばにいる庄吉のほうへ、チラと視線を走らせてから、

「ごらんなさいまし、庄吉は首の座になおったつもりで、ああして、おとなしく控えております」

深志は「おれは、最初から斬る気はなかった。おぬしはどうだ」と駒三郎にたずねた。駒三郎は考えてから、「おれのほうにも、斬る気はなかったようだ」とこたえた。

深志は、清兵衛のほうへ向いて、

「清兵衛さん、お聞きのような次第だ。これまでの常式では、野辺地の郡代官に引継げ

ば、それでわれわれの役目がすむのだが、こんなところまでついてきたのは、しょうしょう、おねがいの筋があるからだ。なんと、清兵衛さん、聞いてはくれまいか」

駒三郎が、かわって、

「わしからもおねがいする。二人をボニン島とやらに、連れて行ってもらいたい。田中から聞いて、なんと満ち足りた世界も、あればあるものだと思ったが、お手前の話で、どうにも執着が断ちきれなくなった。大湊に着く前に、埒をあけたいといったのは、じつは、このことだったのだ。どうでも、ならぬといわれれば、ここからすぐ津軽を廻って、出羽あたりへ落ちることになるのだが」

深志は揉み手をしながら、

「ひとつ、貧乏話を聞いてもらいたい。七年前に俸給四分の一の借上げ……その頃はまだよかったが、七年の飢饉のあとから面扶持《つらぶち》になった。一人扶持といえば米五合だが、時節柄とあって、二合に切り下げ、貴賤平等に毎日、一人に白米二合、ほかに、味噌代、薪代として、二十文ずつ貰う。千石取も二合なら、百石取も二合……朝々、支配のところへ出掛けて行く。キッチリと量って、渡したぞ、頂戴しましたで帰ってくる。モノがあればいいほうで、三日に一度はまだ御配《ごはい》がない。そっちでなんとかしてくれということになる……貰うのは米でも、米を食っているのは、一人もいない。雑穀屋へ持って行って、粟か稗にかえてくる。そうでもしなければ間がもてぬ。思うことは、ただ食いたいということだけ……これがわれわれの境界だ。あっちら稗や糠飯を食わしておいて、人を斬ってもすさまじい。田中ではないが、腹でも切って死んでやりたくなるではないか……どうだろう、清兵衛さん、ねがいをかなえてはくれまいか。わしは、いささか本草と物産に眼があいているから、そのほうの助《すけ》ッ人《と》をやる。ご迷惑はかけないつもりだ」

清兵衛は手を振って、

「そこまでのことは、おっしゃるな。行くといわれるなら、お連れもしましょうが、その島だって、お二人が考えていられるような安楽世界ではありません。お話しましょう。こういう訳です。

名子と手間取りが四十二人、船方は私を込めて十八人、合せて六十人の欠食人《けがちども》を連れて島に着いたのが、天保五年の四月の十二日……小島を見捨《みすて》にして、どんどん南へ下って、小豆島ほどもあろうかという島にとりつきました。青苔の生えた洞門のようなところを通ると、その奥が岩にかこまれた湊になっていて、むこうに砂浜と山の嶺につづく岩阻道《いわそばみち》が見える。

バナナという木の実、アナナスという果物、見も馴れず、名も知らぬ成りものが、谷と山襞を埋めつくしている、異国人の畑作だとは知らないから、なんとまあ成りものの多い島だなどといっている。

島の奥まったところへ入りこむと、絵に描いたような美事な平地があって、なかほどのところを小さな川が流れ、浅い川瀬の中で、青や、赤や、紫や、色とりどりの蟹が走りまわっている。見ると、名子も舟子も、成りものの木の間に入りこんで、夢中になって木の実をせせっている。とりたてのない国から来たのだから、仕様がないといえば、それまでですが、稗粟をともしく食っている土地から、いきなり天産のありあまる島へ行き着いたのが、そもそも躓《つまず》きのもとでした。

私は早く船に戻ったが、夜になっても、あくる日になっても、ただの一人、帰って来るものはない。行ってみると、みな成りものの谷間に入っていて、腹が空くと、寝そべったまま、手を伸ばしてそばのものをひき寄せて食っているという……

思いしめられることではありませんか。物があり余るばかりに、何年となく、礫まじりの砂上に鍬を突きたて、汗を流していた名子の働きものが、たった一日で、手のつけられぬ怠け者になってしまった。押しても、突いても、白眼でひとの顔を見あげるばかりで、働くこともしない。

三日ばかりは、黙ってみていてくれたが、いくら異人でも丹精した畑作を、際限なしにやられてはたまらない。マザロというイタリーの人が代表で、島裏《しまうら》から出てきて、ここはわれわれどもの土地だから、すぐ出て行ってくれという掛合いです。この北に、いくらも島があるから、そこへ行ったらよかろうといっている。

移ったのが、さきほどお話した、その島です。木の実は少ないが、蒔けば成る立派な畑地がある。さっそく竿入れをして、播種にかかったが、名子の若いやつや、舟子の陸《おか》使《づか》いどもが、せっかく無人の島へ来ながら、上から追い使われるのは面白くない。地頭も島主《しまぬし》もいらぬ。旦那も船頭も邪魔になる。この島の働きは、一切平等にやってもらいたいといいだした。

一応、尤《もっと》もな言い分だから、言いなりにしておさめたが、それも、長くはつづかなかった。舟子の一人が、ペール島の異国人のすることを見てきて、みなを焚きつけた。異国人のすることも、いいお手本にはならなかった。ペラホの土人の女を連れてきて、一人が三人ぐらいずつ家内にして、それらに働かせて、おのれらは楽をして食っている。それをこの島でやろうというわけです。

　そこにいる大将、お船頭、上乗り、お舵……そんなてあいは長いあいだ旦那面で楽をしてきた。今日から、われわれが旦那になる。お前らは名子か手間取りの分際にひきさがって、汗を流して働け。その代り、一年交代ということにしてやる。という言い草です。もとより黙ってはいなかったが、こちらは五人で、向うは五十人余り、戦争にならないから降参した。

　旦那になった名子どもは、わずかな平地を争って、飽くことなく自分のほうへ取りこもうとする。やるまいとする。垣根をつくる。それを壊しにくる。勾配の早いやつは、伝馬で小島におし渡って、そこを自分の領分にする。そうこうしているうちに最初の島に居残っているのは、いくらもいなくなり、散り散りに、小島に分れて住むようになった。

　それくらいですめばよかったが、間もなく、もっと悪い結果になった。昨年の秋ごろ、ペール島からペラホの土人の女が逃げてきて、ラムのつくりかたをおしえた。それが堕落のはじまりで、どの島へ行っても、酔いつぶれているか、飲んだくれてあばれている。働いている者はついぞ一人も見かけないようになった。

とりたてのない土地から、一人でも人間を引くなどと、うまいことをいっていますが、つまりは、それらをコキ使って、じぶんらはラムを飲んで遊んでいようという了見なのです……人間が住んでいるところに、安楽世界はないものだ。間もなく、ボニン島も、地獄のようになることでしょう……こういうところですが、それでも行かれますか」

深志と駒三郎は、相顧みて苦笑しながら

「そんなら、御国のほうが、まだしもだ」とこたえた。

明治八年、田辺太一の一行がボニン島へ調査に行ったとき、父島の西の渚に、その頃の住居のあとが残っているということだったが、それも、明治十六年、クラカトア島の大噴火で、印度の海岸を襲ったあの五十尺の海嘯《つなみ》に洗い流され、あとしら浪《なみ》となってしまった。

呂宋の壺

一

慶長のころ、鹿児島揖宿《いぶすき》郡、山川の津《つ》に、薩摩藩の御朱印船《ごしゅいんせん》を預り、南蛮貿易の御用をつとめる大迫《おおさこ》吉之丞という海商がいた。

慶長十六年の六月、隠居して惟新《いしん》といっていた島津義弘《よしひろ》の命令で、はるばる呂宋《ルソン》（フィリッピン）まで茶壺を探しに出かけた。そのとき惟新は、なにかと便宜があろうから、吉利支丹になれといった。吉之丞は長崎で洗礼を受けて心にもなき信者になり、呂宋から柬埔塞《カンボジア》の町々を七年がかりで探し歩いたが、その結末は面白いというようなものではなく、そのうえ、帰国後、宗門《しゅうもん》の取調べで、あやうく火焙《ひあぶ》りになるところだった。寛永十一年と上書《あげがき》した申状《もうしじょう》には、吉之丞のやるせない憤懣《ふんまん》の情があらわれている。

惟新様申され候には、呂宋え罷越《マカリコシ》、如何にしても清香《セイコウ》か蓮華王《レンゲオウ》の茶壺を手に入れるべし、呂宋とか申す国は吉利支丹の者どもにて候に付き、この節は吉利支丹に罷成り、あいさつといたし、御用等相達すべきよし仰せ聞けられ候故、拙者、申し候は、御意とは申しながら、好き申さざる宗旨に候へ共、何事も奉公の儀に御座候故、上意に任せ、此の節は吉利支丹に罷り成るべきよしお受け仕り候。云々。

吉之丞の父の吉次は松永久秀の家臣で、主家断絶後、牢人していたのを島津貴久《たかひさ》に見出され、貴久の言付けで、長崎に船屋敷をおいて海外貿易をはじめるようになったのである。堺の木屋弥三郎、西類子《にしるいす》九郎兵衛などとおなじように、武士から町人になった、いわゆる引込《ひっこみ》町人で、七十歳で死ぬその年の秋まで、舵場の櫓《やぐら》に突っ立ち、船頭や荷才《にさい》領《りょう》を叱咤しながら南方の広大な海を庭のうちを歩くような顔で乗りまわしていた。

吉之丞は十五になるやならぬに船にひき乗せられ、二十の年まで岡使《おかづかい》や帳付《ちょうづけ》をやり、阿媽《マカオ》ではポルトガル語を、呂宋ではイスパニヤ語を聞きおぼえこみ、片言で言葉が通じるようになったところで副財《ふうさい》にひきあげられた。副財というのは、船主の代理として、船の運用、貨物の売買取引、一切を取仕切る役である。

慶長二年に父の吉次が死んで吉之丞の代になると、二度目の朝鮮征伐に義弘についてし泗川《しせん》に行き、粮米荷頭《ろうまいにがしら》と小荷駄才領を兼帯《けんたい》でやり、矢丸《やだま》の下を駆けまわった。五年秋の関ヶ原には出なかったが、東軍と戦って大敗し、身をもって遁れてきた義弘を堺で待ち受け、際どいところで船に乗せて鹿児島へ落した。

これも島津の御用をつとめる堺の薩摩屋祐仁《ゆうじん》は、いよいよ島津も滅亡かと、なにも手につかずにおろおろしていたが、吉之丞は、

「大阪城の屋根は、そぜとるけん、雨の洩《も》ったい」といい、大阪の薩摩屋敷にあった弓矢鉄砲、玉薬《たまぐすり》のはてまで、軍道具《いくさどうぐ》を残らず船に積んで帰った。

吉之丞は、当然、大阪城に立籠《たてこも》り、東軍を迎えて花々しい一戦に及ぶのだろうと推量していたが、それらしいこともないので意外の感にうたれた。聞きあわせたところ、義弘公は秀頼公に、このうえは籠城のお覚悟を、と申しあげると、秀頼公は、籠城までして戦うことはない。島津も、早々に国表《くにおもて》へ引きとるようにとつれないお返事だったということだった。

これで秀頼公という方の底が知れた。たった一度の手合せで腰が砕けるようでは、なんのために徳川に戦争をしかけたのかわからない。君公が飛ぶようにして帰国されたのは、秀頼公に愛想をつかし、薩摩の領国で一と合戦するつもりなのだろうと、咄嗟《とっさ》の才覚で武具運送の手配をしたわけだが、それはとんだ見込みちがいで、君公は剃髪《ていはつ》して隠居し、家康に誓詞を送って、ひたすら恭順の意をあらわしていられる。戦争の沙汰どこ

ろか、国中《くにじゆう》、湿りにしめって露もしとどのありさまだった。

その後、恩赦の沙汰があって、三男、家久をもって本領安堵したが、家康公への遠慮から、諸事、控え目に、父の代からつづいた南蛮貿易の後援も、自然にとりやめになったので、吉之丞は郷里の山川の津に帰って、トカラ、琉球の物産回漕をやっていた。

慶長十六年五月、惟新公からだしぬけに御用召《ごようめし》があった。吉之丞が玉里《たまざと》の隠居所へ罷《まか》り出ると、惟新公は、

「吉之丞、呂宋へ行って来い」と、いきなりいった。

吉之丞は南蛮貿易のおゆるしが出るのだと思い、勇みたってたずねた。

「御交易の作事《さくじ》をいたすのでございましょうか」

「いや、壺をとりに行くのじゃ。それについて、なにかと便宜もあろうから、吉利支丹になるがええ……くわしいことは拙斎の入道に言うておいた。大口《おおぐち》へ行って聞いてくれい。退ってもええぞ」

入道して拙斎。鬼武蔵といわれた新納《にいろ》武蔵の城は、鹿児島の北十里、伊佐郡の大口村にある。

隠居所から退ると、吉之丞はその足で大口村へ行った。城に上り、取次を通して挨拶

をすると、すぐ居間に通された。

「なんでん、くわしいことは、ああたさまに聞けという仰せですけん、伺いに罷りでました」

勇武の士だが、すぐれた歌人でもある拙斎《せつさい》は、つるりと禿げあがった法師頭を撫《な》でながら、

「ご隠居は、ときどき難題を出されるで」というと、大きな声で笑った。

「よしよし、謎ときをしてつかわす。まあ、聞けえ、こういうわけじゃ」

口切りの茶の湯に葉茶壺はなくてはならないものだが、なかでも呂宋焼の壺が名品ということになっている。

秀吉は、千利休がこの壺一つ、一国一城に代わると極めをつけた清香という呂宋の葉茶壺を手に入れて自慢していたが、天正十九年の二月、利休は、道具の売買について曲事《きよくじ》があったという叱責を受けて自裁《じさい》した。

利休が死んだので、秀吉は呂宋の壺を求める道が絶えたと落胆していたが、文禄三年の七月、思いがけなく、堺の納屋助左衛門が呂宋の壺の名品を五十個ばかり持ち帰って上覧に供した。秀吉は、

「お手柄、お手柄。おぬしは五十国、二百城を呂宋から奪《と》って帰った」と手を拍って喜んだという。

秀吉はまず自分が三つとり、残りを大阪城の西ノ丸の大広間に陳列し、壺の重さ一匁について銀子《ぎんす》一貫目の割で諸大名に頒けた。

呂宋ではどういう向きに使っている壺なのか誰も知らない。千利久は茶器の新旧可否を鑑定して分限者《ぶげんしゃ》になった男だが、親疎異同《しんそいどう》によって、贋物《にせもの》を真物《ほんもの》、新《しん》を古《こ》と言い張って、よく人を欺いたということである。それはともかく、呂宋の壺にむやみな高値をつけてくれたおかげで、丈《たけ》、八、九寸から一尺ほどの、あどけない陶物《すえもの》の壺が、一個、銀千貫目から二千貫目に売れたので、わずか四、五日のうちに、助左衛門は思わぬ大利を博した。

「それですめば、かような仕儀にならなんだろうが、あやつが呂宋へ欠落《かけおち》したので、むずかしい落着になった」

呂宋と姓をあらためた助左衛門が、邸の襖や天井に狩野永徳《かのうえいとく》に絵を描かせ、七宝をちりばめ、金銀を貼るという豪奢《ごうしゃ》に耽ったことが秀吉の怒りにふれ、家財を没収された。助左衛門はおどろいたような顔もせず、それならばといって、邸を大安寺に寄進し、一

族をひきつれて飄然《ひようぜん》と堺の浦から発《た》って行った。それは吉之丞も聞いて知っていた。かれ
「あれは太閤さまがお亡《なく》なりになる前の年、慶長二年の夏のことでござりました。かれこれ十四、五年になりましょう」

「十四、五年にもなろうかな……南蛮のどの国のどこの涯にいるのか知れぬやつを、ぬしゃ、探しに行くのだが、思えば、可哀想なようでもある」

「私めが、助左衛門を……」

この年、惟新公が駿府の城へ年賀に上がると、家康が、葉茶壺が払底して、只今のところ一つもない。口切りの茶の湯もできぬようでは、茶の湯の冥加《みようが》も尽き果てた。お身どもは南蛮貿易をなさるゆえ、呂宋の壺など、水甕《みずがめ》にするほども貯えてござるだろうが、と持ちかけるようなことをいった。

つまりは、呂宋の壺を二つ三つ寄進しろということなのである。島津はどういう無理でも聞かなければならぬ危うい境界にいるのだから、あるものなら喜んで差しだそうが、生憎《あいにく》と、そんなものは持合せない。松浦にも、牧野にも、出雲《いずも》の松平にも、およそ呂宋の壺を所蔵する向きへ礼をつくして頼んでみたが、こればかりはと、誰も話に乗ってくれない。

助左衛門さえ堺にいたら、たやすく事が運ぶのだろうが、ならぬことをねがっても仕様がない。お前は、長年、南洋を渡り歩いて、国々の事情に通じているわけだから、ご苦労だが、呂宋まで壺をとりに行ってもらうことにした。

「それについて、ぬしに見せておくもんがある」

拙斎は床の間の木箱の蓋をはらって茶壺のようなものを出し、書院窓のそばの机の上に据えた。

丈は一尺ほどで、形はやや平目《ひらめ》。茶釉《ちゃぐすり》に薄い鶉斑《うずらふ》があり、アッサリとして軽い出来で、底がすこし凹んでいる。土師物《はじもの》と陶物の間を行ったような見馴れる壺であった。

「これは博多の神屋宗湛《かみやそうたん》から借りた真壺《まつぼ》だ。よく似せてあるが、呂宋ではない。真物の真壺は、もうすこし茶の色が深く、いちめんに鶉斑が出て、揚底《あげぞこ》になっている。呂宋壺の上物は蓮華王と清香真壺……蓮華王は、壺の肩の蓮華の花の中に王という字がある。清香真壺は、これも肩に清香という文字がある。真物の呂宋なら真壺でもよいが、ならば、蓮華王か清香を探しだしてくれい」

呂宋へ行って壺をとってくることはわかったが、助左衛門の所在をつきとめるというのは、どういうことなのかとたずねると、利休も助左衛門も呂宋の壺だといっているが、それについては、両人の間になにか黙会《もっかい》があったので、自分の見るところでは、迦知安（広東）か暹羅《シャム》あたりの物産だとしか思えない。呂宋に真壺があれば文句はないが、さもないと、助左衛門に逢って、どこの国で、どうして手に入れたか聞きだすほかはないからだといった。

「対馬の灰吹銀《はいふきぎん》を千貫目、ペセダの銀銭を二十貫、ほかに錠銀《じょうぎん》と康熙銭《こうきせん》を用意しておいた。船のことじゃが、三浦安針《あんじん》のフレガタ船（フリゲート。砲備した商船）に朱印状を添えて売りに出たのを、アンドレア李旦《りたん》という支那の頭人《とうにん》が買って作事をし、来月の初旬に大波止《おおはと》から出る。吉利支丹しか乗せぬそうじゃけん、いっちょう吉利支丹にならな、いかんばな」

「いや、それでござりますが」

吉之丞は、かたちだけの信徒になっても、吉利支丹の行儀《ぎょうぎ》もしらず、十《とう》の掟《おきて》を保つことなどは思いもよらない。どんな苦労もいとわないが、吉利支丹になることだけはごめんねがいたいといったが、拙斎は呂宋へ行くのは李旦の船しかないからといって、なんとしてもきいてくれなかった。

二

アンドレア李旦の船は三桅《き》二段帆のさよ船《ぶね》（和蘭《オランダ》造りの黒船）で、和船《わせん》の前敷《まえしき》にあたるところに筒丈《つつだけ》、八尺ばかりの真鍮《しんちゆう》の大筒を二挺据えつけてあった。

船名はサンチャゴ……サンチャゴとはイスパニヤ語の八幡大菩薩にあたり、合戦で鬨《とき》の声をあげるとき、サンチャゴと叫ぶのだということである。

船の長さ十二間、幅四間、荷頭、ルイス新九郎、船頭ゼリコ庄兵衛のほか、乗組は福建《ふつけん》人、スマトラ人、マラッカ人で総数は百人ほど。船の大きさも乗組の数も御朱印船の三分の一にも及ばない。船の名は勇ましいが、どう考えても、頼母しいような船ではない。長崎から高砂（台湾）の湊口まで六百五十里、高砂から呂宋のマニラまで八百里、合せて千四百里の海を、こんな小船でおし渡るのかと思うと、情けなくてならない。

吉之丞は舵場の櫓で、一波ごとに淡くなる琉球の島影を見送っているうちに、李旦がいっていた海賊船のことを思いだし、船室に置いてある灰吹銀の金箱が、急に重荷になってきた。

李旦は、この節、和蘭とイスパニヤ、ポルトガルの折合いがつかず、双方の船が行き合うと、かならず、どちらかが射ちかけ、積荷を奪ったあげく船を沈めるという風儀《ふうぎ》で、平穏無事な航海はいたって少ない。あなたはたくさん銀を持っていられるようだから、心得までに申しあげるのだが、フレガタ船《せん》に追いかけられて船を押えられたら、逆らっても無駄である。観念して、奪るだけのものを奪らせれば、命だけは失わずにすむ。見受けるところ、剛気なご人体《じんてい》だが、力をたのむものは、とかく大怪我をするものだから、私の忠言をお忘れないように、というようなことをいった。

呂宋の涯へ壺を探しに行く苦労だけでもたくさんなのに、そんな目にあうのではたまったものではない。それにしても、見栄《みばえ》のしない陶物の壺を買うのに、どうして千貫もの銀が要るのか、納得できない。銀六十匁一両換えとして、千貫といえば一万七千両……三百九十人乗りの御朱印船を新造しても、十五貫とはかからない。長さ二十間、幅九間の大船一隻が二百五十両で、掌で支えられるような葉茶壺が一万七千両もするというのは、どこかにまちがいがあるのにちがいない。

「これでは、あまり空しいような気がする。大名方のなさることは、おいどもにはわからん」吉之丞は呟き、考えてもわからないことは考えないほうがいいと、邪念を払うように強く頭を振った。

六月十日の夕方、吉利支丹の夕《ゆうべ》のお勤めをすませ、艫《とも》ノ間で夕食をしているところへ、荷頭の新九郎が駆けこんできて、

「いましがた、黒船が一隻、艫を横切《よぎ》って風下のほうへ行きよりました」

と息巻くような調子で李旦に報告した。李旦は象牙の箸をとめて考えていたが、思いついたように、

「そいで、東沙島《とうさとう》はもう過ぎたかい」とたずねかえした。

「へえ、いましがた呂宋の頭へ針を立てたところでござす」

「悪い船道《ふなみち》にかかった。フレガタ船かもしれん。用心せな、あかんばな」

「そんこつです。明日は、夜明け前に見張りを出すようにしましょうたい」

翌朝、まだ暗い海の上を、一隻の黒船が船首を横切って影のように風上のほうへ走って行った。

夜があけると、四里ほど向うに、二桅三段帆の黒船がサンチャゴと並んで走っているのが見えた。

船頭の庄兵衛は、

「やいやい、まごまごするな」

とマラッカ人の水主《かこ》を怒鳴りつけ、筒眼鏡を持たせて大帆柱の物見台に追いあげた。

「どんなあんばいだ。早う、ぬかせ」

物見台のマラッカ人は、

「たいへんだ」と叫び、それから、「向うの物見台にも人が上って、筒眼鏡でこちらを見ている」と報告した。

李旦という博多生れの福建人は、こんなことには馴れきっているふうで、急ぎもせずにゆっくりと舵場へ上って行った。

「庄兵衛どん、向うの船足はどうあるかい。逃げきれるとじゃろうか」

庄兵衛は、手庇《てびさし》をして向うの船足を計ってから、

「たいしたことはありますめえが、早駆《はやが》けにしますか」

そういうと、一番かんぬきの帆係《ほがかり》に、総帆あげろと命令をくだした。

サンチャゴが勢よく走りだすと、向うの黒船もにわかに船足を早め、海の上を電光形に間切《まぎ》りながら、サンチャゴのほうへ突っかけてくる。帆を撓《たわ》め、船足を隠していたとしか思えないような鮮かな追撃ぶりであった。

「えらく足が出だした。下手をすると追いつかるるたい」

と李旦がいった。

「弾箱《たまばこ》を出しておきましたけん、いッちょ射とうじゃにゃあですか」

新九郎が気負ったような顔でいうと、李旦は大きくうなずいてみせた。

「ぬしゃ、大筒ば射ちきるか。射てるなら射って見さっし」

新九郎はスマトラ人の水主を呼びあつめると、前敷の大筒のところへ走って行って弾丸《たま》込めにかかったが、生憎と、弾丸が筒口《つつぐち》より大きくて、この急場には間にあわなかった。

「あぎゃん弾丸、どやつが積みこんだものか。弾丸が大きうして、筒口におさまらんとです」

と頭を掻き李旦に報告した。

李旦は笑いながら、

「これゃもう、追いつめられるにきまったけん、羅針盤《らしんばん》と象限儀《しょうげんぎ》をはずして、わからんところへ隠しておいちくれ」

と言いつけた。

そんなことをしているうちに、黒船は半里ほどのところまで迫ってきた。小早船《こばや》といっているポルトガルの飛脚船で、大筒を四挺すえているのが、ありありと見えた。

「小早船じゃ、かなわねえ」

庄兵衛は音《ね》をあげたが、どうでも逃げ切るつもりらしく、うるさく帆形《ほなり》を変えて間切りだした。

小早船の帆柱にポルトガルの国旗が揚ったと思うと、大筒が火を噴き、円弾《えんだん》が唸り声をあげてサンチャゴの舳《みよし》をかすって行った。

李旦が庄兵衛の肩を叩いた。

「もう、いかんばな。停《と》めなし、停めなし」

サンチャゴが帆をおろすと、待ちかねたように、帯に短筒と抜身の刀を挟んだ十人ばかりのポルトガル人が小舟でやってきた。サンチャゴの乗組を後敷《あとしき》のところへ呼び集めると、頭立《かしらだ》ったのが、

「船主はどやつか。何を積んで、どこへ行く船か」

と訊問した。

吉之丞は怒りを発して、

「なんじらの問いに答える義務はない」

という意味のことを叫びたてると、ポルトガル人が飛んできて、刀で吉之丞の腹を刺した。吉之丞は錠銀を腹巻に入れて腹に巻いていたので、いくどか刺されたが、いっこうにこたえなかった。

争うことはなんの益もない。はじめから重荷にしていたが、千貫という銀は、隠そうとしても隠しきれるものではない。吉之丞は、これも天命とあきらめかけたが、あれだけの銀子をむざと持ち去られるのかと思うと、無念でならない。みなとはいわないが、隠せるだけ隠しこんでやろうと、さり気ないようすで胴ノ間へ降りて行った。

吉之丞は渡海船《とかいせん》を扱っていたので、さよ船の構造を知っている。和船ならいきなり棚板になるところに船梁《ふなばり》が通っているため、舷《ふなばた》の外板《そといた》と内張《うちばり》の間に隙間があって、それが船底につづいている。舷の内張を一枚はずせば、船底へあるたけの銀子を落しこむことができる。咄嗟の仕事にしては骨が折れるが、やってやれないことはない。

内張の腰板は欅《けやき》の大割《おおわり》で、脇差でこじりつけるくらいではビクともしない。それでも根気よくやっているうちに、板の合せ目が持ちあがってきて、手が入るだけの口があいた。

頭の上でいそがしく歩きまわる足音が聞える。どうやら賊どもが働きだしたらしい。グズグズしてはいられない。金箱から銀子をつかみだし、息《いき》づく暇も惜しんで、つぎつぎに船底へ落しこんだ。

頭上の騒動はいよいよ爛熟《らんじゅく》し、ポルトガル人の叱咤する声にまじって、帆柱の倒れる音や重いものを曳きまわす音、大鋸《おおが》で木を挽く音、手斧で打ち割る音、大破壊によってひき起されるすさまじい騒音が、ものの半刻ばかり休みもなくつづいていたが、そのうちに木の枝でも撥《は》ぜるような乾いた音とともに、えがらっぽい煙が胴ノ間に流れこんできた。

「こりゃ、いかんばい」

海賊どもは、船を壊して火を放《つ》けたらしい。これでポルトガル人の意図がはっきりした。海賊のくせに、金や積荷にかまわないのは、ふしぎだと思っていたが、サンチャゴに乗りこんできたのは、貨財《かざい》が目あてなのでなくて、最初から船を焼くのが目的だったのだということがわかった。

吉之丞は汗を流して働いていたが、船を焼かれるのでは、こんなところへ銀子を隠しても無駄なことだと思い、つまらなくなってやめてしまった。

昨日の朝、東沙島の近くを通りすぎた。いまは、どちらへ向いても、島影《しまかげ》も見えない大海のまっ只中《ただなか》にいるわけだが、こんなところで投げだされたら、助かる見込みはない。ポルトガル人に談判して、船を焼くことだけはやめさせなくてはならないと、艙口の梯子をあがって行ったが、上り口の戸が釘付けになって、出ようにも出られない。

艫ノ間の上り口はどうだろうと、艫ノ間へ駆けて行くと、乗組の百人、一人残らず後手《うしろで》に括られてころがっている。李旦はと見ると、十字架の前に跪《ひざまず》いて一心に祈禱《きとう》をしていた。

「あいつども、火ば放けよったけん、こぎゃんこつばしとると、焼け死んでしまうたい」

李旦は、それはよく知っているが、いま、お勤めをしているところだから、そっとしておいてもらいたいといった。

吉之丞も憔《やつ》れて、なんということもなく庄兵衛のそばに坐りこむと、庄兵衛は慰め顔で、

「……むかしより、今に渡り来る黒船、縁が尽きれば、鱶《ふか》の餌《えさ》となる、サンタマリヤ」

と鼻唄をうたって聞かせた。

半刻ほどすると、風が落ちて海が凪《な》いだように、急に上の騒ぎがおさまり、舷をうつ波の音が聞えてきた。

吉之丞が立ちあがると、みなも立ちあがって一斉に上り口に殺到した。

上に出てみると、小矢柱が突き転がされて舵場の上に倒れ、帆はズタズタに切られ、舵柄《かじえ》はもぎとられ、船を動かす道具という道具は残りなく壊してあるという目もあてられない狼藉《ろうぜき》ぶりであった。火を放けられたのは前敷の水主どもの炊場《かしぎば》で、油でも撒いたのだとみえてどす黒い煙をたちあげながら、さかんに燃えている。

小早船は、はるかむこうへ離れて行ったが、まだ帆影が見える。あまり早く消すと、また焼きにくるかもしれない。小早船の帆影が波の下に沈んだところで消し方にかかった。

三

六月十八日、サンチャゴはマニラの湊に入って、河口の南に船繋りした。

吉之丞は陸使《おかつかい》に金箱を担がせ、みなに送られて船から降りると、道路をひとつへだてた船着場の正面の客舎に宿をとった。マニラは親子二代にわたる旧縁《きゅうえん》の地で、旅亭のあるじとは知友の仲である。

一夜寝て、翌日、朝早くから壺さがしにかかった。古陶器を扱う道具屋も土師物をひさぐ市《いち》の店も、どの辺にあるかだいたい見当がついている。永藤朝春が写した真壺の図を持っている。口数をきかなくとも、だまってそれを見せれば埒《らち》があくはずである。

そうして、三日がかりでマニラ中の店を見てまわったが、鶉《うずら》の斑文《ふもん》をつけた、あどけない葉茶壺にめぐりあうことができなかった。

呂宋人は口細《くちぼそ》の壺を好んで使うが、トンドという村にその窯《かま》がある。翌日、そこへ行ってみた。真壺の絵を見せて、こんな壺を扱ったことはなかったかとたずねると、窯元のおやじは、古今を含めて、呂宋にあるかぎりの壺はみな知っているつもりだが、こんな壺は見たことも手にとったこともないと、立ち切ったようなことをいった。

尤もらしい口上だが、そのまま鵜呑みにするわけにはいかない。陶物を出す窯はほかにもあるのだ。市外のパリアンに明人《みんじん》の窯があるというので、翌日、行ってみたが、安南あたりのものらしいというだけで、かくべつな意見もなかった。

詮《せん》じつめたところ、助左衛門が持ち帰ったのは呂宋のものではなかったらしいことはわかったが、これは、どこの国の、なんという陶物と言ってくれる人間がいないのが、もどかしい。それに、呂宋焼でもないものを、なぜ呂宋だなどと言いたてたのか、その辺のところが理解できない。なぜという疑問を解くには、拙斎入道がいったように、助左衛門を探しあてて、話を聞くよりほかに方法がない。

マニラの日本人町はカンデラリア天主堂の裏の一郭《いっかく》と、マニラの湊口、ディラオの郊外にある。

助左衛門ほどの男が、日本人町などに逼塞していようとは思えない。いるならいるで、着いた日のうちに消息が知れるはずだ。噂らしいものも聞かないのは、いないからなのだろうが、万一ということもあるものだと思い、ディラオへ行って町年寄に聞いてみた。

町年寄の浅井九郎右衛門は苦りきった顔で「あいつは慶長八年に、ミンダナオ島のカガヤンで海賊を働いたうえ、イスパニヤの兵隊の後押しをして、二万人からの明人を殺したことのあるやつだ。そういう始末だから、呂宋へなどやってくるわけはない。あいつのおかげで、われわれは迷惑をこうむっている。やってきたら、ただではおかぬ」

と口をきわめて罵《ののし》った。

助左衛門が海賊を働いたとは意外だった。もし、それが事実なら、人別《にんべつ》のはっきりしている日本人町に住みつくわけはない。呂宋にいるとしても、名を変えて、人知れぬ里で暮しているのにちがいない。理窟はそうだが、それでは探しだすあてがない。

九月の末ごろ、南呂宋のサンミゲルという町に、日本人らしい男が住んでいるという噂を聞いた。

サンミゲルは、呂宋島に東南に伸びだした半島の一角にあるささやかな漁村で、陸つづきになっているが、途中にモロという蛮族が住んでいるので、陸路の旅行はできない。マウバンというところまで行って、そこから土人の舟を雇う。夜は岸で野営をするので、半月がかりの辛い旅になる。

吉之丞はマウバンを発ったのが、十月十二日で、十一月の二日にサンミゲルに着いた。なるほど日本人は住んでいたが、摂津の沖から吹き流されて漂着した漁師原《ばら》で、助左衛門とは縁もゆかりもない男たちであった。

サンミゲルまで来たついでに、そこからまた南へ下ってミンダナオ島に行き、カガヤンの町で助左衛門の消息をたずねたが、なんの得るところもなかった。そんなことをしているうちに、その年も暮れた。

翌年の五月ごろまで、なすこともなくマニラの宿で日を消していたが、助左衛門の捜索をあきらめたのでも、やめたのでもなかった。この旅亭は日本人の定宿のようになっているので、ここに居据っていれば、新入の日本人から、助左衛門の踪跡《そうせき》を聞きだす便宜があると思ったからである。

六月の末、角倉《すみのくら》の御朱印船が着いたが、沖繋《おきがか》りしたまま、人も貨物もあげない。宿のあるじに聞くと、日本人の吉利支丹の癩者《らいしゃ》が百三十人も乗っているので、入港を許可するかしないかで、むずかしい掛合になっているということであった。

角倉の船は入港を許可しないことになって、翌日の夕方、乗客が二人だけサンパンで送られてきた。

いかにもよく似た姉弟で、姉のほうは十七八、弟のほうは十三ぐらいでもあろうか。どちらも気品のある凛々しいほどの面差で、たやすくは近づきかねるような、いかめしさがあった。姉のほうは紋綸子《もんりんず》の大口の袴をつけ、弟のほうは固苦しい野袴をはいているが、弟のほうは、どこかなよなよとしているので、姉弟というより、兄妹というほうが似つかわしいような感じだった。

宿の主人の調べが行届くので、間もなく二人の素姓がわかった。癩で眼がつぶれ、関ヶ原の戦では輿《こし》に乗って指揮をしたという大谷刑部少輔吉継《よしつぐ》の子で、姉はモニカ真弓、弟はジェリコ菊丸。モニカは誇りの高い気質らしく、サンパンで送られてくる途中で、われわれ姉弟も癩者の血統だが、どうして二人だけを特別に扱うのかと、お舟手役人に抗議したということだった。

呂宋助左衛門の内儀は敦賀《つるが》の大谷からきたひとだと聞いている。あの姉弟にたずねたら、助左衛門の所在がわかるのではなかろうかと、希望のようなものを感じだしたが、大谷の姉弟は、暑い盛りのマニラで、部屋からも出ずにひっそりと暮している。助左衛門を探る機会もなかったが、ある日、宿の涼廊《りょうろう》で行きあったのをひきとめて、助左衛門を探しまわっている苦心の段を披瀝《ひれき》すると、モニカは濡れ濡れした大きな眼で吉之丞の顔を見かえしながら、「助左衛門は安南にいるはずです。さる方から書状を預っていますので、私も逢わなければならないひとですが、そうまでして、助左衛門を探しだそうとなさるあなたは、どういう方なのでしょう」

吉之丞は呂宋へ壺を探しにきた由来から、今日までのことを残らず話した。

モニカは、どうしたのか、急にうちとけたようすになって、

「ありがたい話を伺いました」と笑いながらいった。

「私にも仕遂げなければならない仕事があります。私のは壺でなくて天主堂……私も弟も癩者の血統です。この病の不幸の素因をよく知っていますので、癩で滅びた人々の追福のために、安南フェイフォの日本人町へ、死ぬまでかかっても、天主堂を建てるつもりでいます」

助左衛門が安南にいるとわかった以上、一日も早くそちらへ行きたい。モニカの都合をたずねると、角倉船で癩者といっしょに安南へ行きたかったのだが、こんなところで降ろされて当惑している。宿のあるじにも頼んでおいたが、早く交趾《こうし》へ行けるように力をかしていただきたいといった。

宿のあるじの奔走で交趾へ行く船が見つかった。古ぼけた漳州（シンガポール）の二櫓船で、故郷へ帰る安南人が百人ほど広くもない胴ノ間に押せ押せに詰めあっている。海の荒れる悪い時季だったが、それを承知で、七月二日の朝、マニラを発った。

思いのほか穏やかな航海だったが、十日の夜になると、東北の強風が吹きだし、船を揺りに揺すった。

十一日の朝、まだ夜が明けないのに、マレー人の水主どもがあわただしく駆けまわっている。

吉之丞が水主をつかまえて、なにがはじまったのかとたずねると、ひどく揺れたので舷の外板がゆるみ、そこからドンドン水が入りこんでいるのだといった。

船を停めて修理をすべきだと思うのだが、暴風に逆ってむやみに船を走らせている。吉之丞が上にあがってみると、大帆も矢帆もいっぱいに張り、小矢帆まで出してある。漏水で船が水びたしになるのが早いか、安南のフェイフォに逃げこむのが早いか、競争するつもりらしい。

走らせればそれだけ傷が大きくなる道理だから、これは大事になると、吉之丞は思わず吐息をついた。

十三日の午前になると、案の定、帆は残らず吹き千切られてしまい、否応なく船を停め、波と風に運命を任せるほか、しようがなくなった。

漳州船は暴風《あらし》の後の長いうねりに押され、押し戻され、あてどもなく漂流していたが、そのうちに浸水の速度が早くなって、胴ノ間の天井まで水がつくようになった。

吉之丞と大谷の姉弟は、昨夜のうちに胴ノ間を出、甲板の隅に寝所を移していたので騒がずにすんだが、なにも知らずに胴ノ間に寝ていたマレー人どもは浸水におどろき、あわてふためいて甲板へ駆けあがってきた。

午後になると、水は甲板の上まであがってきて、誰の眼にも遅かれ早かれ、船は沈没する運命にあるのだということがわかった。

夜の八時ごろ、船体が微妙に震動し、ひとの心をしめつけるような無気味な唸りが、どこからともなくひびいてきた。

水と甲板の間に圧《お》し縮められた空気が、甲板を破って外に出ようとしている。

「こりゃ、飛ばされてしまうたい。さ、立たっし」

吉之丞は大谷姉弟の手をとって、後《あと》帆柱の縄梯子に縋《すが》りつかせたその瞬間、落雷のような音をたてて、甲板のまんなかほどのところに大きな穴があいた。

「こんなところにいるわけにゃいかん。上の見張台へあがりましょう」

三人が後帆柱の見張台にあがったのを見ると、甲板にいるだけの人間が一斉に縄梯子のほうへ突進してきた。われ先にとひとをおし退けて上ってくるので、一間四方ぐらいの見張台はたちまち満員になり、遅れた組は鈴成りに縄梯子にぶらさがった。二十歳ばかりの一人の安南人はすごい形相で見張台を見あげていたが、あきらめて、はるか向うの前帆柱の見張台に上って行った。

船はいぜんとしてすこしずつ沈下していたが、帆柱下、十尺ほどのところまで沈むと、どうしたのか、それでもう沈まなくなった。

白波をたてて荒れ狂う海の上、蠅取紙にとられた蠅のように、びっしりと人間が貼りついた帆柱が二本、あわれなようすで突き出ている。汐の流れでもあるのか、水の中に沈んだ船体の偏揺《かたゆれ》につれて、帆柱が大きく傾く。そのたびに何人かが海にこぼれ落ち、二、三度、藻掻《もが》いただけで、あっけなく波に嚥《の》まれてしまう。

月影がさしかけたが、それも束の間のなぐさめで、真夜中近くになると、風が吹きつのり、十尺もあるような大波が寄せてきては、ものすごい勢いで帆柱にうちあたった。

十五日の朝がきた。

すくなくとも六十人以上の人間が縄梯子に縋りついていたはずだが、朝になってみると、何人というほども残っていなかった。

船体は波の下に沈んだまま、汐に引かれるように西のほうへ流れている。波と風の中でその日も終った。

十六日の午後、だしぬけに風がやんで、雲切れした雲の間から、灼くように太陽が照りつけ、誰も彼れも咽喉《のど》の乾きに悩まされた。

四

モニカは見張台にあがるとすぐ、弟の菊丸を抱いてやり、ずっとその恰好《かっこう》を保っていた。吉之丞は、もうすこし楽にしているようにいったが、微笑するだけで、姿勢を崩そうとはしなかった。

菊丸は荒々しい環境に脅《おび》えて、ぐったりと弱りこんでしまったが、七日目ぐらいから、果敢《はか》ないようすになり、手足をひきつらせたり、うわごとを言ったりするようになった。吉之丞は大谷姉弟のそばに坐って、一日ごと菊丸が弱って行くのを見ているのだが、見ているだけで、どうすることもできなかった。

十九日の朝、吉之丞が菊丸の顔をのぞいてみると、菊丸は死んでいた。いつ息をひきとったのか、抱かれたままの恰好で固くなっている。モニカは菊丸が死んだことも知らずに、腕の中に抱きしめているのである。

そういう吉之丞自身、ただもう物憂《ものう》いばかりで、眼玉をうごかす元気もない。窮屈なところにあおのけに寝て、うつらうつらしていると、頭の中に霞《かすみ》がかかったようになって、生きているのか死んでいるのか、わからなくなる時がある。すぐそばにいながら、モニカも吉之丞も、よほど前から口をきかなくなっていた。朝々、まだ生きていることを知らせるために、眼でうなずきあうのが精一杯のところである。

　二十日の午後、俄雨《にわかあめ》があった。

　難船してから、はじめての雨だった。吉之丞はあおのけに寝て、掌で受けをこしらえ、鼻のわきを流れるのも、顎から飛沫《しぶ》くのもいっしょくたに飲みこんだ。死んだとばかし思っていた、まわりのマレー人や安南人が、狂人のようにはね起き、空を仰いで飽くほど雨を飲んでいる。

　モニカは雨水を帛《きれ》に浸《し》ませて菊丸の口の中へ絞りこみ、どこかに生きているしるしがないかと、じっと顔をながめていたが、もう生きかえる宛《あて》がないことがわかると、急にキッパリとした顔つきになり、菊丸の死体をひきずって行って、なんの未練もなく海へ捨てた。

　雨は一時間ほどで降りやみ、眼眩《めくるめ》くような天気になった。ふと見ると、帆柱の蔭になるところで、マレー人が片肱《かたひじ》を立てて壺から水を飲んでいる。

「ほう」

雨があがれば、つぎの雨を待つしかないが、壺があれば、溢れるほど雨水をためて、好きなときに飲むことができる。それにしても、あの混雑のなかで、壺を抱えだすというのは抜目のないやつだと、マレー人のすることをながめているうちに、なんともつかぬ感動に身のうちを貫かれ、われともなくマレー人のそばへ這い寄った。

「その壺、ちょっと見せてくれ」

ひったくるようにして壺をとりあげた。

なんどりとした茶釉の下から、火花が散ったようにいちめんに浮きだしている鶉斑……。肩下のあたりに、蓮華の花びらが透しになって、その中に、あるかなしかというように「王」という字が見える。底を見ると、話に聞いたとおり高い揚底で、底に曲の凹みがある。まさしくこれだ。

「これが『蓮華王』だ」

吉之丞は腹巻から錠銀をつかみだしてマレー人の手におしつけると、壺を抱いておのれの座に這い戻った。

「夢のようだ」

蓮華王の葉茶壺を膝の前に据え、吉之丞は途方に暮れて呆然と空を見あげた。

長くてあと二、三日の命。それはもうまぎれもないことだ。こんな詰りきったときに、夢にまで見た蓮華王の葉茶壺にめぐりあうというのは、どういうことなのか。

本意をつらぬいたのだから、死んでも満足とすべきなのだろうが、そんな気持にはなれない。壺を抱いて死んだら、この世に思いが残るだろう。生も死もどうでもいいと、さらりと思いあきらめていたが、壺が手に入ったら、急に死ぬのがいやになった。……そうはいっても、助かるあてはないのだ。

吉之丞はぐったりとなり、あおのけに寝て胸の上で手を組んだ、いつもの楽な姿勢をとると、ひょっとすると、明日は眼がさめないのかも知れないと思いながら、うつらうつらしだした。

三十日の夕方、どこかで、「陸《おか》だ」と呟《つぶや》く声がした。

遭難してから二十日目のことで、見張台の上の人間どもは、かすかに息が通っているというだけの、死の一歩手前の状態にあったので、「陸」という言葉がなにを意味するのか、思いだすことができなかった。しばらくして、また誰かが、「陸だ」と叫んだが、これも、なんの反応もおこさず、完全に無視された。

三度目に誰かが呟いたとき、吉之丞は、

「うん？」といって首をあげた。

吉之丞は、自分がいまどこにいるのかよくわからなかったが、さらしに包んだ枕元の葉茶壺を見ると、それで、いっぺんに記憶が甦《よみがえ》った。

いま、たしかに陸といった。

助かるかも知れないと思うと、その期待で急に元気が出て来た。

吉之丞は起きあがって、陸のあるほうをながめた。

十町ほどむこうに、鉛色《なまりいろ》の泥湿地《でいしっち》が、水面とおなじくらいの高さでひろがり、その涯は、ひょろりと伸びあがった生気のない樹林で区切られている。浅瀬の海にはところどころに泥堆《でいたい》が顔をだし、岸波《きしなみ》がとどろくような音をたて巻きかえしている。

助かるどころの騒ぎではなかった。吉之丞は海岸のようすを見るなり、最悪の状態になっていることを一と眼で読みとった。水の中にある船体は、汐路《しおじ》に乗って岸へ曳かれているらしいが、泥堆にでも乗りあげたら、一挙にバラバラになり、誰も彼れもみな海に投げだされてしまう。二十日も飲み食いしない弱りきった身体では、高波にひとつ叩かれたらそれで最後だ。

普通の身体なら、こんな海は片手でも泳げる。せっかく壺を手に入れたのに、つい鼻の先に陸を見ながら、果敢ない最期を遂げるのかと思うと、無念でならない。

モニカのそばへ行くと、モニカは助かったのだと思いこんでいるらしく、瘦せ細って眼だけになったような顔で、ほんのりと笑ってみせた。

吉之丞は笑いかえして、

「おいが連《つらな》って泳いであげますけん、元気を出さんといきまっせんばい。今夜はしっかり休んでおきなさい」

モニカはうなずくと、眠るつもりになったふうで、うっすらと眼を閉じた。

翌日、朝の五時ごろ、突きあげられるような衝動を感じて眼をさました。吉之丞は、つづいて二度、大きな震動があって、物見台がグラリと傾《かし》いだ。吉之丞はころげだそうとする壺を、やっとのことでおさえつけた。

「やった」と叫びながら跳ね起きた。

船体はうまいぐあいに泥堆に乗ったらしくて、意外に堅固なようすをみせ、吉之丞が案じていたようなことにはならずにすんだ。

干潮の時間なのだとみえ、すこしずつ水位が下って、二十日ぶりに甲板があらわれだした。凪も無く、岸波もおさまり、こういう凪が二日もつづいたら、なんとか助かるかもしれないという希望を感じさせた。

吉之丞は安南人やマレー人の水主のすることを見ていたが、むかしの後朱印船で水主どもを追いまわした経験から推して、グッタリと長くなっている連中も、案外、弱っていないことを看破した。

モニカを無事に岸まで送り届けるには、どのみち、できるだけ大勢助人《すけつと》があるほうがいい。使えそうなのが六人いる。六人が手を揃えて庇ってやったら、泳ぎつかせることができるだろう。

吉之丞はマレー人のいるところへ行って、あの娘を陸へ渡すのだが、力を貸してくれないか、骨折賃《ほねおりちん》に錠銀を一つずつやるが、と相談を持ちかけると、マレー人たちは異議なく承知した。

五

四時すぎに満潮になった。

モニカは797襦袢と踏込《ふんごみ》だけの軽装になって甲板へ降り、吉之丞が行くのを待っていた。

吉之丞はモニカのそばへ行って、

「こやつどもがお世話しますけん、ご心配なく……おいもすぐあとから行きますたい」

縄の垂縄《たらし》をつけた十尺ばかりの角材を海におろし、両端《りようたん》をマレー人に支えさせておいてモニカを水に入れた。垂縄につかまらせると、四人のマレー人が前衛後衛になって、岸をめがけて泳ぎだした。

吉之丞が物見台にあがって見ていると、泥堆にうちあたる返波《かえしなみ》に揉まれながら、それでもすこしずつ陸岸のほうへ泳ぎ寄っている。船と岸のちょうど真中ぐらいのところに、白波が立騒いでいる潮路《しおじ》のようなものがある。どうなることかと思っていると、そこもどうやら無事に泳ぎ切った。

無理もないことだが、モニカは疲れてきたらしくて、ときどき頭が水の下に沈む。それでも垂縄から手を放さずにどうにかついて行く。とうとう六町たらずの海を泳ぎ渡って岸にあがった。

枯れた磯草を集めて焚火《たきび》をしているのを見届けてから、吉之丞は仕度にかかった。錠銀がこぼれださないように腹巻をしめなおし、壺は風呂敷に包んで首に括りつけ、縄梯《なわばし》子《ご》をつたって甲板へ降りて行った。

死ぬ、ときめていた間は、なんとも思わなかったが、この船の中に千貫目の銀子が沈んでいるのかと思うと、妙な気がしないでもない。いささか思いが残るが、壺を千貫目で買ったと思えばあきらめがつく。

六尺ばかりの丸太を海へ落し、そうしておいて、太縄《ふとなわ》をつたって水に入った。丸太に手を載せ、おしだすようにしながら泳ぎだしたが手脚に力がなくて、思うようにやれない。しばらくやっているうちに関節が伸びて、いくらか調子がでてきた。

十間ぐらい泳いでは、ゆっくりと身体を休め、それからまた十間ぐらい泳ぐ。そんなことをくりかえしているうちに、泥堆の返波がさわいでいるところへさしかかった。波に巻かれて、丸太が際限もなくまわりだしてとまらない。丸太をとめようとあせっていると、大波がおしよせてきて頭のうえを越して行った。首に括りつけてあった壺が胸のほうへグルリと下ってきて、その重みでグングン海の底へ引きこまれて行く。吉之丞は、もうだめだと思い、無我夢中で壺をかいぐりとり、水を蹴って浮きあがると、鞴《ふいご》のような音をたてて息を吸った。

すぐそばに丸太が浮いている。丸太につかまってひと休みしているうちに、口惜しさがこみあげてきて思わず涙を流した。天下の珍宝を手に入れながら、波に脅えて捨ててしまった。この馬鹿さ加減は、なにに譬《たと》えようもなかった。

それからまた微々と泳ぎだしたが、陸に向いて泳いでいるのか、船のほうへ帰っているのか方角もつかず、ただもう藻掻きにもがいているうちに、自然と岸辺に流れつき、疲労困憊の極、砂浜に倒れて気を失ってしまった。

しばらくして気がつくと、焚火のそばに運ばれて、土人どもに介抱されていた。

土人の言うところでは、そこは安南のタム・キイという村から三日の行程のところにある無人の海岸の一地点で、狩猟にでも来るほか、ほとんど用のないところだということであった。

そんなことをしているところへ、船からつぎつぎに泳ぎついて来、二十日の間、苦楽をともにした見張台の上の人間の顔が洩れなく揃った。土人どもは吉之丞の腹巻に触って、分限《ぶんげん》を見極めているため非常に親切で、一同を猟小屋へ連れて行って水を飲ませ、飯を炊いたり鹿の肉を焙ったりし、そのたびに錠銀を一つずつ請求した。

揺れも動きもしない大地の上で五日ほど休養し、元気を恢復《かいふく》したところで、うち連れてタム・キイという村へ行った。吉之丞とモニカはそこで一同と別れ、日本人町のあるフェイフォに向った。フェイフォには二百五十人の日本人が住みつき、店舗が六十軒もあって、角屋《すみや》七郎兵衛が差配していた。大谷刑部少輔の遺臣というのが何人か居て、モニカの無事な姿を見、菊丸の不遇な最期の話を聞いて、感動したふうであった。

町年寄の話では、呂宋助左衛門は慶長二年の秋、手持の船に一家眷族《けんぞく》を乗せてツーランに入津し、フェイフォに落着きたい意嚮《いこう》らしかったが、海賊の嫌疑があるので、大年寄がいい返事をしなかったら腹を立てて暹羅のアユチャに行き、オロンという高位についているというようなことだった。

苦労してはるばるやってきたが、ここでも助左衛門にめぐりあうことができなかった。暹羅にいると聞いたうえは、暹羅まで行くしかないが、そうだとすれば、破船の中にある千貫目の銀が必要になってくる。角屋七郎兵衛の北の方は安南王族院《げん》氏の出《しゅつ》で、安南では権勢を持っているということなので、破船の取得を願いあげた。さっそくに許可がおりたので、金箱引揚の事務を監督するため、翌、慶長十八年の春までフェイフォに滞在した。

五月七日、フェイフォを発ち、二十三日に暹羅のバンコックに着いた。アユチャの日本人町には二千人の日本人が住みついていて、城井久左衛門が差配していた。助左衛門の所在をたずねると、柬埔塞にいるはずだということで、アユチャにその年の冬まで滞在して、翌、慶長十九年の二月十八日、暹羅船《シャムせん》でバンコックを発ち、同、二十七日、東埔塞に行った。ビニャルーの日本人町には五百人の日本人が居付いていて森嘉兵衛が差配していた。

助左衛門のことをたずねると、つい先月《さきげつ》、みまかったということであった。結局のところ、吉之丞はこの世では助左衛門にめぐりあうことができなかったのである。

墓参の帰り道、ビニャルーの市場をのぞくと、差掛《さしかけ》の陶物屋で「蓮華王」と「清香真壺」を見つけた。手品の種明しを見るようなもので、今となっては、たいして興味はなかったが、錠銀二個を投じて壺を二つ買って帰った。

翌朝のことであった。

吉之丞が宿をとった旅亭の前の広場で、大勢の人声がするので、窓をあけてみると、何百人とも知れぬ男女が「蓮華王」か「清香真壺」を一つずつ抱え、列をつくって旅亭の木戸が開くのを待っている。ここに集った真壺の数はおびただしいもので、広場に入りきれぬ組が、つづきの横町に蜿蜒《えんえん》とつづいている。この騒ぎのもとはなにかというと鐚銭《びたせん》十文ですむところを、錠銀一個を投じたためであった。

元和元年、大阪、夏の陣をもって豊臣氏が滅亡したその五月一日、東埔塞船でカンボチヤを発ち、二十日、安南に着いた。元和三年五月までフェイフォに滞在し、同年七月、安南を発って、同、十月九日、七年ぶりで鹿児島に帰着した。

さっそく御隠居所に上がり、真壺の上品二個、惟新公に差上げたが、真壺をおねだりになった家康公は、すでに元和二年におかくれになり、新納拙斎殿も慶長十七年に長逝し、せっかくの苦労も甲斐ないものになった。

無惨やな

一

上野、厩橋（前橋）で十五万石、酒井の殿さま、十代雅楽頭忠恭《うたのかみただやす》は、四年前の延享二年、譜代の小大名どもが、夢にまであくがれる老中の列にすすみ、御用部屋人りとなって幕閣《ばっかく》に立ち、五十万石百万石の大諸侯を、
その方《ほう》が、
と頭ごなしにやりつける見分になったが、ひっこみ思案のところへ、苦労性ときているので、権勢の重石《おもし》におしひしがれ、失策ばかり恐れて、ほとほとに憔《やつ》れてしまった。失敗の前例は数々ある。四代、雅楽頭忠清は専横のことがあり、大老職と大手御門先の上邸を召しあげられ、大塚の下邸に遠慮中、切羽詰って腹を切った。
その後、柳沢出羽守の執成《とりな》しで、五代、河内守忠挙《ただとう》に遺領と上邸を下され、やっとのことで御詰役になったが、またぞろ柳沢騒動に加担し、事、露見に及んで、病気を言い

たてて引き籠り、わずかにまぬかれるという窮境にたちいった。

御留守役の末席にいる犬塚又内《ゆうない》という用人は、深川や墨東では、蔵前の札差や金座の後藤などと並んで、通人の一人に数えられる名うての遊び手である。鬢《びん》の毛の薄い、血の気のない、ひょろりとした面長な顔をうつむけ、ひょっくりひょっくり歩くところなどは、うらなりのへちまが風に吹かれているようで、いかにも貧相な見かけだが、よく頭のまわる、気先《きさき》の鋭い天性の才士で、そつがないとは、この人物のためにつくられた形容かと思われるほど、抜目のない男であった。

雅楽頭の屈託するようすが目にあまるので、犬塚はたまたま出府してきた国家老の本多民部左衛門をつかまえて相談をしかけた。

「御当家は、一と口に、井伊、本多、酒井と申し、諸大名方《がた》とはちがう重い家柄ゆえ、かような大切なお役儀をお勤めなされ、万一の儀でも出来《しゅつらい》したせつは、お身の障《さわ》り、お家の恥、ご領地にも疵《きず》がつくことになり、ご先祖にたいして、このうえもない御不孝となりましょう。殿におかれて、お志《こころざし》があれば、まだしものことですが、日々の登営すら懶《ものう》く思われ、内書にあずかることさえ疎《うと》んじらるるようでは、この先のことが案じられます。お役を勤めて、ご恩を報じるなどは、栄達を求める微禄《びろく》の輩《はい》に任せておけばよろしいのだと思うが、ご貴殿のお考えは、どうありましょう」

雅楽頭は煩労には耐える気力がなく、職をおさめ、政事を補佐するという器《うつわ》でないことは、みなともに認めるところだったから、本多民部左衛門もうなずいて、

「国許でも、お選《えら》みの当初から、案じていたのはこのことであった。上《かみ》のご難儀はわれらの難儀。とてものことに、御役ご免をねがうようにはまいらぬものか」

と、言ってのけた。そこで犬塚が重ねて問いかけた。

「では、ご同意くださるか」

「同意しようとも」

「たしかに承わりました。柳営《りゆうえい》の内証《ないしよう》向《む》きには、ふとした抜裏《ぬけうら》がござって、当節、権勢の流行神《はやりがみ》の方《かた》へ、段々と手入れをいたせば、およそならぬということはないよし。お申付けがあれば、働いてみましょう」

「ほかに法はあるまい。なにがさて、そうときまったら、一日も早いほうがいいぞ」

「申すまでもなく」

「お上の手前は、なんと言いつくろえばよろしかろう。お役替などおすすめしたら、慮外なとお怒りになるかも知れず。その辺のところがむずかしい」

「仰せのとおりですが、お気先の和《やわ》らいだ折を見はからって、手前から、そろそろと申しすすめてみましょう。お任せくださいますか」

「たのうだぞ」

ということで、その日は別れた。

寛延二年の春、桃の節句のすんだあと、雅楽頭の御前で、犬塚がなにげない顔でこんなことをいった。

「御用部屋にお入りなされてから、四度目の春を迎えましたが、日々のご心労、お察し申しております」

雅楽頭は、俗に思案顔という気魄《きはくうす》薄げな面持で、

「そのことよ」

と肩を落して溜息をついた。

「上申の内書《ないしよ》のと、些末な当務《とうむ》に精根を費やされること、ご闊達《かったつ》なお上のご気性では、さぞ煩わしく思召めされるだろうと」

「大きに、な……内書の扱いひとつにも、旧例故格といううるさいものがあって、もってのほかに心労する……このせつ、おれは痩せたそうな。そちにもそう見えるか」

「目立って、ご羸瘦《るいそう》なされました。なんともお痛わしいことで」

とソソリをかけ、媚びるように雅楽頭の顔を見あげた。

「忠節に限《き》りはなけれど、まず、ほどほどにお勤めなされませ」

雅楽頭は駄々っ子のようにふくれっ面をして、ちぇっと舌打ちをした。

「このうえ、まだ勤めるのか……わしはもう倦《あ》いたぞ」

「では、おやめなされては如何」

雅楽頭は手で脇息を打つと、力のない声で、ふ、ふと笑った。

「又内め、事もなげに吐《ぬ》かしおる……ならば、やめたい、やめさせてくれるか」

「その儀ならば」

答えのかわりに、はっと平伏して、

「ほかに、なにかお望みの筋でも」

と尤もらしい顔でたずねあげた。雅楽頭は細い顎をうごかして鷹揚《おうよう》にうなずき、

「望めと言うなら、言ってみよう。願いをあげて退役するからには、ついでのことに、溜間詰《たまりのまづめ》を仰せつけられたら、家の面目、世上《せじょう》の聞え、いかばかりか晴れがましくあろう」

溜間詰というのは、無役のまま大老並《たいろうなみ》の扱いを受けることで、譜代大名の夢であった。

「それでは、あまり高望みか」

「いやいや、望みは大いなるに越したことなし……憚《はばか》りながら、手前がお上なら、もうちっと上のことを望みまする」

「慾張者め、そちなら、なにを望む」

「播州姫路の松本明矩《あきのり》さま、このほどお国替《くにがえ》になられるよし。姫路と申すは、厩橋などとはくらべものにならぬほどすぐれた国でございますから、ついでのことに、お所替《ところがえ》をおねがい遊ばせ」

雅楽頭は膝を乗りだして、

「そうなるか」

「なりましょう」

「そう運べば、この上の倖《しあわ》せはない」

犬塚は自信ありげな面持で、

「幸い、御家老も詰めあって居られますことゆえ、彼とも申し談じ、思召しに叶うよう、相勤めましょう」

と、のみこんだようなことをいった。

二

雅楽頭の上願《じょうがん》の筋は、柳営の内証向きで首尾よく裁許されたという噂だったが、五月の末、御老中御免のうえ、溜間詰に進み、あわせて厩橋から姫路へ所替を仰せつける旨、沙汰があった。

雅楽頭は喜悦満面のおもむきで、厩橋へ早馬をやって、城代、高須隼人《はいと》、国家老、本多民部左衛門、川合蔵人《くらんど》、家老並、松平主水《もんど》、以下用人、番頭、物頭を大手門先の上《かみ》邸《やしき》へ招集し、大広間で古事披露の祝宴を張り、宴半ばで、このたび一廉《ひとかど》の働きをしたものども、本多民部左衛門、奉書目付岡田忠蔵以下に、それぞれ百五十石の加増をした。なかでも犬塚又内は技群の功績とあって、褒美として持高六百石に四百石を加増し、公用人役を免じて、江戸家老職を申しつけた。

夕景に及ぶと、宴はいよいよ爛熟し、主従同列に盃を舞わして、歓をつくしているうちに、首席国家老の川合蔵人だけは、盃もとらず、苦虫を嚙んだような渋っ面で腕あぐらをかいて、むっつりと控えている。

信屈《きつくつ》と肩を怒らせ、皺の中から眼を光らせているような見てくれの悪い癇癪面《かんしやくづら》の老人で、常住、黒木綿の肩衣に黒木綿の袴をはき、無反《むそり》の大刀をひきつけている。酒井に蔵人ありといわれる化顕流《かけんりゆう》の居合の名人だが、狷介固陋《けんかいころう》の性《せい》で、人にはあまり好かれないほうである。

雅楽頭はゆったりと盃をあけながら、チラチラと川合蔵人の顔をながめていたが、今日の慶事に、あまりにもそぐわないようすをしているので、たまりかねて、上段の間から声をかけた。

「蔵人、いっこうに酒がはずまぬようだな」

蔵人は腕あぐらをとくと、膝の上に手をおき、

「なかなかもって」

と裏の枯れた渋辛声でつぶやいた。

「お家の大変というのに、どうして浮かれていられましょうや」

聞きとがめて、雅楽頭が問いかえした。

「これは耳障りな。大変とは、どういう大変……いわれを聞こうか。まあ、これへ進め」

川合蔵人は上段の間の下まで進みでると、開きなおった体《てい》になって、

「大変と申したは、御領地所替の一段のことでござる。そもそも厩橋の城は、江戸城の縄張をそのままひきうつした二つとなき城で、これよりほか、そのほうに持たすべき城はない。よって、永代、所替をいたさず、この方よりも申しつけまじくと仰せあって、権現さまから、特に藩祖勘解由《かげゆ》さまに下しおかれたよしに聞き及んでおります。なお、その節、城地に十六騎をお附けくだされ、以来、百四十年、当家において格別の家柄となっておりますが、十六騎の者どもは、城地に附属するものゆえ、姫路へ移りますれば、もはやご家来ではなくなり、重いお家の飾りが失われる仕儀になる。城地を求めて家格《かかく》をひきさげるとは、そもそも、いかなる思い付……酒井の家風をご存じなら、権現さまとのお約束にも悖《もと》り、藩祖のお名を軽しめるがごとき愚かな所替は望まれぬはず。お上、ご所存をうけたまわりたい」

と息巻くようにいった。雅楽頭は額ぎわまで血の色をあげて、

「だまれ、口がすぎる。家風を知らぬとは、なにごとか」

「急《せ》きたもうな。急いては話ができませぬ。家風をごぞんじないと言うたは、こういう次第……当家においては、二百石という加増は重いものになっている。二百石より上のご加増は下さらぬ家風でござる。又内、忠蔵めらに、どのような武功忠節があって、四百石、百五十石というご加増を下しおかれたか」

　雅楽頭は、しどろもどろで、

「おのれは、藩祖さまが憑《の》りうつったような高慢な口をきく。さっきから、ちくいち聞いていたが、おのれの申すことは、すべて埋窟だ。つまりは、このわしに切腹せい、詰腹を切れというのかい」

　蔵人は下眼《しため》になって含み笑いをしながら、

「腹を召されようとなら、ご遠慮なく召されい。蔵人、お供つかまつる」

　と、切って放したようにいった。

　詰合いの用人、小姓どもは、息をのんで控えていたが、そのうちに一人が立って、蔵人に、

「お次へ、お立ちなさい」

　と言いかけたが、返事もしない。押しかえして催促すると、蔵人は光をためた金壺眼

で用人の顔を仰ぎ見、重ねて言えば、抜討ちに討って捨てよう眼色《がんしょく》であった。

用人は、これはと、一と足あとへ退ると、蔵人はとっさの間に立構《たちがま》えになり、雅楽頭に会釈をして、すらりとお次へ出る。雅楽頭もそれをしおに奥へ入った。

翌々日、蔵人の長屋へ見事な鞍置馬が一匹届いた。この馬は雅楽頭の乗料で、雅楽頭から和解のしるしとして贈ったものだった。

蔵人は御前に罷り出て、ねんごろにお礼を申し述べたが、いぜんとして楽しまぬ顔で、うちとけたような気配は、いささかも感じられなかった。

三

姫路の蔵人の居宅は曲輪の西、船場御坊というところにあって、庭の地境になるところを夢前川《ゆめさきがわ》のつづきが流れている。

玄関は十畳敷、書院は三十畳敷で、間数が多く、江戸では、千石取りの邸でも及ばないような広大もない構えであった。

姫路へ移ってからも、蔵人は、ただのいちども晴れやかな顔を見せたことはなかった。日の出前に城に上り、浅黄木綿のぶっさきの羽織のうしろから、山鳥《やまどり》の尾のように大刀の鐺《こじり》をつきだし、思入れ深く、姫山《ひめやま》につづく草むらを歩きまわっていた。この間、なにを考え、なにを目論《もくろ》んでいたか、他人のあずかり知らぬことだが、姫路に入部したその夜、蔵人は江戸詰家老を勤めていた枠の内蔵介を手にかけている。

内蔵介は雅楽頭の嘱目をうけ、若年ながら、高千石をもって江戸詰家老に申しつけられたが、おいおい遊蕩に身が入り、不行跡な振舞が人の口にのぼるようになった。

若気のあやまちで、すませばすまされる根のない行状だったのだが、蔵人には、いっさい勘弁がなく、無理に願って姫路へ呼びくだし、納戸《ぬりごめ》にひきこんで一刀のもとに斬って捨て、死体は長持の中へ放りこんでおいた。

二十年来、蔵人に仕えている老僕《おとな》の話では、納戸の板敷を這って逃げまわるのを、ひと時、立身《たちみ》になって冷然と見おろし、

「死ね」

と一喝するなり、未練もなく首をはねたということである。

八月の末、犬塚又内が江戸へ帰るので、蔵人のところへ挨拶にきた。蔵人は、いつにない鄭重なあしらいで、又内を書院に通し、

「帰府されるについて、チトおねがいの筋があるのだが」

と、うちとけたふうにいった。

「江戸表、同役中へ御用差がたまり、差繰りに骨を折っておる。隠密の御用は、書状ではいけぬから、一通りお聞きあって、同役へお取次ねがう。出立の前に、いちどお出でくださらぬか。それで、出立は何日」

「この二十日に」

「それならば、民部左衛門も誘って、二十日の夕刻から、お出掛けなさい。出府なされば、五六年はお目にかかれぬのだから、用談が終ったら、ゆるりと一献、酌もう。御馳走と申すほどのものもないが、道光庵仕込みの蕎麦切《そばきり》をお振舞いする。相客に松平主水を呼んでおくから」

「では、そのせつ」

そういって、又内は帰った。

二十日の午後、蔵人は老僕の作左衛門を居間に呼んで、

「夕刻、七つ時分に、隠密の用談があって、本多民部左衛門、犬塚又内、松平主水の三人が見えられる。蕎麦切を出すから、用意をしておけ」

作左衛門は敷居ぎわにかしこまって、はいはいと、うなずいた。

「心得のために申し聞かすが、今日は重い用談があるによって、家内のものどもを邸に置けぬ。とりわけ、女どもは口さがないものだから、指図のあり次第、一人残らず、その方の長屋へひきとるようにせよ。尤も、膳の出ているあいだは、給仕はおかねばならぬが、いいころに、おれが合図する」

「口々《くちぐち》の固めは、いかようにいたしましょうか」

「おお、そうよ。口々には錠をおろし、玄関には、そちが居坐って、番をいたせ。お城からなにか申して来ても、玄関から一寸でも離れてはならぬ。また、おれが呼ぶまでは、何事があろうとも内に入るな。しかと申しつけたぞ」

「かしこまりました」

七つ過ぎ、民部左衛門、又内、主水の三人が、うち連れてやってきた。蔵人は式台まで出迎え、

「これはこれは、ようこそ」

と愛想よく挨拶をし、庭にむいた広書院に案内した。主水はうちつづく座敷をながめ、

「お手広なお住居ですな。風がよく入って涼しいこと」

などといっているところへ、作左衛門が吸物の小附《こづ》けで、酒を持ちだしてきた。

「酒は三献というところでおさめ、用談のすみ次第、ゆるりとさしあげるつもり」

蔵人は盃台から盃をとって、一杯飲んで又内に差し、その盃から、さらに一献かさね、それを民部左衛門に差した。

盃が三巡したところで、家来を呼んで膳をひかせ、勝手へ出て来て、

「みなを長屋へおしこめろ。口々の錠を忘れるな。一間一間に燭台を出しておけ」

と作左衛門に言いおき、書院にとってかえすと、又内に、

「姫路にお下りになるのは、しばらく間《ま》のあることゆえ、憚りながら、家内をお見知りおきねがいたい。江戸と姫路のちがいはあるが、ご同役になったことだから、以後、ご別懇にねがいたいので」

「ご丁寧なご挨拶で痛みいる。では、ご内儀さまへ、ちょっと、おしるべに」

二人は座を立って書院を出る。いく間ともなく通りすぎ、奥まった八畳に又内を案内すると、蔵人は、

「少々、お待ちを。只今、家内を召し連れます」

といって部屋から出て行った。

又内が待っていると、間もなく、蔵人はとってかえし、又内の膝ぎわのギリギリのところへ詰め寄るなり、

「お手前は、お家の仇。そのままにはしておかれぬ」

と切り声を掛け、小手《こて》も動かさず、いきなりに抜きつけた。又内は狼狽《ろうばい》して、

「無惨やな。いかなる次第で、狼籍《ろうぜき》に及ばれる」

と叫び、鯉口《こいぐち》四五寸抜きあわせるのを、蔵人、身を反らし、又内の右手を肱《ひじ》の番《つが》いから切って落す。

「これはしたり」

と、よろばいながら立ちかけるところを、袈裟掛けにし、乗りかかって喉を払う。

蔵人は又内の絶命するのを見届けると、風呂場へ行って返り血を浴びた衣類を脱ぎ捨て、顔を洗い、手足を清め、用意してあった帷子《かたびら》に着かえ、なに気ない体で書院に戻った。

「又内どのは、奥で家内にお逢いなさっていられる。民部左衛門どの、この間に、用談をすませましょう。主水どのは、ご退屈でもあろうが、いま少々、お待ちください」

主水は縁に出、柱に凭《もた》れて扇子をつかいながら、

「わたくしめにならぬ、ご斟酌《しんしゃく》はいらぬこと。風に吹かれて、のどかに休息しております」

と涼しげな顔で会釈《えしゃく》をかえした。

蔵人は民部左衛門と肩をならべて、まだ、いく間ともなく座敷を通り、北側の小間に連れこんだ。

「又内どのを案内してまいる。ちょっとお待ちを」

座敷から出て行く体にみせかけ、閾《しきい》ぎわから急にとってかえし、民部左衛門の右手につけ入るなり、

「おのれは又内と同心して、お家に仇をした。ゆるしてはおかぬ」

と叫んで抜きつけた。民部左衛門は壁ぎわまで飛び退《すさ》って、

「仇とは、どういう仇……業《ごう》たかりめ、ムザとひとばかり斬りたがる。そうはいかぬぞ」

眼を怒らせつつ抜きあわしたが、これも、あえなく右手を切り落された。

「やったな」

左手に刀を持ちかえたところを、真向額《まっこう》を割りつけられ、うむといって絶命する。

蔵人は乗りかかって止めを刺すと、脇差の血も拭って鞘におさめ、それを床の間に置き、さっきのとおりに、風呂場へ行って手水《ちょうず》をつかい、白帷子《しろかたびら》に麻裃《あさかみしも》を着て、ぶらりと玄関へ行った。式台で鯱《しゃち》こばっている作左衛門の肩を叩いて、

「おい、作左衛門、用談はすんだぞ」

と笑いながらいった。

「じつはな。仔細《しさい》あって、犬塚を討ちはたした」

「それは大変」

「おどろくほどのことではない。それについて、たのみたいことがある。おれは切腹するが、どうか介錯《かいしゃく》してくれい。その前に、始終の始末を見ておいてもらおうか」

そういって、又内と民部左衛門の死体のある部屋へ連れて行った。

「見ろ、両人とも抜きあわしているだろう。騙し討ちではなかったぞ」

果し合いの次第をくわしく話し、

「委細は、この一通に書きこめておいた。介錯をしたら、これを主水どのにお渡し申せ。後々《あとあと》のことは、親類中と相談して、しかるべく取計らえばよし……では、これま

で」

と胸をおしくつろげ、左の脇へ脇差を突き立てた。

作左衛門は後にまわって介錯すると、衣服を着かえて書院へ行った。

「さぞかし、ご退屈なことでありましたろう。手前、主人が申しますには、今夕、本多、犬塚のご両所を打ち果したよしにございます」

主水は自若とした面持で、

「首尾は」

とたずねた。作左衛門はうなずいて、

「ずいぶん、首尾よく」

「よしよし……さらば、匆々《そうそう》に腹を召されるがよからん」

「ぬからず、切腹いたしました」

ふところから蔵人の遺書を出し、

「委細はこの一通に」

といって主水に渡した。

主水は受取って、

「目付衆の立会で拝見することにしよう。あずかっておく」

煙草を二三服喫い、

「火の元、勝手など、見廻りたいが、検視のすまぬうちは、ここを立つわけにはいかぬ。おぬし、行って見廻って来い」

そういうと、硯箱を出させ、番頭、目付衆、親類中に宛てて、さらさらと手紙を書きだした。

奥の海

京都所司代、御式方《おしきかた》頭取、阪田出雲の下役に堀金十郎という渡り祐筆がいた。御儒者衆、堀玄昌の三男で、江戸にいればやすやすと御番入《ごばんいり》もできる御家人並の身分だが、のどかすぎる気質なので、荒けた東《あずま》の風が肌にあわない。江戸を離れて上方へ流れだし、なんということもなく、京都に住みついてしまった。

筆なめピンコともいう、渡り祐筆の給金は三両一人扶持。これが出世すると、七両と二人扶持をもらって渡り用人になるのだが、そこまでもいかない。

泉通りにある御用所の長屋をもらい、三十になっても独身で、雇三一《やといさんぴん》の気楽な境に安着しているようだったが、天保七年の飢饉《ききん》のさなかに、烏丸中納言のおん息女、知嘉姫さまという臈《ろう》たき方を手に入れ、青女房《あおにょうぼう》にして長屋におさめた。烏丸中納言は十年にわたる飢饉を凌《しの》ぎかね、三両と米一斗で知嘉姫を売り沽かしたという説もあるが、この縁組みを望んだのは、知嘉姫そのひとだったので、そういう事実はなかったようである。

所司代御式方というのは、堂上諸家への進上物、寒暑吉凶の見舞、奉書の取次などをつかさどる役だが、久しい以前からの慣習で、春の節句に、諸家の奥向きへ、お土産といって江戸小間物を進上するのが式例になっている。

御用所用人の役目で、物書などの出る幕ではないのだが、その年は事務繁多で手繰りがつかず、金十郎が用人並に格上げされて邸廻りをした。

天保元年に、京都に地震があり、ほうぼうの築地《ついじ》や下屋《げや》が倒壊したが、その修理もまだできていない。公卿の館も堂上の邸も、おどろしいばかりに荒れはて、人間の住居とも思われない。

金十郎は階《かい》ノ間に通って、几帳《きちょう》の奥にいる方に進物《しんもつ》の口上を披露するのだが、行く先々で見物《みもの》にされるのでやつれてしまった。摂家も清華も、貧乏なくせに位ばかり高く、位負けして適齢を越えても、嫁に行くことができない。そういうお姫さま方が、人懐しそうに几帳の陰からジッとこちらを見る。黒い眼が金十郎の顔に吸いついて離れない。

あえかにも美しいひとたちが、五十《いそ》の皺面《しわおもて》に仇《あだ》な化粧をし、几帳の陰でひっそりと朽ちて行くのかと思うと、いかにもあわれである。力に及ぶことなら、不幸な境界からひきだしてやりたい。そういう鬱懐《うつかい》があるので、烏丸中納言の館に上ったとき、つい思いが迫って、几帳の奥のひとに口説きかけたら、うれしく思います、という返事があった。

ひと月もたたぬうちに、そのことは御用所じゅうに知れわたった。所司代の手付、掛川藩の士《さむらい》はすれっからしが多いので、やっかみ半分にいろいろなことをいう。

「金十郎、ここへ来い。早いとこをやったな。ときに、どんなようすだったえ。隠すことはない、わしにもおぼえがあるのだ。几帳の陰から見つめられ、それでコロリと落っこちたか」

「ははっ」

「それが、たいへんなまちがい。わしも惑ちがいをして眼の色を変えたが、後々《のちのち》に、ありようが知れたよ。お娘たちは、ああいう窮屈な世界にいて、半年も前から江戸の土産を待ちこがれている。几帳の陰から嘱目《しょくもく》しているのは、わしではなくて、わしの前にある土産のことだったのだわい……。

一口に歌手蹟《うたて》マラというが、公卿どもは、和歌と書道と女色のほか、楽しみがないゆえ、うようよと子供ばかりこしらえおる。知嘉というのは、何十人目の姫か知らぬが、烏丸では相手が悪い。可哀想《かいそ》な、おのしも、しっかりハタリとられるこったろうよ」

烏丸中納言は奇人の聞えの高いお公卿で、毎年四月、日光例幣使《れいへいし》の副使として、往きは中仙道、帰りは江戸をまわって東海道を通るが、両便と泊りのほか、いつも横になって眠っているので、名所はもとより、いまもって宿駅の名も知らない。街道筋で、引戸の間から足の出ている駕籠があったら、烏丸中納言が乗っていると思え、というくらいのものである。

豆腐が好きで、何年となく御菜《ごさい》（出入り御用商人）から借りては食い、借りては食いしているうちに、塵積もって山となり、償う方便がたたず、嘉代という三ノ姫を、時を切って豆腐屋へ質においたという話は、金十郎も聞いていた。「恐れることはない。一条の姫も九条の姫も凡下に身をおとして、飛騨の山奥まで輿入れする時世だ。いずれは尼になるべきところを、引きだしてやるのは徳行《とっこう》のうちだと思え。

それはそれとして、烏丸は糧《かて》の代《しろ》に姫を売り沽《こ》かし、そうばかりして、食いつないできたといううわさがある。姫たちも、みな、よく働く鵜《う》で、気のいい男にもたれこみ、自在に、嚥《の》みこんだり吐きだしたりするそうな。心得までに言って聞かせるのだが」

館や家具調度だけが荘重で、食餌がお粗末なのは王朝以来のならわしで、貧乏公卿の家族は、むかしから、人間の食うようなものは食っていない。

親王家と五摂家には、御入用調役というものがついていて、体面を維持する程度のことをしてくれるが、大臣家、羽林家と下ると、そういう保証もないので、朝は薄い茶粥に胡麻塩、昼は一汁一菜に盛りっきりの麦飯、あとは翌朝まで、咽喉《のど》を通るのは水ばかりという、詰りきった暮しをしているところへ、天保四年の飢饉のたたりで水のような粥にも事欠くようになり、大方は米糠や麦糠《ふすま》を糧にし、対屋の梁《はり》を伝う、やまかがしや青大将はご馳走のうちで、荘園の上りを持たぬ官務や神祇官は、蕨根《わらびね》や笹の実を粉にして、枯渇した腹の養いにしているという。

烏丸中納言が引婿の納采をあてにして、姫たちを風に吹かせるような真似をしても、とても憎めるわけのものではない。几帳の陰のひとをあわれと思うにつけ、思いは募って、とりとめないほどになった。

◇

その年は気候不順で、四月をすぎても春のけはいも見えず、北風が吹いて、霖雨がつづき、五月の中ごろに霜がおり、池の水が凍った。近江では、稲の穂が葉のうちに隠れて花もかからず、米の値は一升二百文にはねあがって、またもや大飢饉の様相になった。

春の終りごろ、なにやら奥床しい、よく意味のとれぬ歌のたよりがあったきり、中絶えて消息も聞かなかったが、五月の末、思いがけなく、烏丸中納言から迎えの文があった。

金十郎はおそれ畏み、さっそくお館に推参すると、中納言は昼寝でもしていたのだとみえ、気だるそうなようすで、影のようにうそうそと、廊ノ間へ出て来た。

細面の頰がこけ、口が尖り、薄手な口髯《くちひげ》をさげている。戯面《ざれえ》に描く公卿面にそのままで、いっこうに威儀がなく、気魄《きはく》薄げな人体であった。冠もつけず、円座のうえに足を組んで坐ると、五音《ごいん》をはずしたうつろな声で、いきなりこんなことをいった。

「あまりの飢《ひだる》さに、塗籠《ぬりごめ》へ入って寝てみたが、夢ばかり見て眠りにならぬよ」

金十郎は廊ノ間の床に手を突いて平伏していると、中納言はいよいよおぼろな音声で、

「夢といっても、たのしいような夢ではありえない。さる年の飢饉に、花山院の門跡は、どうせ死ぬものならと、経文を臼に搗《つ》き、糊にして食ろうて腹をふくらし、あら、うれしや、と笑うて死んだげな。それが夢に出てくるのよ。躬《み》どもらの行末も、こうぞとおしえるように、枯木のように痩せ細った手で、餓鬼腹を叩いて見せるというわ」

中納言の掛言は、米を運んできて、舅《しゅうと》の口を養えということなのだと察したので、一年先の切米を社倉から借りだし、上の方が面目を失わぬよう、夜闇にまぎれて二升ほどずつ運んでいるうちに、木の実が枝から離れ落ちるように、自然に知嘉姫との縁がまとまった。

御菜の油屋が名親になって、ちかという凡下の娘に成り変り、至極無造作に金十郎の長屋におさまった。

夢の中で夢を見ているようで、金十郎にはどうしても現実のこととは思えない。このせつは書き物が山積し、御用所から下るのはたいてい夜になるが、帰れば空家が待っていそうで、長屋に入る前に、いちど出窓からのぞいて見るのがくせになった。

東の奉行所の角を鍵の手に曲ると、土蔵腰の上にずらりと長屋の出窓が並んでいる。その曇ったような空に雲籠《くもごり》の丸い月が出ている。金十郎は懐手をしながら、出窓を見あげていたが、いつもの癖が出て、駒止石の上にあがって、荒格子の中をのぞいてみた。

　八畳、六畳の二間つづき、それに納戸という浅間なつくりで、そこからのぞけば、玄関まで一と眼で見とおしである。八畳の置床の前に、布巾をかけ箱膳を出し置き、ちかが丁字になった灯芯を切っている。馴れない仕事でたどたどしい。はさみを動かすたびに、桜小紋の薄袷《うすあわせ》の胸のあたりが、明るくなったり暗くなったりする。

　つい半月ほど前、古びた調度にかこまれ、蘇芳色《すおういろ》の小袿《こうちぎ》を着て、几帳の陰に坐っていた。金十郎の瞼の裏に、そのときのおもかげがはっきりと残っているのに、水色の手柄をかけた丸髷を結い、繻子《しゅす》の帯をしめ長屋の青女房になりきっているのがふしぎでならない。

「女というものは、片付けようと思えば、どうにでも片付くものらしい」

　出窓のかまちに両肱《りょうひじ》をあずけ、金十郎が呆れ顔でつぶやいた。

「それにしても、お美しいことだ」

　なにもかも整いすぎ、それが障りで、人形のような無表情な顔になっているが、見ていると、心がはずみだすほど美しい。

二人の結びつきは、恋というようなものではなかった。美しいちかの顔を、美しいと思ってながめていられるのが、その証拠である。恋ではない、なにかべつなものだ。

こちらには、もろい、かよわいものをかばい、世話をしてやりたいという強い気持がある。むこうには、この男なら頼りになる、末始終、劬《いたわ》ってくれるだろうという信頼の念がある。そういうかたちのものらしい。

そうして、どうやらそれは食の道につながっているようである。知嘉姫が長屋に入りこんできた夜、はからずもそれを見抜いた。

塗の剝げた飯櫃《めしびつ》に、炊きたての飯を移して膳のわきにすえてやると、知嘉姫は、

「白　飯《こわかれい》を、こんなにもたくさんいただけるのでしょうか」と顔をうつむけて涙ぐみ、
食うわ、食うわ、見ていても気持のいいほど、あざやかに食いぬけ、箸をおくと畳に手をついて、

「足るほどに頂戴しました」

といって、ニッコリ笑った。

行態《ぎょうたい》にも意外なことが多い。身舎《むや》の薄闇の中に、ひっそりとしずまっているだけのひとだと思っていたが、長らくの貧乏に鍛えられてきたせいか、呆れるくらいしっかり

している。

翌朝、起きぬけに、豆腐《おかべ》を売る店はどこ、八百屋はどことたずね、笊《ざる》に鳥目《ちようもく》を入れ、胸をそらして出て行った。あとで八百屋に聞くと、十二文という大根を姫言葉でまくしたてて二文負けさせ、帰りしなに、棚にあるオロヌキを、ひょいと一とつまみ取って帰ったということである。

そういう夢のような日が、しばらくはつづいたが、西国の米の不熟毛《ふじゆくもう》のせいもあって、金十郎の手許がおいおいに詰ってきた。詰ったというのは食の道のことだが、一年の先の分まで借りだしたうえに、一人がかすかすにやっていく雀の涙ほどの切米を、舅にまで分けるのだから、くりまわしのつけようがない。

起きぬけに長屋を出て御用所で水を飲み、朝昼二度の餉《け》をぬくことにしたが、六月になると西国総体に米が不足し、大阪からの廻米が途絶えてお倉の扶持米の石《こく》が切れ、一人、日に二合という面扶持《つら》になり、舅の口どころか、知嘉姫に眼玉のうつるような薄い粥をすすらせることしかできなくなった。

あの夜の笑顔が忘れられない。十八年の貧苦で痩せ細ったひとに、充ち足るほど食いぬけさせ、輝きだすような笑顔を見ると、それで辛さもひだるさも忘れてしまう。

それだけを生きる張合にしていたが、口の端に通うものが乏《とも》しくなるにつれ、知嘉姫は日増しにものを言わなくなった。このごろは小波ほどの微笑も見せなくなった、と思っているうちに、まだ露のある朝け、起きだして身じまいをすると、いつものように胸を反らして出て行ったが、夜になっても帰って来ない。

たぶん腹をすかして帰ってくるのだろうと、竈突《くど》に土鍋をかけて粥を炊き、なけなしの鳥目をはたいて、何年か前の塩ぶりか、石のように固くなったのを買ってきて、焼いて向付けにし、すぐでもとりこめるように、飯櫃と箱膳を出しそろえて待っていたが、なかなか戻ってこない。

金十郎は子供の帰りを案じる子煩悩の父親のように長屋の門で夕月の出るまで待ち暮らしてから、神泉苑の辻へ行っておろおろと東西をながめ、また長屋まで駆け戻って、もしや帰っているかと出窓からのぞき、痩せるほどに気を揉んでいたが、四ツの鐘の音を聞くと、さすがにがっくりと疲れた。

「恋だとは思えないが、これが恋というものなのか。ひだるさより、いとしさが先に立つというのは、おかしなことだ」

首を振り振り、塩をなめて水を飲み、行灯の前に坐って、ねずみの番をしながら、とうとう夜を明かしてしまった。

　米が足らないのは不作のせいで、廻米に依存している京都では、禁裡の入用さえ痩せ細っている次第だから、貧乏に愛想をつかして逃げだしたとは思えない。ぬる茶を一ぱい飲んだだけで役所へ出たが、切米手形の発出をあずかる割場の下役が用人部屋へ遊びにきて、むだ話のついでに、こんなことをいった。

「昨日、中納言の息女が見えて、おぬしの拝借米や御四季施代金の前借り、代渡し切手の裏判のことまで、くわしく調べて行った。京の女はこまかいそろばんをはじくというが、あんな女房を持っているとは、おうらやましいことだ」

　詰りきった下士の台所を切りまわすには、亭主の内証を知っているほうが便利だろうが、まだ祝言もすまない長屋の青女房が、勘定割場まで差し出るのは、少々、念が入りすぎている。しっかり者とは知っているが、これには金十郎も、ちょっと脅えた。

　どうしたのか、その夜も帰ってこない。実家へ遊びに行って、帰りそびれているのだろうと、召次の舎人《とねり》に聞きあわせると、実家にお帰りはなかったという。御菜の油屋へも行っていない。尼院の築地の中にでも隠れこんだかと、足を棒にして、隈なく探しまわったが、消息ほどのものも、つかむことはできなかった。

八月十二日に大風が吹いた。八朔の朝、奥羽に吹き起って関東一帯を荒れまわり、田畑を流して不作にとどめを刺した。天保四年の夏嵐のつづきだが、京都の近郊では、樹樹の倒れるもの数知れず、請所の堤が切れて洪水になった。

長屋では、瓦が飛んで壁がぬけるという騒ぎで、朝までまんじりともしなかったが、明け方、風がしずまったところで、出窓の蔀《しとみ》をあけに行くと、誰が投げこんだのか、小判で十両、紙に包んだのが、濡れ畳のうえにころがっていた。

◇

去年米は六月中に食いつくしたが、冷気でその年の米が実らず、奥羽は作毛皆無で、古今未曾有の大飢饉となった。奉行所では三条大詰河原に救小屋を建てて行倒れを収容したが、施米したいにも、ものがなく、救小屋に入ったものは、暮までに、大方、餓死した。

翌八年の春、金十郎は用人部屋から駆りだされて大阪に下り、川口の囲倉から廻米を受領して京都へ差送る、廻米下役をつとめていたが、そのころ湊入りした津軽船の上乗りから、知嘉姫の消息らしいものを聞いた。

諸国一般、飢饉にいためつけられ、生死の苦しみをしているうちに、津軽、出羽、越後は平作で、陸奥の半田から銀が出、宮古の沖には捕りたてもならぬほどくじらが寄り、米大尽やくじら分限《ぶげん》が大勢できあがった。京、大阪の女衒《ぜげん》どもは、わずかばかりの金穀で貧乏公卿の息女を買い落し、みちのくの果てに送りだしたが、うそかまことか、その中に、烏丸中納言の息女と名乗るのがいたという話なのである。

八月はじめの大風の夜、出窓から投げこまれた金のなぞは、解けきれぬまま、心に淀《よど》み残っていたが、その話を聞くなり、さてはと思いしめられることがあった。

金十郎は血相を変えて京都に馳せのぼると、上乗りに聞いた女衒宿を、八条猪熊でたずねあて、江戸品川の元宿へ、品物を送り届けて帰ってきたばかりという、ずるそうな面をした才蔵をとっておさえた。

脅しすかして問い詰めると、才蔵は頭を掻いて、文らしいものを預って腹巻へ落しこんで行ったが、なにしろあの大荒れなので、雨と汗のしめりで、糊のように溶けてしまった。これでは用にたつまいと思って、金だけ投げこんだが、文はとってあるから、読めるかどうか見てくれと、手箱から紙くそのようになった封じ文をつかみだしてよこした。

父は物臭で、なにひとつ娘たちに身の立つようなこともしてくれなかったが、一人々々が古沼の淀みから出て、幸福になることを、心から願っているので、世間で評判しているような、金穀でむすめを売り沽かすなどということはなかった。

こんどの縁談は父も祝福してくれたが、あなたが息を切らしながら米を運んで来るので、あいつめも、つまらぬうわさを信じているのだとみえると、ひどくがっかりしていた。

私どもは貧苦の世界に住み馴れ、どうあろうと、食の道などは、ものの数でもなかったのに、あなたは一年先の扶持米まで借りだし、代渡し手形に裏判をつき、二度の食をつめ、水を飲んでまでいたわってくださるのだが、その親切が重石《おもし》になり、あるにあられぬ思いがした。

食うものがなければ、水を飲めといってくれればいいので、苦労を分けあうこそ、夫婦というものなのではなかろうか。

あの夜、切に、おそばへ帰りたくて、長屋の出窓の下をいくたびか往復し、おしずまりになるのを待っていたが、朝まで行灯のそばに坐っていられたので、そのため、とうとう帰りそびれてしまった。云々とある。

私は犬でもねこでもないのだから、糧で飼われているのでは、いかにも空しい気がする、という意味なのであった。

金十郎は人生のオリジナルな問題に触れることを避け、人間の愛憎のかからぬところで、自分一人で暮していたが、その罰で、善悪も、ときには深く人を傷つけることがあるという、簡単な愛の論理すらわからないようになってしまった。

金十郎はいちどは手の中にあった、大切なものを取り落したことに気がついて愕然《がくぜん》とし、石切れから、お暇勝手次第の触れが出たのを幸いに、御役ご免を願い、すぐにも陸奥に下るつもりで、そうそうに江戸へ帰った。

父の顔も見るや見ずで、江戸を発ったのが六月の十日。千住の橋詰に関所ができ、江戸へ流れこもうとする離民の大群を、十人ばかりの番士が、

「江戸に米はない。帰れ、帰れ」

と必死になって押しかえそうとするが、相手は逆上しているので、なにを言っても通じない。前側にいるのを、とっては投げ、とっては投げしているうちに、川端にかがみこんでいた二百人ばかりの一団が、

「お願い、お願い」

と連呼しながら、道幅いっぱいになって押しだしてきた。

番士は棒先をそろえて防いでいたが、そのうちに、手にあわなくなって刀を抜いた。

難民は波がひくようにうしろに退ったが、すぐまた、お願い、お願いと哀訴しながら押してくる。

江戸の外は、えらいことになっているといううわさだったが、これほどとは思わなかった。江戸の北の口でさえ、こんな騒ぎをしているのでは、陸奥のようすが思われる。

江戸の千住から、津軽の三厩《みうまや》まで、百八十里、百十四次の長い道中だが、街道には物取りや夜盗、飢えて気が狂った人間がひしめきあっているのだろうから、どんなおさまりになるか、想像もつかない。無事に津軽の果てに行き着いても、三厩のあたり、としか聞いていないので、知嘉姫にめぐりあえるのかどうか、それさえも不明である。

千住を出離れたが、いよいよ数は増すばかり、難民の群れは奥州街道を埋めつくす勢いで、草加の近くまで切れ目もなくつづき、新宿、品川のお救小屋をあてにし、道端に足を投げだして待っている。越ヶ谷、粕壁を通って、その日は杉戸で泊った。

翌朝、幸手《さつて》から栗橋にかかり、渡舟の上からながめると、両岸は眼のとどくかぎり掘りかえされて赤土原になり、一点、青いものも眼に入らない。凶作地の上の空は、鳥も飛ばぬのか、森閑として物音もない。

土手の松はみな樹皮を剝がれて裸になり、なにを探すのか、遠い野面に、二、三人ずつ組みになって、かげろうのようにふらふらしている。話に聞く、冥土の朝景色は、こんなふうでもあろうかと思うばかりだった。

利根の水際に、何百人とも知れぬ人間が転がっていて、ときどきだるそうに起きあがって水を飲む。

渡守の話では、水を飲む力があるうちは、あんなふうにしていて、いよいよ最後だと思うと、川に身を投げるのだ、といった。

離散したのか、死に絶えたのか、人気のない村があった。いましがた家を出て行ったというように、雨戸も障子も開けはなされ、背戸に、あじさいの花が咲いている。喜連川から郡山までの間に、そんな村がいくつもあった。

郡山の目抜の辻に大釜をすえ、なにかさかんに煮くたらし、茶碗を持った世話人が、

「御接待、御接待」

と通るものに呼びかけている。なにを接待するのだろうとのぞいて見ると、白湯が湯玉をあげてたぎっているだけであった。

郡山をすぎると、いよいよ話通りの地獄めぐりになった。

福島から笹木野に分れる石高道に、肋骨《あばらぼね》ばかりに痩せさらばえたのが、幾十人となく倒れている。足音をききつけると、枯葉のような薄い掌をさしのべて、

「おくれ、おくれ」

と消えるようにつぶやく。

かまわずに進んで行くと、往還の両側の薄闇の中から、いくつも手が出る。それがすすきの穂でもそよいでいるように見える。米所の酒田や新庄から下ってくる運送をここで待ち受け、ひと握りの米の奉謝にあずかろうと、命のあるかぎり、いすわっているのである。

またしばらく行くと、谷川のそばの萱だまりに、足だけ見せて倒れている、四、五人の男女の一組があった。

本土の北の果からでも来たのか、長旅の末にわらじを切らしてはだしになり、青い瓢簞《ひょうたん》のような足の裏を見せている。福島あたりまで行けば米にありつけると、はるば

るここまでやってきたのだが、力尽きて動けなくなったものらしい。

　金十郎が、どこの辺から出て来たのか、と声をかけると、もしや奉謝にあずかれるかと、おれは斗南《となみ》から、わしはどこどこからとつぶやく、
　そのなかに京なまりの女の声を聞きつけた。金十郎はわれともなく声のしたほうに行き、五日月の淡い月の光にすかしてみると、猟師のように髪をつかみ乱して荒縄で束ね、垢《あか》づいた布子を着て、すさまじい男の恰好になっているが、顔を見れば、まぎれもなく年若いむすめだった。

　聞いてみると、去年の夏ごろまで京に住んでいたものだと、かぼそい声でこたえたが、言葉の端々に、隠そうにも隠しようのない、ゆかしい調子があった。

　金十郎は胸とどろかせながら、去年の夏のはじめ、八条猪熊の女衒に連れだされ、大湊という、北の湊の船宿へ、飯盛に売られたひとがあったそうだが、となぞをかけると、女はうなずいて、おはずかしいが、わたくしもその一人だと、さめざめと泣きだした。

　金十郎はせきこんで烏丸中納言のおむすめはどうされたと、しどろもどろにたずねかけると、月の光のかからぬむこうの小暗い萱の中から声があって、

「烏丸さまのおむすめは、奥州街道を行けば追手がかかる。わたしはここから浜へ出て、陸中の海ぞいを、貝魚を拾いながら上総まで上る、とおっしゃって、陸奥の野辺地《のへじ》というところで別れました」

と、おしえてくれた。

◇

拾い魚をしても、とは、いかにも知嘉姫らしい。本土の果の船頭宿から女たちを連れだしたのも、たぶん知嘉姫の才覚だったのだろう。

南部の宮古湊から、大槌《おおつち》の浦のあたりまでは、断崖がいきなり海からきり立ち、岩に額を擦りつけながら行く、暗いけわしい九折《つづらおり》の岩岨道《いわそばみち》で一日のうちに一人の旅人に出逢えばいいほう。せいぜい茶店があるくらいで、その間に宿駅らしいものもない。

女の足で辿れる道ではない、ということだが、それくらいのことで弱るようなお人ではない。知嘉姫なら平気でやりぬくだろうと、かえって張合いができ、陸中の一ノ関から大槌街道へ折れ込み、千厩《ちうまや》から気仙沼を一日で廻って、大船渡《おおふなと》の湊に二日いた。

陸前竹崎まで戻って、遠野街道をとり、岩手八日町に一日、岩手上郷に一日いて消息をたずね、釜石へ廻って、そこに三日。それから北へ下って大槌の浦で二日。宮古の津は諸国の人が集まるところだというので、宿々で人のうわさに耳を立てながら、宮古の浦へ行き、岩泉屋という宿で脚絆《きやはん》をといた。

天保のはじめころから、この浦に時知らずにくじらが寄るようになり、妓楼百軒という繁昌で、米のない土地から、人買いに買い出された女どもが、おおよそ千人ほども流れこんでいる。

金十郎は宮古に腰をすえ、網元の帳付の手伝いをしながら、消息をたずねまわったが、その年の暮までには、たよりらしいものも聞かれなかった。翌九年の五月、雪の消えるのを待ちかねて宮古をたち、岩手刈谷から茂市街道を通って落合まで行った。小本《おもと》川《がわ》に沿って小本の湊へ寄り、そこに一日いて、また落合へ引返した。

いわゆる、みちのくの海道と、一戸《いちのへ》へ抜ける一戸街道の分れ道で、べつに陸中久慈から沼宮内《ぬまくない》に通じる山中道というのがある。土着の人間のほか、あまり旅人の往来のないさびれた街道なので、知嘉姫ほどの容姿のすぐれた女性が通ったとなれば、評判にならぬはずはないのだが、そこにも手がかりがなかった。

運悪くひき戻されたのか、わずらって死んだか、気を変えて古山道へ入り、胆沢《いさわ》街道を上って行ったかと思うほかなくなった。

海道について北に行くと、八戸二万石、南部左衛門尉の在所がある。もしやそこにでもと、海道の村々を念入りにたずねながら八戸へ行き、そこに夏のはじめまでいて、尻内へ廻った。

このうえは、野辺地まで行ってみるほかはないと思っているとき、尻内の馬喰宿《ばくろう》で、はじめてほのかな手がかりがあった。去年の秋ごろ、京なまりの女の修験者が、奥湊の村に流れてきて、修験の合間に、川に出てますをとっているという。

ようやく行きあたった思いで、奥湊へ行ってみると、姫は姫だが、花園という、蔵人頭のむすめで、烏丸中納言のおむすめは、壬生《みぶ》少将のおむすめと二人で、奥羽街道を上っていらっしゃったという、意外な返事だった。

金十郎も鉾先《ほこさき》を折り、尻内へ帰ってぼんやりしていたが、いろいろと考えあわせると、笹木野の萱の中からものを言いかけたのが、知嘉姫だったように思えてならない。もしそうだったら、なぜ出て逢わなかったか、その辺がどうしてもわからない。

三日ほどクヨクヨと考え詰めていたが、結局は、またしても読みの深い女心を読みそくない、なにかたいへんな失敗をやらかしたのにちがいないと、はかないところへ詮《せん》じつけた。

七戸《しちのへ》の藩中に、大阪廻米を扱っていた川村孫助という御蔵方がいる。川口の米会所で昵懇《じっこん》だったのを思いだし、廻船の上乗りにでもしてもらって江戸へ帰ろうと、郭内《くるわうち》のお長屋をたずねると、川村孫助はみすぼらしい金十郎の風態をそば眼するなり、ひとりでのみこんで、斗南の白並《しらなみ》というところにある御船番所の御小人に推挙してくれた。

白並は小川原という汐入沼のそばにある、三十戸ばかりの漁村で、沼尻で七戸藩の藩船の冬の船溜《ふなだまり》になっている。夏は霧がかかり、秋は十月から雪が降り、沼の泥深いところに鹿や熊がいる。情けない土地柄だということだったが、来てみると玫瑰《はまなす》の実ばかり落々たる砂丘まじりのなぎさがはてしもなくひろがり、そのむこうに、秋ざれの陸奥の海が轟くような音をたてて巻きかえしている。いかにも本土の果というような、わびしい風景であった。

御船手御小人は、藩船を預り、湊入《みなといり》湊出《みなとで》のたびに船改めをする。沖見役の番士が二人、常住に詰めているほか、小間木《こまぎ》の代官所から月の五ノ日に物書が通ってくるが、天保七年の米留《こめどめ》から江戸への廻漕がとまり、七戸丸という、五百石積の藩船が、沼尻から動かないので、さしあたっての用はない。

九月の中旬、七戸丸の船頭が、

「棚《たな》（舷）を締めさせてもらいたい」

と言いにきた。

沼尻のような水の動かないところに、長く船をつないでおくと、構造がゆるんでくるので、ときどき沖へ出して、荒波に打たせなくてはならない。舟子どもも、陸へ上げたきりでは、手なぐさみばかりして、怠け者になってしまうから、沖でみっしりと締めあげなくてはならない、という。

金十郎の裁量にあまることだったが、反対する理由もない。言う通りに出船簿に判を押してやった。

七戸丸は五日ばかり海に出ていて、沼尻へ入ってきたが、なにを積みとったのか、言うに言えぬ悪臭がそのほうから吹きつけてくる。

船頭を呼んでたずねると、船頭は気まずい顔で、ぷいとそっぽを向いたが、あとでくじらの大きな切身を番所へ届けてよこした。十月の中ごろまでに、そんなことが三度ばかりあった。

十一月二十日の朝、川村孫助がだしぬけに船番所へやってきた。

七戸領は盛岡二十万石の内証分で、殿様は七年前から御定府、家老と大番頭がいるが、藩政の大事は、本家の国家老の裁可を得て執行する慣例になっている。

川村は本家から派遣されている密事《みつじ》の一人で、盛岡藩では若年寄付小人、物産方という軽い役柄だが、七戸では藩政を監査し、時々の動静を本家へ報告する目付の役をつとめているというようなことであった。

「ひどく構えこんでいるが、むずかしい話でも持ってきたのか」

「お察しの通り、あまりいい話ではない。ときに、お手前は鯨分一《くじらぶいち》ということを知っているか。鯨の上納金を鯨分一というのだ。船を出して銛《もり》で突きとめた、突き鯨にたいしては二十ノ一、死んで海岸に寄り着いた、寄り鯨にたいしては三ツ二つ、死んで海に浮んでいた流れ鯨の肉だけそぎとって来た切り鯨にたいしては二十ノ一、浜相場が立ってから、十日以内に上納金をおさめるきまりになっているので、隠し鯨は重罪だ。他領へ引いて行って売ったり、切り鯨を隠したことがわかれば打首。隠し鯨の饗応を受けたものも同罪である」

「饗応を受けて打首というのは、すこしひどすぎるようだな。いつからそんな法令ができたのか」

「そんな法令があるわけはない。また、あっていいわけのものではない」

盛岡領の宮古、釜石、大槌の浦浜で銛をうたれ、死んだり手負いになったりした鯨は、潮の加減で、この沖へ流れつくようになっている。

代々、白並の漁師原は羽矢銛《はやもり》一つ持たずに利を得て来たが、寄り鯨にすると、浜役人の手にかかるので、流れ鯨を沖で切刻んで切り鯨にし、津軽や松前へ持って行って金穀に替えてしまう。浜役人は白並とは言わない。白浪といっているくらいだが、いくら厳しく取締ってもやめないので、いきおい法令も苛酷にならざるをえなくなった。

「こんどの隠し鯨は、御船手付の船頭と舟子が、藩船を使ってやったという、性の悪い事件で、お船方は総体打首。お船手御小人は切腹を申付けられることになろう……。もっとも、口書《くちがき》をとって盛岡へ送り、御用部屋へおさまるまでには、早くとも三日はかかる」

川村孫助は、津軽の三厩から、松前まで半日の船旅にすぎないから、逃げ足の早いやつなら三日もあれば蝦夷の奥までも行けるだろう、という意味のことを言っているのだが、金十郎には通じなかったらしい。番所の窓から雪もよいの暗い海の色をながめていたが、

「腹を切るのに三日もいらぬ。いますぐ切ろう」

と自若とした顔でいった。

川村孫助は困ったような顔をしていたが、役儀の手前、切るなともいえない。

「飛んだことになったよ。こんなつもりで、お番入をすすめたわけではなかったが……。江戸にいれば御儒者衆の家柄で、寛闊《かんかつ》な日々を送れたものを、こんな辺土の浦浜《うらはま》へ流れきて、不法の漁撈《ぎょろう》に連座し、つまらなく腹を切るというのは」

「辺土々々といわれるが、手前にとっては、住みよいなつかしい土地であった。どこで死んでもおなじことだ。すぐやりますから、ご検分ねがう」

と脇差をとりあげた。川村孫助は四角に坐りなおして背筋を立てた。

「では検分しよう。潔《いさぎよ》いことだ……。それにしても、どうしてこんなところへ落ちてこられたのか、かねて不審に思っていた。聞けるものなら、聞いておきたい」

金十郎は笑って答えなかった。

本作品中に差別的ともとられかねない表現が見られますが、著者がすでに故人であることと作品の文学性・芸術性に鑑み、原文のままとしました。

（春陽堂書店編集部）

『無惨やな』覚え書き

日下三蔵

春陽文庫の時代小説シリーズで、手に入りにくい直木賞の受賞作、候補作を出して欲しい、というリクエストが読者からあった。これに応えたのが、既刊の海音寺潮五郎の作品集『天正女合戦』であり、その第二弾が、この《久生十蘭時代小説傑作選》（全二巻）なのである。

久生十蘭は一九五一（昭和二十六）年の短篇「鈴木主水」で、同年下期の第二十六回直木賞を受賞している。それ以前、直木賞候補に三回、予選候補に二回上っているが、そのうち、時代小説ではない「葡萄蔓の束」（一九四〇年上期の第十一回候補）と谷川早名義のシリーズ連作『平賀源内捕物帳』を除いた三篇は、すべて今回の二冊に収めた。

受賞作「鈴木主水」と一九四三年上期の第十七回候補作「真福寺事件」（「犬」と改題）は第一巻『うすゆき抄』、一九四二年上期の第十五回予選候補作「三笠の月」と一九四二年下期の第十六回候補作「遺米日記」は本書『無惨やな』に収録。

本書収録作品の初出は、以下の通り。いずれも著者生前の単行本には収録されず、没後に刊行されたものである。

三笠の月　「オール讀物」（文藝春秋社）昭和17年5月号
遣米日記　「オール讀物」昭和17年12月号
亜墨利加討　「講談倶楽部」（大日本雄弁会講談社）昭和18年1月号
信乃と浜路　「オール讀物」（文藝春秋新社）昭和26年2月号
藤九郎の島　「オール讀物」昭和27年9月号
ひどい煙　「オール讀物」昭和30年7月号
ボニン島物語　「文藝春秋」（文藝春秋新社）昭和30年10月号
呂宋の壺　「オール讀物」昭和32年2月号
無惨やな　「オール讀物」昭和31年1月号
奥の海　「別冊週刊朝日」（朝日新聞社）昭和31年4月号

「ひどい煙」「ボニン島物語」「無惨やな」「藤九郎の島」「奥の海」「呂宋の壺」は

三一書房版『久生十蘭全集　第二巻』（1970年1月）、「亜墨利加討」「三笠の月」「遺米日記」は薔薇十字社『コレクシオン・ジュラネスク　紀ノ上一族』（1973年3月）、「信乃と浜路」は出帆社『コレクシオン・ジュラネスク　巴里の雨』（1974年12月）に、それぞれ初めて収録された。

《コレクシオン・ジュラネスク》は三一書房の『久生十蘭全集』（全七巻）から洩れた作品を対象に編まれた作品集だが、予告された四冊のうち、『紀ノ上一族』と『黄金遁走曲』（1973年5月）を出したところで薔薇十字社が倒産し、三冊目の『巴里の雨』は一年以上遅れて後継会社の出帆社から刊行された。四冊目の『夜の鶯』は未刊行。

そのため、『巴里の雨』のために書かれた都筑道夫の解説は、本が出るより早く都筑道夫の評論集『死体を無事に消すまで』（1973年9月／晶文社）に収録されている。

なお、社会思想社の現代教養文庫《久生十蘭傑作選》のうち、時代小説を対象にした第5巻『無月物語』（1977年2月）に収められた十篇「遺米日記」「犬」「亜墨利加討」「湖畔」「無月物語」「鈴木主水」「玉取物語」「うすゆき抄」「無惨やな」「奥の海」は、今回の春陽文庫版にも、すべて収めた。

本稿の執筆に当たっては、沢田安史氏に貴重な情報をご提供いただきました。記して感謝いたします。

春 陽 文 庫

無《む》惨《ざん》やな

<久生《ひさお》十蘭《じゅうらん》時代《じだい》小説《しょうせつ》傑作選《けっさくせん》 2>

2025年3月26日　初版第1刷　発行

著　者　久生十蘭

発行者　伊藤良則

発行所　株式会社春陽堂書店
〒一〇四—〇〇六一
東京都中央区銀座三—一〇—九
KEC銀座ビル
電話〇三（六二六四）〇八五五（代）

印刷・製本　中央精版印刷株式会社

ISBN978-4-394-90504-2 C0193